Mohammed Dib est né à Tlemcen, dans l'ouest algérien. Ville natale à laquelle il rendit hommage dans sa célèbre trilogie : La Grande Maison (1952), L'Incendie (1954) et Le Métier à tisser (1957). Instituteur un temps, puis comptable, traducteur, journaliste à Alger républicain et pour le compte de l'organe du Parti communiste Liberté, il est finalement expulsé d'Algérie en 1959. Il s'installe en France et commence sa carrière littéraire. Il est le premier écrivain maghrébin à recevoir, en 1994, le Grand Prix de la Francophonie. Et celui dont Aragon disait : « Cet homme d'un pays qui n'a rien à voir avec les arbres de ma fenêtre, les fleuves de mes quais, les pierres de nos cathédrales, parle avec les mots de Villon et de Péguy ». Il est mort chez lui, à La Celle-Saint-Cloud, le 2 mai 2003, à l'âge de 83 ans, laissant derrière lui quelques-unes des plus belles pages de la littérature algérienne.

Mohammed Dib

L'INCENDIE

ROMAN

Éditions du Seuil

TEXTE INTÉGRAL

ISBN : 978-2-02-079033-5
(2-02-010686-8, 1re publication poche
2-02-000477-1, 1re publication)

Prologue

En arrivant devant la Maison de la Lumière, on commence à gravir des pentes rocailleuses battues par les vents. Le pied bute et glisse sur une végétation ligneuse de diss et de lentisques... Voici le rude chemin qu'empruntent les Beni Ournid et leurs petits ânes, le rempart méridional de Mansourah dont il ne subsiste que quelques pans de tours. La campagne est déserte ; une rumeur confuse monte de la plaine. Parvenu à une éminence qui porte le nom d'Attar, on embrasse du regard un vaste espace. Au levant le Scharf el-Ghorab, immense, dresse sa tête conique au-dessus des crêtes environnantes ; et la vue s'étend au nord, par-delà la route d'Oran et la voie ferrée, jusqu'aux terres à vigne et à blé de Saf-Saf, d'Hennaya et d'Aïn el-Hout. Dans un moutonnement continu, les montagnes bleues et légères des Trara élèvent au dernier plan un écran entre la Méditerranée et les plateaux intérieurs. Plus près, l'œil découvre la plaine d'Ymama, d'el-Kifane et de Bréa. Les dernières vagues des cultures qui accourent de l'horizon viennent mourir ici, sur les contreforts de Bni Boublen.

Sans transition, leur succède un pays désertique semé de monts lugubres.

Au sentiment aigu qu'on ressent dans ces parages, on devine qu'on vient de passer une frontière, qu'on pénètre dans la solitude. Dès lors on avance dans une lande où le vent fait crépiter les éventails épineux des palmiers nains, et que des touffes de genêts épanouis semblent éclairer. Au nord, la plate-forme d'es-Stah, labourée et ensemencée, avant de céder devant les terres vierges, prête appui à la partie de Bni Boublen — tout Bni Boublen inférieur — qu'occupent les fellahs. Ces hommes vivent à la lisière des bas-fonds cultivables, fixés sur la montagne, déjà relégués du monde. Pourtant trois kilomètres seulement les séparent de Tlemcen.

Leur existence se passe en journées agricoles et pastorales chez les colons. Elle est si archaïque, et les gens se montrent si simples, qu'on les croirait issus d'un continent oublié. La terre là-haut, intraitable et sans eau, étouffe dans la garrigue : la griffe de l'antique araire a peine à l'entamer.

Les fellahs sont souvent en proie à la famine. La nuit, quand les masures s'enfoncent dans les ténèbres, les chacals errent et hurlent à la mort. Mais la sévère physionomie de la montagne revêt quelquefois une grâce furtive. C'est lorsqu'on tombe sur des bandes impétueuses d'enfants, hâves et déguenillés, qui s'ébattent avec allégresse dans la boue ou la poussière des chemins.

La civilisation n'a jamais existé ; ce qu'on prend pour la civilisation n'est qu'un leurre. Sur ces sommets, le destin du monde se réduit à la misère. Les fantômes d'Abd el-Kader et de ses hommes rôdent sur ces terres insatisfaites. Face à d'imposants domaines, suffoquent les noires cagnas des fellahs. Pour qui songe à l'avenir...

Mais nous ne sommes encore qu'en 1939. En été 1939.

Omar avait rencontré là des enfants plus misérables que lui, des enfants qui avaient l'air de sauterelles tant ils paraissaient malingres et nerveux. Leurs nippes n'étaient qu'un assemblage de haillons ; ils se protégeaient les pieds avec des chausses en peau de mouton attachées par des cordelettes d'alfa. Le plus souvent ils couraient sans rien aux pieds. Leurs grands yeux à l'iris brun et vert s'ouvraient étrangement sur les terres stériles qui leur étaient abandonnées. Curieuse, leur gravité avait frappé Omar ; leurs jeux n'étaient pas les jeux ordinaires des enfants de Tlemcen ; les animaux étaient leurs seuls compagnons. Ils étaient renfermés et savaient se taire, dédaigneux de tout ce qui n'était pas de la campagne.

Dans cette nature désolée, ces enfants avaient comme Omar la même précocité. Une même intelligence du malheur, quoique acquise de façon différente, brillait dans leurs yeux.

Mais eux parlaient avec des expressions, un ton qu'on ne trouvait pas à cet âge chez les garçons de la ville, ils étaient obstinément sérieux. Une pondération propre aux paysans. Omar, devant eux, se sentait tout gamin. Ils l'effrayaient par l'ombrageuse ardeur qu'ils déployaient à poursuivre un dessein : détruire des oiseaux, manier des troupeaux, ou défier des Européens. Il avait découvert des compagnons parmi ces petits fellahs. Ils n'avaient pas fait de difficulté pour l'adopter ; du moins s'étaient-ils étonnés de le voir lire et prononcer des paroles en français. Ils avaient surpris chez lui des connaissances bien spéciales : le monde, soutenait-il, est rond et non pas plat ; ce qui était le contraire d'une évidence. Le soleil était fixe tandis qu'eux, les gosses, tournaient avec la terre. Omar savait beaucoup de choses sur les pays lointains. De même, il leur avait expliqué comment se formait la pluie : alors les paysans s'étaient récriés et avaient déclaré qu'il blasphémait ; un autre jour, il les laissa pantois par les opérations de calcul qu'il fit devant eux... Mais les campagnards finirent par constater son ignorance : Omar ne connaissait rien aux arbres et aux plantes. Rien non plus aux bêtes, aux cultures, aux travaux des champs...

La révélation de la vie quasi charnelle et inconsciente de la terre se faisait pourtant jour en lui. A Bni Boublen, une singulière énergie, profuse et vigoureusement ressentie, le baignait. Là-haut, la grande vie du monde lui était expliquée par la voix du vieil homme Comandar.

I

L'obscurité déborda sourdement des combes. Quelques voix élargirent l'air ténu et se perdirent dans le silence. Des hommes s'agitaient là en bas, tandis que des bêtes, mêlant leurs cris dans les profondeurs, ne cessaient de se mouvoir et de sombrer dans une ombre pelucheuse qui flottait entre les arbres. Sur son visage, ses bras nus, Omar reçut une sensation de fraîcheur pénétrante.

Réunissant ses paumes en porte-voix devant sa bouche, il lança dans une grande clameur :

— Yah ! Zhor ! Regarde-moi où je suis !

Le domaine étalait son immense terrasse d'un seul tenant ; puis, brusquement, il s'affaissait. Dans le creux des champs, Omar contemplait la maison des M'hamed, croûte sèche et blanche. Zhor qui peinait sur le sentier, drapée dans son haïk, contournait la ferme.

La campagne pénétrait dans la nuit à mesure que reculait une ligne de blancheur qui fusait faiblement à la limite des terres. Tout près, le plateau de Lalla Séti érigeait sa masse : on n'en pouvait voir que le front, qui était d'une lourdeur terrible, étique. Bien que plus haute, la forêt de pins, à côté, paraissait enveloppée d'une douceur de grosses plumes.

Le soleil flamboya un dernier instant et l'air ardent entoura les cimes. Insensiblement la lumière du jour remonta le long de la montagne vers les sommets ; ce fut bientôt le crépuscule. Un sentiment de quiétude s'empara du cœur d'Omar. La nuit se condensait de plus en plus à l'est. Un foyer sans flamme qui incendiait les terres et les monts, à l'occident, se recroquevillait comme une feuille qui se consume lentement.

Omar et Zhor ne s'étaient mis en chemin que quand Aïni avait dit oui à son fils. — Hourrah ! elle n'exigeait plus qu'il restât à la maison. Le garçon, à partir de ce moment, avait compté les minutes et été impossible à tenir. Il lui arrivait souvent de monter à Bni Boublen pour accompagner Zhor : ces départs jetaient des flambées de joie dans son cœur.

Il sautait et dansait. Son rire explosait. Sur la route, les autos filaient : à leur passage, il exécutait mille cabrioles et hurlait, imitant leurs klaxons. Parfois il soufflait à se rompre les côtes devant un camion poussif, pesamment chargé. Omar s'y accrochait et se laissait transporter sur une bonne distance. Zhor se débarrassait de son voile, dont elle faisait une boule qu'elle lançait par-dessus sa tête. Elle poursuivait l'enfant. Sans haïk ! Même sur cette route déserte, si sa mère avait pu s'en douter. Aïe !...

Omar revivait. Dar Sbitar lui apparaissait à cet instant comme une affreuse prison, et comme d'insupportables mégères toutes ces femmes qui, dans leur emportement habituel, la mettaient sens dessus dessous. Celles-ci tenaient plus de la bête rogue que de l'être humain. Les observant à certains moments, il se sentait empoigné par une émotion brutale ; à d'autres moments, son cœur débordait d'amertume : sans doute la condition de prisonnières accentuait-elle encore l'étrangeté de leur vie.

Péniblement Omar poussa le portail d'un seul battant qui pivota avec lenteur.

Les voyant entrer, Mama lâcha de petits cris de surprise.

— Bouh ! C'est Zhor ! C'est Omar !

Elle se dirigea vers le garçon, l'embrassa, puis embrassa sa sœur.

Kara Ali et sa femme s'attardaient aux dernières besognes. Le labeur de la journée prenait fin.

Omar n'essuya pas la trace de salive qui humectait ses joues. C'était comme une fleur de froid qui éclatait sur sa peau et que l'air du soir avivait.

— Tu as faim ?

— Oui.

Mama l'emmena dans la pièce, une resserre suintante, où elle tenait ses provisions, prit une poignée de figues sèches qu'elle lui mit dans les mains avec un morceau de galette.

Mama s'enquit des gens de Dar Sbitar. Puis elle s'excusa ; elle achevait vite de gratter le sol de la maison avec son balai de palmier nain. Les deux sœurs pourraient causer à leur aise, après.

La cour de terre battue formait un grand rectangle ; des deux côtés, sur la longueur, s'élevaient les habitations en pierres vives et en terre, éclaboussées d'un lait de chaux.

Ce qu'il y avait de bouse, poussé dehors, devint un rendez-vous tumultueux de volatiles. Quelques coulées d'air finirent par tout éparpiller.

Kara dit :

— Rien ne doit être perdu ; pas même ça.

Il montra le crottin que Mama jetait.

— Avec ça, on peut faire du feu.

La jeune femme s'en retourna bavarder avec sa sœur.

De Dar Sbitar, Mama bent Adri avait été conduite un

jour en grande pompe à Bni Boublen ; il y avait de cela plusieurs années... Elle n'était ni heureuse ni, à vrai dire, malheureuse d'avoir été mariée. Ce jour-là, en dépit de sa gentillesse, elle avait été inaccessible, ornée d'or fin et peinte. Une grande chambre allait être la sienne, toutes les provisions seraient sous sa garde. A présent, la montagne enveloppait son existence. A Bni Boublen, on connaissait des heures tranquilles. Il n'y avait que quatre maisons. Les jours avaient creusé des abîmes de silence autour de chacune d'elles. Bni Boublen n'était pas un village, pas même un hameau.

Bni Boublen ! Les beaux jours s'y mouvaient, sereins, dans un balancement régulier d'éclaboussures de lumière...

Cette vie, cette terre... Omar les connaissait peu, et seulement depuis que l'homme Comandar avait commencé à lui en révéler les secrets. Ce fut à lui que pensa l'enfant aussitôt en arrivant. Il eût couru là où se dressait sa hutte si le crépuscule n'était venu à longues foulées prendre possession de la campagne. Il l'y aurait sûrement trouvé, assis à l'orée des terres de Kara, sous le grand térébinthe, tressant de l'alfa selon son habitude. Son abri de feuilles et de branchages s'élevait sur un léger escarpement. Il dominait la grand-route et, par-delà la route, la *dechra*[1] des fellahs, lieu dit aussi Bni Boublen.

Jamais Omar n'avait vu Comandar debout. Ses jambes, coupées à hauteur du genou, il les conservait dans des loques, caparaçonnées de bandes de caoutchouc rouge. Les deux moignons ressemblaient par l'épaisseur et l'aspect à des tronçons de colonne. L'homme Comandar avait eu les jambes sectionnées au cours de l'Ancienne Guerre. A ses côtés gisait toujours une paire de cannes minuscules. Omar ne l'avait jamais vu marcher.

Comandar appartenait à cette terre, à l'égal des arbres épars alentour. Kara, l'actuel propriétaire, qui l'avait découvert à la même place, n'avait su quoi lui dire. Quand, plus tard, il s'était décidé à le chasser, il avait trouvé un roc. Il s'était rendu compte qu'il ne pouvait rien contre lui.

Comandar tirait son nom d'une longue carrière militaire,

1. *Dechra :* agglomération.

qui lui avait valu l'amputation des jambes. Depuis qu'on l'appelait Comandar, son vrai nom s'était perdu dans les mémoires. Il avait vu le feu de près à la Vieille Guerre. Il était resté trois jours et trois nuits sous un amoncellement de corps. Il avait lutté ; il avait hurlé trois jours et trois nuits. Et il s'était traîné hors du charnier ; seul il avait vaincu la mort. Mais il avait perdu les deux jambes. De retour à Bni Boublen, il ne s'adressa plus aux hommes et aux bêtes que d'une voix vibrante. Les fellahs le saluèrent du salut militaire et l'appelèrent Comandar.

Son vieux cœur était semblable à l'arbre de fer. Pourtant, quand Omar s'approchait, Comandar lui parlait doucement. Sous son térébinthe, au milieu de la terre comme sur une arche, il dénombrait les créatures qui la peuplaient. Pour tout ce qui respirait, il n'avait qu'estime et respect. Durant l'Ancienne Guerre, il avait entendu l'appel des hommes qui voulaient vivre. Lui-même était resté couché trois jours et trois nuits avec des cadavres et avait senti la décomposition le gagner.

Non, le vieil homme ne dédaignait pas d'adresser la parole à Omar. Prompte, l'amitié de l'enfant s'était nouée autour de l'aïeul. Celui-ci déchiffrait les rumeurs terrestres. Le gamin écoutait. Il quittait femmes et maison pour venir se joindre à la grande vie du monde. Le vieil homme Comandar prononçait les paroles qu'il fallait avoir devant la création.

« Peu importe ! lui avait-il dit un jour. Que tu comprennes ou non, fiston, ce n'est pas ce qui compte pour l'instant. Ouvre tes oreilles, et retiens ceci. Plus tard, quand ta raison sera formée, feras-tu un bon usage de la vie ?... Plus tard, quand tu seras un homme ? »

II

Sur l'autre versant, quelques feux s'allumèrent. Des femmes qu'on ne voyait pas jacassaient dans le crépuscule. Leurs langues s'affûtaient sur la pierre grenue de l'air. Plus graves, des voix d'hommes se mêlèrent à elles ; aucune cependant, qu'elle fût d'homme ou de femme, ne parvenait à couvrir une autre voix, enrouée, qui semblait ignorer tous les bruits de ce monde. Elle clamait une chanson où revenait souvent une note tenue, étrangement haute, pénétrée de tristesse.

— Attends un peu ! cria quelqu'un du bout du village.

Ba Dedouche, d'un geste de menace, brandit un gourdin impressionnant du côté d'où parvenait la mélopée.

Entends ma voix
Qui file dans les arbres...

disait la voix. Elle poursuivit :

Et fait mugir les bœufs...

— Attends qu'arrive l'oncle Dedouche : il te montrera comment on fait mugir les bœufs de ton espèce.

Ba Dedouche se mit incontinent à pousser des appels retentissants :

— Slii-mane ! Slii-mane !

Les mains croisées sur la nuque, marmonnant son air tout bas, Slimane déboucha de l'ombre. Sur son visage qu'on distinguait à peine se lisait une expression de jubilation. Une faible lueur vacillait au fond de ses yeux bridés.

Silencieux, il réprimait un sourire qui faisait briller son curieux regard. La petite flamme insolite dénonçait on ne savait quelle ruse profonde.

— Depuis quelque temps, tu chantes beaucoup trop, Slimane !

Slimane partit d'un rire sans bruit.

Les deux hommes examinèrent le pays qui s'étendait devant eux. Simultanément, sans mot dire, ils s'assirent sur la pente herbeuse. Le village, dans leur dos, formait une conque d'ombre. Les bouffées d'une fumée odorante de tiges de maïs s'abattaient de leur côté.

L'obscurité s'était épaissie au-dessous de la crête des monts dont le profil émergeait dans un ciel tragique, sans clarté, sans ombre, qui verdissait immensément. Au fond de la plaine, sur un lac de lave gris sombre, clignotait une minuscule pointe de lumière : la ferme Villard ; plus loin, dans une brume, reposaient les lumières de Tlemcen et des villages.

— Quand les devoirs nous manquent, dit l'ancien, nous sommes dévorés d'ennui. Et nous chantons des complaintes sans savoir quand il faut s'arrêter. Nous n'y pouvons rien. Nous dorlotons notre ennui, nous le chérissons. On peut vivre longtemps avec ça. Un jour on le découvrira et si, ce jour-là, nos devoirs ne nous apparaissent pas clairement, nous traînerons inutilement notre existence jusque... Jusqu'au jour de la Résurrection ! Mais si je ne crois pas mentir, le moment où nous comprendrons nos nouveaux devoirs sera tôt arrivé.

Slimane Meskine écoutait sans cesser de chantonner à bouche fermée ; il réfléchissait aux propos du vieillard. Son sourire se dissipa peu à peu.

Les contours du pays s'enfoncèrent à l'arrière-plan des brouillards d'été. Les champs voguaient, ayant rompu leurs amarres. Agrippé à sa quille d'argile, le village de Bni Boublen inférieur prenait le départ, cinglait en plein ciel.

Oncle Dedouche semblait aussi mettre à profit ce silence pour méditer ses propres paroles. Il demanda :

— Et Kara Ali ?... Que devient-il, cet homme ?

Le vieux fellah ajouta aussitôt :

— Je ne sais ; pour deviner son caractère, on pense qu'un regard suffirait. Je crains plutôt qu'il ne faille user une existence entière pour sonder toute son âme. Et je...

— Dieu me pardonne, l'interrompit Slimane. Pour te dire la vérité, j'ai peur de ne pas avoir assez de temps. L'âme de Kara, ne nous en préoccupons pas. Les poux qui sont sur nous nous suffisent ; à quoi bon en chercher dans la tête des autres ? Peu importe comment l'âme de Kara est faite !

— C'est... enfin... pour te dire.

— Allons bon ! Essayons plutôt une chanson, une toute petite chanson, fit Slimane. Cela vaudrait beaucoup mieux.

— Tu chantes trop ! Que va-t-il sortir de tout ça ?

— Une petite chanson, allons ! Rien qu'une petite chanson, Ba Dedouche.

Slimane Meskine se redressa et lança un coup d'œil complice au vieillard.

— Rien qu'une chanson.

Il s'étira, balança un peu la tête.

— Une petite chanson.

Et Slimane remit en place son turban, bomba le torse. Jetant un nouveau coup d'œil à l'oncle Dedouche, il montra toutes ses dents. Le vieux poussa alors un cri d'encouragement.

Slimane se mit à chanter, les coudes en l'air et les mains nouées derrière lui :

O Mama-la-maritorne...

Il tournoya sur lui-même.

— Non, pas ça, voyons ! gémit Ba Dedouche, interloqué. Pas ça !

Slimane ne se laissa pas fléchir. Il poursuivit :

O Mama-la-maritorne
Pousse une tendre chanson,
La marmite bout
Et les escargots sont bons !

Une expression de sincère et profond chagrin se peignit sur les traits de Ba Dedouche. Slimane rit. Il tournait sur lui-même, battant la terre des pieds. Il continua de s'esclaffer au nez du vieux fellah. Ba Dedouche écarquillait les yeux.

Son air mi-figue mi-raisin excitait Slimane. Celui-ci pirouettait sans arrêt en scandant son refrain :

La marmite bout
Et les escargots sont bons !...
Et les escargots sont bons !...

Soudain Ba Dedouche éclata à son tour d'un formidable rire.

— Eh, va, Slimane ! Eh ! Eh ! Eh ! Slimane, vas-y, mon petit ! Et vous, là-bas, tenez-vous bien, nom de Dieu de votre mère ! rugit-il en montrant du poing les fermes accroupies dans la plaine obscure.

Une odeur puissante s'exhalait des champs tandis que le ciel s'assombrissait progressivement. Remplaçant l'immense vibration du jour, une nuit se levait, froide et scintillante. Sous les étoiles, une croisière dans le temps opaque et le sommeil de la terre commençait.

Des accents mélancoliques et traînants emplirent l'atmosphère nocturne : un autre chant parvenait du fond de la campagne.

O... mon cheval... qu'as-tu?
O... mon cheval...

D'un coup Slimane cessa son piétinement. Il écouta dans une attitude de concentration avide et en oublia Ba Dedouche. Un changement s'opérait sur sa physionomie. Il paraissait chercher quelque chose que sa mémoire défaillante n'arrivait pas à retrouver. Il écouta encore. Et, tout ce temps-là, il ne se départit ni de son mutisme ni de son expression attentive.

Cela dura quelques minutes, pendant lesquelles la même voix continua à dérouler sa sombre et triste plainte :

O... mon cheval... ô mon cheval...

C'était l'homme seul, sans femme et sans enfants, l'homme Comandar qui chantait ainsi.

Les hautes terres baignaient à présent dans le noir. Avec rapidité, l'humidité de la plaine déploya ses nappes étales. Le pays ne fut plus qu'une mer de brume qui se balança doucement.

Bien qu'il ne fît pas froid, Slimane frissonna. Il se redressa un peu, s'étira, puis recouvra son calme.

De nouveau, les yeux clos, il prêta l'oreille, appuyant son dos contre un tronc d'arbre, la tête rejetée en arrière. Ba Dedouche voyait sa poitrine qui se dilatait puis s'affaissait, sa pomme d'Adam exorbitée qui remuait. D'une main, Slimane saisit une branche et ses lèvres furent agitées d'un léger tremblement.

Flottant à travers la nuit, la voix lointaine semblait sourdre du cœur de la montagne. Elle s'éleva longuement. Face à Ba Dedouche, le dos tourné à la plaine, Slimane se mit à l'accompagner dans un murmure assourdi :

O... mon cheval... qu'as-tu?
Qu'est-ce qui te fait défaut?

Le chant l'étouffait. Sitôt qu'il parvenait à la note haute, il s'arrêtait et secouait la tête d'un côté et d'autre avec désespoir.

Les derniers sons s'achevèrent sur un ton plaintif : ce fut comme une lamentation. Ba Dedouche, qui observait le fellah, comprit qu'il ne fallait pas le tirer de sa distraction.

Levant les yeux au ciel, Slimane ouvrit les bras, tout grands, comme s'il voulait accueillir le monde nocturne.

Puis il se dressa avec défi, huma l'air, l'avala avec rage et frénésie, et l'exhala avec une violence exaspérée. Il resta un peu tremblant, un peu courbé contre le vent de nuit qui se levait. De toutes ses forces, il lança :

Nous guettons le jour,
Du fond des yeux nous regardons
Sur les montagnes
Se délier la nuit incombustible ;
— Des feux
Allumés chaque soir
Aux foyers de nos demeures,
Des feux de joie parmi les monts,
Gagnent les frontières du monde.

A présent, Slimane se balançait, et les mouvements de son corps s'accordaient avec les inflexions de sa voix. On eût dit que tout son corps chantait. Il titubait comme sous l'empire du vin qui terrasse l'ivrogne. Son visage, tourné tantôt vers l'ombre diffuse d'une nuit claire, tantôt vers l'obscurité impénétrable des collines, prenait tour à tour une expression crispée, sombre, paisible, gaie.

Les barbelés d'étoiles
Lacèrent la terre saignante,
Des marcheurs nocturnes
Parcourent ces sommets
Pleins et nus,
Leur chant n'est que murmure.

Pénétré par une étrange fièvre, Ba Dedouche inclinait la tête sur la poitrine. La mimique de Slimane l'envoûtait : le vieux fellah ne pouvait détacher de lui ses regards.

Soudain, oncle Dedouche s'avança dans la pénombre, pareil à un géant voûté. La ligne de ses épaules semblait s'être affaissée, et son dos s'arrondissait. On l'eût pris pour un monstrueux insecte qui s'apprêtait à s'enrouler sur soi.

Il franchit sans bruit les quelques pas qui le séparaient Slimane, puis se dressa de toute sa hauteur.

Ouvrant démesurément ses yeux sans fond, Slimane Meskine l'observait, immobile. Sa voix s'amplifia :

Toutes les colombes rassemblées,
Les astres qui se poursuivent au ciel,
La ville entière, les rues et les champs,
Les femmes qui enfantent en criant,
Saluent la prison et la porte
Par laquelle passe le prisonnier.

Un drame se jouait sur ces hauteurs. L'âme grossière de Ba Dedouche s'en rendait bien compte. Elle ne le percevait justement avec cette acuité que parce qu'elle était grossière.

Oncle Dedouche s'agenouilla ; cette scène se déroula avec une rapidité déconcertante. La nuit était tranquille. Le vieux fellah regarda Slimane, qui posa une main sur son épaule.

Ba Dedouche le viejo se prosterna aux pieds de Slimane Meskine dans une attitude soumise et humiliée. La nuit muette, de plus en plus profonde, de plus en plus totale, les enveloppa.

III

La voix de Zhor emplit la cour. L'éclat du soleil inondait l'entrée de la grotte. Omar n'avait pas encore ouvert les yeux ; des fibres de lumière papillotaient sous ses paupières. Il s'étira : un bien-être fugace le parcourut. Il hésitait encore à reconnaître les lieux. De nouveau la voix de la jeune fille s'éleva. S'accordant avec la vie, elle prolongeait en elle la joie du garçon. Il se sentit comme l'être intérieur de Zhor : une ombre farouche jouant sur l'explosion du jour.

Il arriva, se frottant les yeux, auprès des deux femmes qui se tenaient dehors, assises sous le figuier. Zhor attira le garçon à elle et, de son bras, lui entoura les épaules. Mama

… lait, plaça un morceau de pain à côté de la … L'enfant se libéra de la pression de Zhor.

… tranquille, dit Mama.

… :

— … nous apporter du maïs ?

— … à l'instant.

— Ne te presse pas, petit-père. Bois ton café d'abord.

Omar sortit. La campagne plongeait dans la fraîcheur matinale. Tout le long du champ de pommes de terre qui s'étendait au-dessus de la maison courait une haie de maïs. C'étaient de hautes cannes bardées de feuilles tranchantes. Cette masse végétale recouvrait la terre d'une écume verte. Dans un froissement de plantes, le garçon cassa quelques épis. Pour s'assurer de leur maturité, il en écartait les enveloppes, examinait les grains. S'ils n'étaient plus blancs, s'ils devenaient jaune ivoire, il les arrachait.

Il rapporta des quenouilles feuillues plein les bras. Zhor avait préparé un fourneau. On dépiauta les épis, leur enleva la barbe ; dans le kanoun ne vivaient plus que des braises ardentes. On y mit le maïs à rôtir.

Mama murmura à l'enfant :

— Jaune et fané, entouré de langes : devine-moi ce que c'est, ou va-t'en de mes côtés.

— Le maïs ! Le maïs ! s'écria-t-il avant qu'elle eût fini.

Elle était connue, celle-là.

— Encore ! réclama le garçon.

Mama dit :

— Une maison de fer j'ai, par des nègres hantée : devine-moi ce que c'est, ou tu auras cent coups de mon fouet.

Les deux sœurs l'observèrent. Il réfléchit ; au bout du compte, il fut incapable de répondre.

— La pastèque, idiot ! révéla Zhor.

Elle partit d'un grand rire.

— Cent coups ! Cent coups de fouet ! ordonna-t-elle.

Elle fit mine de le battre. L'enfant, qui n'avait pas su deviner, la regarda en fronçant le sourcil.

— La pastèque, eh oui ! fit-elle.

— Encore.

— Tu sais ce qu'on dit ? expliqua Mama. Ceux qui

racontent des histoires en plein jour auront des enfants teigneux.

Mystérieusement, elle mit un doigt sur la bouche.

L'une et l'autre s'en furent vaquer aux soins du ménage ; Omar surveilla la cuisson du maïs. Avec un couvercle de marmite, il éventa le feu. De temps en temps, il soulevait un épi grillé d'un côté, le retournait de l'autre. Des détonations partaient dans le fourneau. Mama rangeait sa chambre, Zhor épluchait des légumes. Un moment passa, puis elles revinrent toutes deux s'accroupir devant le kanoun.

— Donne, dit Zhor au gamin. Tu t'endors. Regarde comment on fait.

Elle lui prit le couvercle des mains et l'agita avec force au-dessus du feu qui se réveilla soudain. Le maïs éclata à coups redoublés.

Les épis furent plongés dans de l'eau salée. Quelques instants d'immersion suffirent, et on les retira. Leurs grains étaient serrés comme des dents bien rangées. On y mordait et en avait tout de suite la bouche pleine. Ils craquaient, ils avaient un goût de sel, de farine, de grillade.

Omar s'étonnait que la vie fût belle avec cette facilité. A Bni Boublen-le-Haut, chaque matin, le même émerveillement le surprenait. Son cœur s'ouvrait aux effluves qui déferlaient sur la campagne. Il suivait dans l'herbe le réveil des insectes, contemplait leurs mouvements. Il écrasait de la menthe sauvage entre ses doigts et humait la senteur des terres gorgées d'humidité. Par les pieds, il devinait le cheminement de la rosée à travers la corde imbibée de ses espadrilles.

Et le soleil étendit sa possession sur la campagne.

IV

A la maison, le plus gros de l'ouvrage avait été expédié.

« Il est peut-être préférable que je descende maintenant dire bonjour aux voisines », se dit Zhor. Elle y pensait quand Kara, le mari de Mama, arriva des champs. Vite, elle eût voulu s'esquiver, mais elle dut se contenir ; elle n'osait bouger à présent qu'il était là et en éprouvait un dépit intolérable. Elle se leva et lui baisa la main lorsqu'il passa devant elle. Zhor ressentait la gêne la plus pénible quand il lui fallait s'approcher de Kara. Et voilà que Mama, tout occupée, s'avisa de lui dire d'aller le servir. C'était l'heure de son déjeuner du matin. Il venait manger ; ensuite il repartirait sur les terrasses des champs.

La petite se dirigea vers la chambre commune, qui n'était à proprement parler qu'une caverne : on avait élevé un mur sur le devant et ça faisait figure de pièce. Kara était là, assis sur un petit tabouret ; il s'appuyait contre une vieille armoire ornée de fleurs et de feuillages peints. Zhor poussa devant lui une tablette ronde sur laquelle elle avait disposé une galette d'orge et un pot de petit-lait. — A la pointe de l'aube, on le rencontre déjà sur les cultures ; il aime travailler la terre quand la nuit continue à peser sur elle. — Tandis qu'il mangeait, la jeune fille circulait furtivement dans la chambre. Par instants, elle voyait le visage de l'homme et recevait un léger choc ; jamais elle ne se fût permis de l'examiner ouvertement, toutefois elle avait la nette impression qu'en cette même seconde ses traits lourds et aplatis de blond, sa bouche pâle, la suivaient partout, collés à tous ses gestes.

Omar erra longuement dans les champs, Maachou, le mouton, trottant sur ses talons. Il se rendit à la source du figuier, où il bombarda les oiseaux à la fronde. Là, déclenché par un mécanisme invisible, le vent coulait par intermittence de feuille en feuille, soulevant le poids houleux que portaient les arbres ; l'enfant surprit l'instant où il prenait son élan. A partir de cette minute, le vent circula sans arrêt : immobile, Omar écoutait.

Et il pensait à Dar Sbitar, il l'imaginait dure et méchante comme toujours. Dans ces champs, subitement elle s'élevait autour de lui, le recherchait de toutes ses mains. L'assiégeant de tous côtés, les esprits de la grande maison envoyèrent dans son cœur leur souffle empoisonné. Cela dura une seconde... Une seconde pendant laquelle tout devint noir devant ses yeux.

Et le sinistre cauchemar s'évanouit dans l'air subtil du matin. Ah ! se gorger de ces champs et de ce ciel !

Il savait maintenant où se faisait le juste départ des choses, par où passait la ligne au-delà de laquelle on cesse d'avoir faim, en deçà de laquelle on ressent cette brûlure dans le sang et la violence qui l'accompagne. Cette ligne, la houle ondulée des cultures et des frondaisons, le pouls des sources, les nappes des pâturages, la traçaient et la couvraient tout à la fois.

Vers le milieu du jour, la chaleur se fit corrosive. Les femmes, Mama et Zhor, disposaient la *meida*[1] pour le déjeuner lorsque Omar rentra : elles n'attendaient plus que lui. Les poches gonflées de pierres, d'amandes vertes et d'herbes, les cheveux garnis de feuilles, il avait l'air d'un jeune sylphe. Il alla tout droit à une écuelle où il piqua quelques olives noires et tendres, luisantes d'huile.

Passé midi, il retrouva ses compagnons : aucun d'eux n'était de Bni Boublen-le-Haut, tous étaient de l'autre Bni Boublen, celui des ouvriers agricoles. Avec eux, c'était plus agréable de vagabonder dans l'odeur chaude des terres. Ils poursuivirent des bêtes peureuses, lancèrent des pierres aux chiens qui se déchaînaient, mais que les projectiles tenaient en respect. D'une grande distance, les gosses s'entendirent agonir par Hachemi, un berger, qui se tenait sur la montagne, invisible, perdu avec ses chèvres dans la rébarbative solitude de Lalla Séti. Il pouvait tout observer de là-haut. On eût dit à cet instant que sa voix émanait du ciel.

Les garçons s'en allèrent rôder ailleurs. Ils cueillirent des mûres sur les haies vives et les mangèrent en frissonnant dans l'ombre des fossés : ces fruits sauvages distillaient un jus acide sur la langue. Les drupes des pruniers, blanches, rouges, violacées, tombaient en une écœurante profusion. Ils en emportèrent une provision dans de larges feuilles de figuier.

Mais les fabuleuses cerises, celles qui chargeaient les branches dans les champs des colons, excitèrent leur envie. Quelques-uns proposèrent de franchir les clôtures. Omar s'y opposa. Lui ne volait pas, voudrait ne jamais voler. De plus, c'était chez des Européens : il tenait, disait-il, à les

1. *Meida :* table ronde et basse.

regarder droit dans les yeux. Les Européens, eux, préféraient naturellement avoir affaire à des Arabes qui volaient. Omar parlait comme un homme ; les autres garçons firent des yeux ronds. Tout en murmurant, la troupe s'éloigna.

Bond après bond, les uns sur les autres, ils s'en furent en jouant à *seb-sebbout*[1]. Mais ils s'interrompirent net : une cigogne arpentait un pré à la recherche de vers ou de crapauds ; ils entonnèrent tous ensemble dans sa direction :

A bechakchak, chak, chak,
Allons sur l'aire jouer,
Orge et blé te donnerai,
O la grande meule !
O l'abeille-guitare !...

Dans le groupe, Omar avait un ami, Saïd, de même âge que lui. Un noiraud qui était le génie grimpeur même des arbres ! On ne connaissait pas de branche, aussi fine fût-elle, qu'il n'atteignît d'un bond. Sous l'œil écarquillé des garçons, hop ! il sautillait comme un singe, et tout d'un coup le voilà qui disparaissait dans le feuillage ; seul son rire résonnait : et on apercevait son derrière se balançant sur la plus haute fourche. Il dansait en l'air puis, l'instant d'après, il était par terre.

Le sang d'Omar et de Saïd courait à l'unisson ; ensemble, ils faisaient de bruyantes apparitions dans la torpeur plane de Bni Boublen. Au débouché du sentier qui conduisait au village des fellahs s'élevait la case en torchis des parents de Saïd. Devant sa porte, Khadra, la mère, tournait une meule posée entre ses jambes écartées ; Omar ne pouvait jamais songer à elle sans l'imaginer actionnant, avec la même soumission du corps, cette pierre pesante. Elle écrasait de l'orge, du froment, des piments rouges séchés, tant que durait le jour.

Cet après-midi, lorsqu'ils arrivèrent, elle tournait d'une main, puis encore de l'autre, la poignée de bois fichée dans la meule. Le petit Saïd lui sauta sur les épaules, mais elle, affaissée, ne s'arrêta pas de moudre. Le garçon lui serra le

1. *Seb-sebbout :* jeu qui s'apparente au saute-mouton.

cou entre ses bras et le corps de la mère allait toujours.

Omar regardait ses yeux caves, ses traits émaciés. La roue, dans un bruit égal de grains foulés, broyait les forces de la femme. Mais, tout en se balançant, Khadra chantonnait d'une voix étouffée, chantait pour son fils, tandis qu'elle le portait sur le dos comme s'il eût été encore un nourrisson :

Dans un jardin
J'ai semé des grains d'anis ;

Attirés par leur douceur
Les oiseaux sont venus ;

Je les ai chassés
Avec des paraboles...

Les oiseaux rouges et tristes
N'assailliront plus mon enfant.

Et, à bout de force, elle s'allongea sur le sol ; quand elle eut reposé ainsi ses os, une horrible affliction monta dans le cœur d'Omar. En cette femme à l'expression désolée, étendue dans un abandon total, il voyait une morte...

V

Un foyer proche et lointain éclairait l'espace. Les champs grésillaient. Un immense cheval bondit vers le ciel et hennit. La vieille terre se tut. Et le feu blanc s'éteignit.

Les cigales seules continuaient sans défaillance à creuser le jour de leur tarière.

— L'as-tu vu, le cheval qui a traversé le ciel ?

— Non, Comandar. Il ne pourrait y avoir de cheval qui vole. Tu rêves. Les flammes qui tombent du ciel te tournent la tête. Et tu vois des choses.

— Toi, tu n'as rien vu. C'est pourquoi tu parles comme ça.

Omar s'étendit à l'ombre déchiquetée d'un olivier. Pour quelle raison n'avait-il rien vu ?

Comandar lui raconta ce que les fellahs avaient observé au cours d'une nuit :

« La lune d'été écumait au-dessus des abîmes noirs qui s'ouvraient entre les monts. Ce n'était plus la nuit. L'air, la terre, resplendissaient. On pouvait distinguer chaque touffe d'herbe, chaque motte. L'air, la terre, et la nuit respiraient d'un souffle imperceptible. Soudain un bruit de sabots frappant le sol se répercuta à travers la campagne. Tous les fellahs se dressèrent sur leur séant. Le bruit se rapprocha encore : ce fut comme un tonnerre roulant d'une extrémité à l'autre de la contrée. Plus aucun fellah n'avait sommeil. Certains qui s'étaient installés devant leurs gourbis virent sous les murailles de Mansourah un cheval blanc, sans selle, sans rênes, sans cavalier, sans harnais, la crinière secouée par une course folle. Un cheval sans rênes ni selle dont la blancheur les éblouit. Et la bête prodigieuse s'enfonça dans les ténèbres.

» Quelques minutes à peine s'étaient écoulées : et le galop retentit de nouveau, martelant la nuit. Le cheval reparut sous les remparts de Mansourah. Il fit une seconde fois le tour de l'antique cité disparue. Les tours sarrasines qui avaient résisté à la destruction profilaient leurs ombres intenses dans la clarté nocturne.

» Le cheval fit une troisième fois le tour de l'antique cité. A son passage tous les fellahs courbèrent la tête. Leur cœur devint trouble et sombre. Mais ils ne tremblaient pas. Ils eurent une pensée pour les femmes et les enfants. “ Galope, cheval du peuple, songeaient-ils dans la nuit, à la male heure et sous le signe mauvais, au soleil et à la lune. ” »

Omar s'endormit dans l'herbe ardente. Comandar le vit plongé si profondément dans le sommeil qu'il se tut.

Il murmura pour lui tout seul dans une réflexion entêtée : « Et depuis, ceux qui cherchent une issue à leur sort, ceux qui, en hésitant, cherchent leur terre, qui veulent s'affranchir et affranchir leur sol, se réveillent chaque nuit et tendent l'oreille. La folie de la liberté leur est montée au cerveau. Qui te délivrera, Algérie ? Ton peuple marche sur les routes et te cherche. »

Le mouton Maachou vagabonda de-ci, de-là, mordilla une herbette par-ci, une fleur par-là. Il se dirigea vers l'enfant et promena sur lui ses naseaux noirs et humides, puis s'accroupit. Grasse et sombre, une odeur de suint se répandit en une nappe lourde où s'envasèrent l'enfant et la bête. Et la chaleur fut plus épaisse.

Lorsque Omar se réveilla, voici en quels termes, cette fois, l'homme Comandar lui parla de Bni Boublen et de ses habitants :

« Bni Boublen, ce n'est peut-être pas un endroit merveilleux. Ils n'en savent pas grand-chose, les gens de la ville, bien qu'ils aient la réputation d'être instruits en tout. Sur Bni Boublen, ils connaissent encore moins de choses. Là-haut dans le Nord, ou là-bas dans l'Est, et n'importe où dans le monde, ils n'en savent pas grand-chose. Qui est-ce qui en parle ? Personne ! Pour en parler, il faut le connaître. Si on le connaît, plus on y pense, plus il apparaît, non pas merveilleux ! mais comme un coin où il fait bon vivre. On y respire l'air des montagnes. Et si on s'y sent un peu seul, ce n'est pas de la solitude qui se saisit de toi dans la grande ville.

» Il est, ici, une autre solitude. Celle des chemins caillouteux et empoussiérés qui parcourent le pays. Bordés de haies, les champs de vigne s'étendent à perte de vue ; de place en place se montre une méchante cabane de fellah. Toutes ces cabanes sont semblables. Elles ont l'air de quelque chose de perdu, de quelque chose de triste qui te poursuit sans cesse. Les fellahs ne quittent jamais Bni Boublen ; s'ils le quittent, ils ne sont plus bons à rien. Leurs voix sont admirablement nostalgiques, leur salut plein de chaleur. Mais la colonisation blesse : ses yeux ont désespérément peur et les yeux des hommes sont désespérément durs. Le colon considère le travail du fellah comme totalement sien. Il veut, de plus, que les gens lui appartiennent. Malgré cette appartenance en titre, le fellah est pourtant le maître de la terre fertile. Bétail et récoltes, partout la vie est sa génération. La terre est femme, le même mystère de fécondité s'épanouit dans les sillons et dans le ventre maternel. La puissance qui fait jaillir d'elle des fruits et des épis est entre les mains du fellah.

» Puissant et redoutable, il doit être ; il lui faudrait un jour protéger par les armes son foyer et ses champs.

» Les femmes, elles, à Bni Boublen, ont le teint ensoleillé du miel et sont comme l'or. Toutefois rien de cela ne dure bien longtemps : la vieille malédiction pèse sur elles. Vite, elles acquièrent des corps de portefaix, et leurs pieds qui foulent la terre portent de profondes crevasses. Certaines traînent des corps maigres qui laissent saillir les côtes. D'une manière ou d'une autre leur grâce se fane en un clin d'œil. Seules leurs voix traînantes restent douces. Mais une redoutable faim hante leurs regards.

» A Bni Boublen il arrive aux hommes de se réunir par petits groupes à proximité du village. Le travail manquant dans les fermes, ils échangent des nouvelles. Leurs visages deviennent taciturnes. A ces moments, ils sont tous avares de paroles, ils discutent avec deux ou trois phrases. Il ne leur en faut pas davantage.

» — Nous travaillions dans les vignes...

» — Moi, à la ferme Marcous...

» — Du travail, il n'y en a plus par ici. Il n'y en a plus, voilà !

» — On peut très bien aller dans une autre région.

» — Qui sait ! Là-bas aussi, il y a peut-être du chômage...

» Dans les chemins aveuglants de la campagne, ils se promènent lentement, les bras ballants. Ils se saluent cordialement entre eux. Ils crient :

» — Comment ça va, Kaddour ? Il fait assez chaud pour toi ?

» Le nommé Kaddour répond en secouant la tête :

» — La chaleur et le ventre creux, voilà comment ça va.

» Un rire insolite retentit :

» — Nom de Dieu ! C'est vrai. C'en est une bien bonne. Carajo !

» L'homme rit une fois de plus, un peu plus bas. Leurs yeux ne peuvent plus se rencontrer.

» Des jours passent : on apprend un beau matin que deux d'entre eux, ou trois, ou quatre ensemble, se sont massacrés à coups de matraque, au bord d'une route, autour d'une fontaine. Et ce n'est pas drôle. L'air des montagnes est léger, et le sang des gens vif. Leurs yeux restent fous des jours entiers. C'est comme ça que les choses se passent.

» On n'y trouve que des gens humbles au total, qui ne se prennent jamais pour ce qu'ils ne sont pas. Tlemcen ne produit plus que des commerçants. Et quelle est leur attitude ? Ils se targuent toujours d'une grandeur passée. Mais que sont-ils maintenant ? Le fellah cherche quelque chose de plus sérieux, mon ami. Il ne sert à rien d'exhiber ses prétentions.

» Tiens, en fait de choses anciennes, tante Doudja pourrait t'en raconter. Il y a encore mieux, c'est grand-mère Moul Kheir. La vie de grand-mère Moul Kheir remonte aux jours sauvages de la liberté, avant l'arrivée des Français. Grand-mère Moul Kheir se tient comme un roc sur ce que fut notre passé. Quand elle parle, l'air se remplit d'apparitions invisibles, de voix. Et toi qui l'écoutes, comprends que ces voix familières appartiennent à des gens d'un autre âge. Passé de fellahs, mais aussi de l'Algérie, qui fut le tien, et que sonde la parole de Moul Kheir s'égrenant dans l'immensité d'une nuit calme.

» Moul Kheir te dira que son grand-père était un grand guerrier, un grand cavalier, un sage plus sage que tous les autres, dont la justice et la bonté, mais surtout la bravoure, étaient plus grandes que chez les autres hommes de la tribu ; et tout cela n'était rien encore ; parce que son grand-père était plus que cela : il était un homme-roi.

» Voilà pour le passé des fellahs. Mais ceux-ci n'iront jamais prétendre qu'ils valaient beaucoup autrefois. Les fellahs sont de petites gens simples.

» Cela, c'est pour le passé. Mais revenons au présent.

» Bni Boublen est-il meilleur, parce que c'est la campagne ? On ne se rend pas bien compte, des fois, qu'il vaut mieux être de la ville que de la campagne. A la vérité, si on s'isole complètement dans sa campagne, ça ne vaut rien. Mais si on s'enferme trop entre les murs d'une ville, ça ne vaut guère mieux. Le plus important est de savoir ce qu'on veut faire. S'il se trouve des hommes, à la campagne comme à la ville, qui se lèvent pour frayer la voie à une nouvelle existence, alors il n'y aura plus de différence entre la ville et la campagne. Il ne faut pas que les gens de la campagne se consument et se dessèchent sur leurs terres ;

et que les gens de la ville, captifs dans leurs propres murs, pourrissent au milieu de leur train de vie.

» Peut-être Bni Boublen est-il meilleur, mais ses gens ne connaissent pas le repos et la certitude. Ils n'ont pas mis encore le feu au monde et ils n'ont pas l'intention de le faire. Mais ils ont commencé à parler du poids des injustices, à comprendre que les salaires offerts par les colons sont une misère. Ils en parlent à toutes les occasions. Pendant le travail et à la pause de midi. Quand ils se rencontrent dans un chemin, et le soir dans la cabane où ils retrouvent leurs petits. Au marché qui a lieu le lundi, et durant les longs jours de repos forcé. Peu à peu l'irritation grandit. La campagne entière vit dans une atmosphère qui n'augure rien de bon. Il y en a qui jurent que la prison vaut mieux que cette existence-là.

» A part cela, Bni Boublen n'est pas grand-chose à voir. Il n'y a là que des gourbis, des paillotes, et les quelques maisons de pierre des cultivateurs, à peine différentes des habitations de fellahs. Les gens ne tiennent pas à parler de leur passé. Sur cet emplacement se dressait jadis Mansourah dont on voit encore debout les murs d'enceinte et la tour maghrébine. Tlemcen, c'est sûr, est une bien vieille cité, les maisons y sont vieilles, plusieurs fois séculaires, mais vieilles aussi les gens ! A Bni Boublen, les visages sont tout à fait simples et familiers. Les fellahs vont au travail sans qu'on le leur dise ; ils sont faits pour ça. Ils sont sobres et mesurés dans leurs goûts. Mais ne leur demandez pas de plier l'échine. Bni Boublen est une vraie région de bonnes gens, qui ne se distinguent que par un trait : leur parler traînant. Mais chaque mot y est bien pesé. Chez nous le travail est assidu, l'oisiveté peu fréquente. Ce n'est qu'un endroit banal. Une poignée de gens qui n'ont rien d'extraordinaire. Mais presque tout ce qui fait l'Algérie est en eux. »

VI

Tout avait commencé justement par cette grève des ouvriers agricoles de février dernier. Les cultivateurs de

Bni Boublen-le-Haut assistaient aux transformations de la plaine comme si elles ne les concernaient pas. On les voyait imperturbables et silencieux. Des hectares par milliers devenaient la propriété d'un seul colon. Celui-ci ou cet autre, c'était pareil : ils étaient arrivés dans le pays avec des chausses trouées aux pieds. On s'en souvenait encore par là. Ils possédaient à présent des étendues incalculables de terre. Les gens de Bni Boublen, de génération en génération, suaient pendant ce temps-là sang et eau pour cultiver un minuscule lopin. Ils avaient qui un âne ou deux, et parfois aussi un mulet, qui une vache ou deux... Parfois il se trouvait qu'un cultivateur comme Ben Youb eût dans son étable deux belles vaches normandes. Personne, à Bni Boublen-le-Haut, n'avait idée que cette vie dût changer.

Puis ce petit monde ancré dans l'immobilité, si stable, si bien rangé, força d'un coup ses amarres. La grève des fellahs venait d'éclater. Arraché à soi, à son inertie, et entraîné tout d'abord très lentement, au sortir d'un long et lourd sommeil, le pays avança dans la vie.

Ben Youb contemplait longuement, certains jours, les lointains profonds de la plaine. Il se rendait à l'évidence : la véritable richesse était rassemblée entre les mains des colons. Lui, sa terre ne commençait, comme celle des autres cultivateurs de Bni Boublen, que sur les flancs anguleux de la montagne. Cette terre produisait, mais, comme les femmes de ces hauteurs, toutes en gros os, elle donnait un lait rare. Bni Boublen, avec ses champs suspendus au-dessus des ravines, ses cultures abruptes, accrochées au roc, était au seuil de la steppe.

Les cultivateurs, ici, n'empilaient pas les billets de la Banque de l'Algérie et encore moins de l'or. Ils vivaient juste, plutôt. Ils n'avaient jamais un sou et devaient travailler dur...

Et pour payer les impôts ? Il fallait vendre la bijoutaille de la femme, y ajouter ses propres vêtements, déballer la laine des matelas, faire l'appoint avec des peaux de mouton. Vendre autant que possible tout, mais pas la terre.

Pour l'instant, si on arrivait à vivre, si on gagnait son bout de pain, c'était bien tout ce qu'on demandait. Même là-dessus, naturellement, on faisait des économies. Mais la terre n'est pas ingrate. Et, là-haut, on ne ménageait pas sa peine ni la sueur de son front. Et si on arrivait à mettre quelques sous de côté, on les prenait sur sa nourriture, sur son propre ventre. Eh ! il le fallait bien ! Tel on est maintenant, tel devra-t-on le rester toute son existence ? Déjà, on est à l'étroit. Déjà on a peine à remuer les coudes. Pour continuer comme ça, ce n'est pas la peine. Respecte la terre, et elle te respectera. Travaille-la, elle te le rendra au centuple. Quant à entasser de l'or, c'est autant lâcher la proie pour l'ombre. Comment peux-tu mettre la meilleure part de ton sang, de ta force d'homme qui n'a jamais renâclé à la besogne, de tes rêves éblouis, dans un coin d'ombre et la laisser fermenter et se gâter ? Ton âme y gagnera une tache sans nom, incurable comme une maladie des tropiques. Vois comme devant toi circule sur ces grandes terres violettes la richesse intarissable. Certes la terre avec ses plantes et ses bêtes, la vaste terre appartient à Dieu, qui en donne la jouissance à qui lui plaît. Mais celui qui en détient une parcelle est béni par le ciel, il détient aisance et liberté. C'est là qu'il trouve la vraie indépendance.

Ainsi ruminaient, des heures durant, les cultivateurs de Bni Boublen-le-Haut, tout en semant, en émondant les arbres, en soignant les bêtes, et même en dormant. Cette réflexion palpitait en eux comme le sang dans leurs artères, irriguant leur tête de désirs lents et épais, d'envies insoupçonnées. Ils s'en allaient d'une tâche à l'autre avec cette nostalgie de la terre qui leur aspirait l'âme et maintenait devant leurs yeux un mirage quotidien.

Les fellahs, eux, parlaient toujours de la grève qui avait tourné court en février. De fait, elle avait eu une fin malheureuse. Deux des leurs étaient détenus, en prévention, depuis ; et ils n'étaient pas les seuls, il y en avait aussi des centres voisins.

Le digne Maamar el-Hadi prêchait la modération aux fellahs qui, comme lui, ne travaillant pas, s'étaient groupés à l'orée du village.

— L'homme, dit-il, ne doit pas détourner ses pensées de son travail, de la lutte pour l'existence dans laquelle il use déjà toutes ses forces. Son destin, ce qu'il adviendra de lui demain, il doit l'oublier comme l'ont fort bien dit les Anciens. Au total, deux hommes de chez nous ont récolté de la prison. Et pourquoi ? Pour s'être mis en tête des considérations !

Sid Ali eut envie de le moucher. Mais, réflexion faite, il se retint. Il ne voulait pas se laisser entraîner dans une querelle qui n'aurait pas eu de sens. De plus, il savait l'inutilité de ces discussions. Il répondit tout de même à Maamar :

— Et quand, à la maison, tu n'as pas un bout de pain, c'est faire de la politique que de le réclamer ? Un morceau de pain, qu'est-ce que c'est ? Ce n'est pas beaucoup. Pourtant ce qui n'est pas grand-chose, c'est tout pour nous. Quand tu dis, le pain : est-ce que cela ne veut pas dire la vie ? Voilà pourquoi c'est tout, pour des gens comme nous.

Les autres prêtaient l'oreille.

— Si tu veux vivre seulement, rétorqua Maamar, baisse la tête et travaille ; c'est tout. Il n'y a pas d'autre moyen.

— Tu m'excuseras, lui lança Ali bér Rabah, mais je crois devoir te dire que je ne suis pas d'accord avec tes paroles. Les hommes, chez nous, sont faits d'un minerai de haute teneur. Le cœur est intact et sans mélange. Toute la misère et tout le malheur que nous avons connus ne nous ont pas encore entamés. Ce n'est pas aujourd'hui que nous allons commencer à baisser la tête. Chaque homme que tu vois autour de toi est une poudrière. Il suffit maintenant qu'une étincelle tombe dessus.

— Dieu te bénisse, marmotta Ba Dedouche le viejo.

— De nos jours, on remarque une série de faits extraordinaires, intervint Sid Ali. Mais ils ne sont en rien incompréhensibles, ils sont en parfaite relation avec les abus, anciens et nouveaux, dont les fellahs sont les victimes.

Tout en continuant à s'adresser aux autres, il fixa son regard sur Maamar.

— Ma foi, vous avez des yeux : regardez autour de vous ! Vous êtes encore jeunes. L'existence vous apprendra bien des choses, elle se chargera de vous montrer ce qui a changé chez nous.

A cet instant, la voix de Ba Dedouche s'éleva, et dans un bruit de pierres remuées, on entendit :

— Des faits étranges se produisent chez les fellahs. Des changements surviennent. Nous, les anciens, nous nous souvenons d'un âge où il n'était même pas possible d'imaginer que rien pût changer. Si la vue d'un vieillard baisse, son cerveau travaille davantage et lui montre tout.

— Mais tant que l'édifice des abus, opina Azouz Ali, restera en place, il n'y aura rien de changé.

— Ah ! soupira Ba Dedouche le viejo qui parut ne point l'avoir entendu. Qu'il se trouve seulement quelqu'un pour narrer le triste destin des fellahs, et il en aura de quoi dire ! Et lorsqu'il aura tout dit sur les pauvres fellahs, qu'il raconte, pour consoler ses auditeurs, la vie édifiante des colons.

Un petit pont surplombait le village. Le groupe d'hommes se tenait sous le parapet. Quelques femmes s'attardaient, à cette heure, près de la source ; hiver comme été, le filet d'eau qui en sortait était faible. Aussi les paysannes y perdaient-elles un temps infini. Celles-ci bavardaient en jetant des regards furtifs vers les hommes.

Quelques-unes revenaient déjà ; vêtues de cotonnades, toutes avaient des corps rudes. Le vaste mouchoir de couleur qui leur entourait la tête empêchait de voir leurs cheveux. Elles avançaient à petits pas. Le tonnelet plein, que chacune arrimait avec une corde sur ses épaules, leur cassait le dos. Sur une file, l'une derrière l'autre, elles passaient lentement en silence, puis disparaissaient dans le chemin creux qui menait au village. Cependant l'une d'elles se sépara de celle qui l'accompagnait et fit quelques pas vers les hommes. Elle se tint à distance, sans souffler mot.

— Il n'y a rien de nouveau, Zahra. Tu peux rentrer chez toi.

— Rentrer chez moi ? fit la paysanne.

L'homme, visiblement, voulut lui dire encore autre chose. La femme attendit, mais Sid Ali esquissa un geste et ne proféra pas une parole de plus. La femme s'éloigna. Elle rejoignit l'autre, qui l'attendait à l'écart, et du même pas calme les deux paysannes se dirigèrent vers le hameau.

— C'est ici même, à cette place, que son mari a été arrêté, dit l'un des fellahs.

— Moi aussi, j'y étais, déclara son voisin.

— Ce n'était pas un spectacle édifiant, émit Ba Dedouche dans un grommellement rauque.

— Comment fait-elle ? demanda Aïssani Aïssa. Comment vit-elle, je veux dire.

Aïssani Aïssa n'habitait pas à Bni Boublen. Il travaillait à demeure à la ferme Marcous et logeait chez le colon. Il ne savait pas comment les choses marchaient au village.

— Elle n'a que les yeux pour pleurer ; son mari, quand il travaillait, gagnait le nécessaire, dit Bensalem Adda. Et maintenant, son mari n'étant plus là, elle... elle est aidée par les gens. Elle et Salha... Elles ont des enfants, trois et quatre, l'une et l'autre. Mais elles savent affronter le malheur.

— Il y avait du monde, ce jour-là ! reprit le premier fellah.

— Et les habitants de Bni Boublen voyaient ce qui se passait, dit son voisin.

— Tous ceux qui étaient présents étaient témoins, continua le premier fellah.

— Nous avons vu comment on persécute les nôtres, dit l'autre.

— Ce n'était pas une arrestation ordinaire de voleurs ou d'assassins.

De fait, ce ne fut pas une arrestation ordinaire. Les femmes revenaient aussi de la source où elles avaient été chercher de l'eau ; les hommes allaient donner à boire au bétail ; les ouvriers mettaient du fumier en tas dans les rangées de vigne de M. Villard ; tout d'un coup, ils avaient vu les deux fellahs entre des gendarmes. Engagés sur la grand-route, ils marchaient en direction de la ville.

Hommes et femmes s'étaient retournés pour regarder le groupe. Un ouvrier qui s'appelait Ahmed ben Smaha avait dit :

— On les emmène pour un long voyage.

Il avait repris son ouvrage ; après avoir exprimé ce propos, il ne voulait plus regarder du côté des prisonniers.

Comme lui, le reste des ouvriers agricoles avait pensé

que les deux fellahs, qui s'en allaient sur la route poudreuse, partaient pour un long voyage.

Quelqu'un avait adressé une parole aux captifs, de loin, en signe d'amitié. Mais les gens se doutaient bien que les autorités, tous ces derniers temps, n'attendaient d'eux qu'un geste. Ça crevait l'œil. Ils n'auraient pas mieux demandé, autorités, police et colons, qu'ils lèvent le petit doigt seulement. Ah ! ça, ils n'auraient pas mieux demandé. Les fellahs l'avaient compris.

Ils se tenaient tranquilles. On ne pouvait rien leur reprocher. C'étaient ceux d'en face qui les cherchaient. « Nous n'avons rien dit, songeaient-ils ; voilà notre bouche. Nous mettons la main dessus pour qu'il n'en sorte aucune parole. Voilà notre main ; elle est ouverte, il n'y a rien dedans. C'est une main de paix. Nous n'avons demandé que des salaires plus justes. Est-ce un mal que de demander d'avoir juste, tout juste, à manger ? Est-ce un mal de demander uniquement à manger pour ses enfants ? Est-ce un mal si les enfants pleurent souvent ? Est-ce de notre faute, puisque voici notre force d'homme à la disposition de quiconque la veut ? Alors où est le mal ? Qui est-ce qui veut le mal ? Qui est-ce qui recherche le mal ? Qui est-ce qui a commencé le premier à vouloir le mal ? Voilà notre bouche ; nous mettons la main dessus. »

Les fellahs savaient quoi penser de ces arrestations et ce qu'il fallait faire en pareil cas. Ils ne se l'étaient pas dit jusqu'à ce jour, mais c'était comme s'ils avaient tenu conseil depuis longtemps : la main dans la main. Une seule parole. S'unir.

Muets, ils voyaient partir les deux prisonniers. Ils étaient tranquilles et savaient tous — nul n'en avait rien dit à son compagnon — ce qu'il fallait faire. Quelques secondes avaient suffi : ils en avaient pris note dans leurs poitrines.

Les prisonniers n'avaient pas répondu, non plus, à celui qui les avait hélés amicalement. Il faut comprendre ce que c'est que d'être prisonnier. A leur place, vous en auriez fait de même. Marcher avec des menottes aux poignets, ça n'arrive pas tous les jours aux honnêtes gens. Ils n'avaient pas répondu. C'était la première fois que ça leur arrivait. Ils ne savaient que penser ni que faire. Non, on ne pouvait pas dire qu'ils avaient honte ni qu'ils baissaient les yeux. Il y avait en eux surtout une immense surprise. Vous le savez, les autorités sont susceptibles, au-delà même de tout ce que vous pourriez imaginer. Alors on ne sait jamais. Il valait certainement mieux ne pas répondre, même si ces amis s'étaient sentis outragés dans leurs meilleurs sentiments. Il s'en fallait d'une parole d'amitié entre deux hommes pour que les autorités se crussent visées.

Les captifs, qui comprenaient cela, étaient partis sans répondre. Ils n'avaient pas moins senti cette sympathie sur leur passage. Les fellahs, qui n'avaient pas bronché, éprouvaient aussi de l'irritation. Ils avaient commencé déjà à serrer les dents de colère. Les prisonniers leur auraient fait une grande offense, une offense qui ne se serait jamais effacée, s'ils avaient pensé d'eux qu'ils manquaient de courage.

Les gendarmes, eux, s'en allaient sans jeter un seul coup d'œil à droite ou à gauche. Ils conduisaient les deux hommes quelque part où ils se croyaient les maîtres. Mais là, aux champs, au village, à la ville, comme en prison : c'était la même chose. Ces hommes étaient toujours dans leur pays. On les déplaçait d'un coin à un autre, mais ils restaient chez eux. Les gendarmes ne comprenaient évidemment pas cela. Ils n'étaient pas de ce pays.

Peut-être était-ce la raison qui faisait qu'ils se sentaient obligés de partir de cette façon. Pas fiers du tout. Hé quoi ! N'étaient-ce pas eux, pourtant, qui avaient la force ? Mais quelle force ?

Lorsque les deux paysans eurent été jetés en prison, les autorités s'étaient mises à soupçonner tout le monde à Bni Boublen. Elles supposaient avec quelque raison que ces hommes n'agissaient pas, et ne troublaient pas l'ordre public, à eux seuls.

— Grande est notre patience ! exhala Sid Ali.

— L'existence vous montrera ce qui a changé chez nous, dit encore Ba Dedouche. Serions-nous ici à parler de toutes ces choses s'il n'y avait rien de changé ? Dites-le un peu : s'il n'y avait rien de changé ?

Considérant de ses yeux mi-clos la silhouette du vieillard dans le soleil cru, Maamar el-Hadi proféra nerveusement :

— Nous parlons bien, tout le monde parle bien... Même le père Dedouche. Seulement... Seulement, il faut qu'on y prenne garde.

— Ça déborde, fit Bensalem Adda. C'est pourquoi nous parlons ainsi. Chacun parle du plus vrai de son cœur.

— Nous ne savons pas ce que nous disons..., répliqua Maamar. Nous ne parlons pas du plus vrai de notre cœur. Nous parlons... nous parlons... Cela nous fait du bien, ou nous le croyons...

— C'est bien innocent, allez ! dit Azouz Ali. On pourra nous passer ce travers, va ! Nous aimons agir aussi. Nous voyons le mal aussi. Autant que toi. Peut-être plus. Car nous sommes, nous, aux premières places. Et nous savons tout ce que nous endurons. Mais nous aimons parler. Ça n'est pas un crime, à ce qu'il me semble. C'est quelque chose d'innocent ; tu voudras bien nous excuser.

— Mais que savons-nous du bien et du mal, nous les fellahs ? Nous croyons que nous faisons quelque chose, et que nous valons quelque chose. Nous apprécions les beaux discours, les belles paroles, principalement quand c'est nous qui les prononçons, et c'est tout. Or c'est ce qui nous fait perdre la tête. Alors que nous n'avons jamais valu grand-chose...

A ces mots, Ba Dedouche sursauta. D'un geste, il coupa la parole à Maamar.

— Chez nous à la campagne, c'est l'usage, dit l'ancien. Nous affirmons toujours que nous ne valons rien. Nous disons toujours ça de nous. Et nous soutenons encore que c'est de notre faute.

Se tournant vers les autres, Ba Dedouche le viejo demanda :

— N'est-ce pas ?

Il ne reçut aucune réponse ; il poursuivit quand même :

— Qu'est-ce que l'existence d'un fellah ? Quand l'hiver arrive, il s'abrite dans son gourbi ou dans une grotte obscure. Et ils grelottent, lui et les siens. Je suppose qu'il en est de même ailleurs, et partout où il y a des paysans pauvres, que ce soit au nord ou au sud, au couchant ou au levant. On dit alors : tel est le sort du fellah. Je vous affirme que nous outrageons la vie à parler de la sorte.

Mes amis, le monde est déjà assez outragé comme ça !

Ba Dedouche soupira et se tut. Il jetait des regards farouches autour de lui et ne parvenait point à se calmer.

Les autres fellahs ne trahissaient aucune impatience. Ils n'avaient peut-être rien à dire. Peut-être estimaient-ils aussi qu'il était préférable de ne rien ajouter.

Chacun de ces hommes avait besoin de considération, c'était certain. Ceux-là en exigeaient d'eux-mêmes ; ils avaient d'abord droit au respect des leurs. C'est juste ; on ne saurait décemment attendre plus de respect d'un étranger si les vôtres vous traitent comme un chien.

Rompant le silence, Ba Dedouche ne put s'empêcher d'observer encore :

— Qu'on aille dire : le fellah ? Un fieffé paresseux ; pour travailler un jour, il lui en faut dix de repos, et s'il a gagné de quoi subsister trois jours, il cessera de travailler ; et, tout ce temps-là, il fera le lézard. Le fellah sent mauvais. Le fellah n'est qu'une bête. Le fellah est grossier. Le fellah est ceci, et il est encore cela... voilà ! Et le fellah, on vous l'expliquera bien, est satisfait de son sort. Lui proposeriez-vous de changer sa vie contre une autre, claire et heureuse, où il sera un homme considéré ?... Il refusera. Tel il est, tel le fellah restera ! D'ailleurs, ce que vous lui donnerez de beau, il le dégradera tout de suite à son image, incapable qu'il est de s'élever au-dessus de sa condition ! Mais le malheur, c'est que ceux qui parlent ainsi ne nous laissent jamais essayer de cette belle vie. Eux-mêmes prospèrent sur nous comme de la vermine. C'est la véritable raison. Si notre pain est noir, si notre vie est noire, ce sont eux qui nous les font ainsi. Mais cette vermine a de hautes pensées. Je suppose qu'elle se ressemble dans tous les pays du monde. Partout où il y a des fellahs qui font fructifier la terre, elle doit dire : le fellah est content de son sort ! Est-ce que nous sommes une nation à part, une race à part ? C'est ce qu'il faudrait savoir. Si oui, il ne reste plus qu'à admettre : tel est le sort du fellah. Toute sa vie, il vivra sur la même terre, le même ciel l'encerclera, les mêmes montagnes enfermeront son activité. Le domaine du colon formera une barrière sans issue autour de lui ; et la même misère, les mêmes pluies, la même chaleur torride, les mêmes angoisses, seront son partage, le lot hérité de ses pères, contre quoi le travail honnête, dût-il se tuer à la tâche, ne servira jamais à rien. Les injustices deviendront aussi naturelles que la pluie, le vent ou le soleil.

La voix de Ba Dedouche le viejo avait fini par prendre de sombres éclats.

Les propos du vieux furent accueillis par un mutisme général. Mais que se passait-il donc ?... Ah, Maamar el-Hadi !

Celui-ci murmura :

— Vous pourriez croire que je me permets de vous manquer, mais ce n'est pas du tout ça. Ce n'est pas vrai. Vous voudrez bien m'excuser...

Il n'en dit pas davantage, et il s'éloigna. Il avait bien fait ; il était temps.

VII

— Est-ce qu'ils savent au moins ce qu'ils veulent ? demanda Kara.

Il se tut. C'était sa manière : il posait des questions et usait de patience. Les deux autres cultivateurs ne lui répondirent pas.

Tout en haut de Bni Boublen, ceux qui possédaient quelques arpents de terre discutaient ainsi. Kara Ali était venu trouver ses voisins avec des intentions précises.

— Ils disent qu'ils ne sont pas suffisamment payés. Admettons. Moi, je serais d'accord, je serais prêt à le reconnaître si...

Le souffle suspendu, il tendit le cou. Il rapprocha son visage jusqu'à toucher ceux des deux hommes, qui restaient immobiles. Il les examina en dilatant ses prunelles.

— ... si cet ennemi de Dieu qui s'appelle Hamid Saraj n'entraînait pas avec lui l'ensemble de nos fellahs. C'est cela qui est grave. Pourquoi se mettent-ils tous d'accord ? S'ils demandaient simplement à être payés un petit peu plus, ça pourrait paraître juste, il n'y aurait pas grand mal. Mais s'ils se groupent, s'ils se liguent ? C'est à ça qu'il faut réfléchir : c'est ça l'important. Et non pas qu'ils réclament un ou deux francs de plus. Or c'est Hamid Saraj qui leur a mis en tête l'idée de se grouper. Ils n'y auraient jamais pensé d'eux-mêmes, l'idée ne leur en serait même pas venue. Sans lui, ils ne seraient pas comme ils sont à l'heure actuelle : tous unis. Mais qu'espèrent-ils ?

— Pardonne-moi, Kara... fit Ben Youb. Je te coupe la parole, je couperai du miel dans ta bouche. Je voudrais dire un mot, un seul. Bon. Puisque les ouvriers demandent une augmentation, n'est-il pas naturel qu'ils s'unissent ?

— Bon, alors, où est le mal ? questionna aussi Bochnak.

— Le mal ? Le mal ? dit Kara.

Il promena ses regards sur l'un, puis sur l'autre cultivateur.

— Le mal ? Le mal ? répéta-t-il.

En effet, où est le mal ? Si c'en est un, où est-il ? Pourquoi est-ce un mal ? Et qu'en sait-il, lui, Kara ? Que sait-il de ce qui est un mal, et de ce qui ne l'est pas ? C'est ce que pensaient les deux hommes en silence.

— Où est le mal, demandez-vous ? Où est le mal ? en était-il encore à dire.

S'il le sait, qu'il le dise. Mais le sait-il au moins ? Le sait-il ? Qu'il le dise alors !

Décidément, il voyait trop de mal partout. Mais pourquoi restait-il muet comme un sot ? Il remuait une foule d'idées dans sa tête.

— Le mal ? finit-il par articuler. C'est que ça ne plaira peut-être pas aux autorités.

Ah ! les autorités ! Les cultivateurs conservaient la même expression placide. Une question. Ils allaient poser cette fois-ci une autre question. Puis ils eurent la révélation subite qu'elle ne s'adressait pas à Kara, mais à eux-mêmes. D'un accord tacite, ils décidèrent de ne pas la poser. Et dans leur for intérieur, ils se dirent : « Alors comme ça, c'est les autorités ? »

— Maintenant que feriez-vous, si vous étiez obligés de payer plus cher vos ouvriers ?

— Ce qui est en notre pouvoir pour les aider. Ce qui est en notre pouvoir, et pas plus.

— Ils deviendront de plus en plus exigeants. Ce sera

donc de votre faute... Il suffit que vous leur donniez l'avantage d'un poil.

— Ce que tu dis là, décidément, ne nous fera pas changer d'avis. C'est plutôt aux colons, c'est à eux qu'il faudrait dire ça. Nous n'avons, nous, ni des cents ni des mille hectares de vigne ou de blé. Quant aux colons, ça leur fera peut-être quelque chose, ça leur fera sûrement quelque chose. Mais nous ?...

— Alors vous êtes avec eux.

— Nous ne sommes pas avec eux.

— Mais vous n'êtes pas contre eux.

— Nous ne sommes pas contre eux. C'est la vérité.

— Alors c'est comme si vous étiez avec eux.

— On t'a déjà dit que nous ne sommes pas avec eux. Et pas contre.

— Quel mal nous ont-ils fait ? questionna encore l'un des deux cultivateurs.

C'était Bochnak qui parlait ainsi ; ce fut son tour, cette fois.

— Ils travaillent chez nous un jour, dit-il, on les paye ce jour-là. Ils ne travaillent pas, on ne les paye pas. Ils ne nous font donc aucun mal.

— Et pourquoi ? Ne sont-ils pas nos frères, au fond ? poursuivit Ben Youb. Qui voudra du mal à son frère... qui creuse une fosse pour son frère, y tombera lui-même...

— Mais s'ils s'unissent comme ils le font, s'insurgea Kara, c'est qu'ils ont une pensée derrière la caboche. On ne peut pas dire ce que c'est, mais on ne peut pas dire qu'ils ne l'ont pas. Ils nous veulent du mal, voilà tout ce que je sais ! Ils veulent faire du vilain et finiront pas y arriver. Si seulement ça ne retombait que sur eux, on peut dire : c'est bien fait. Mais ils l'attireront sur ceux qui n'ont rien à faire avec eux. Nous !

Les deux cultivateurs de Bni Boublen-le-Haut se regardèrent.

Encouragé, Kara poursuivit :

— Que veulent donc ces individus ? Ils ont l'air de protester... Ils en ont contre quelqu'un. Je dirai plutôt qu'ils en ont contre tout le monde ! Je le dirai volontiers. Ce sont tous des ventres-creux... Faut-il les laisser agir à leur guise ? Dans ce cas, il n'y aura plus moyen de s'en sortir.

Kara, rayonnant, triomphait.

— Si ! affirma-t-il. Il y a un moyen pour se défendre contre ces gens... Les faire arrêter... sinon tous, du moins quelques-uns, les fortes têtes, ceux qui les poussent, les meneurs. Le reste, c'est le troupeau qui suit et ne peut pas avoir d'idée. Ce sont des moutons. Mais le principal, le grand coupable, c'est Hamid Saraj : cet individu leur en a mis des choses dans le crâne ! Ce sont des gens naïfs et innocents, que nos fellahs ; d'eux-mêmes ils ne pourraient pas concevoir le mal. Ce sont des agneaux, et il les mènera à l'abattoir. Voilà quel sera le résultat !

Les cultivateurs, Bochnak et Ben Youb, se regardèrent encore. Ils se sourirent. Kara se prit à sourire aussi en les observant.

— Des hommes comme lui sont à arrêter, assura-t-il. Effectivement ! Avec des gens comme lui, on verrait tous les meurt-de-faim de la ville donner la main aux meurt-de-faim de la campagne et se mettre d'accord. Je vous dis que ça, c'est un danger pour nous, un grand danger, et vous ne semblez pas vous en rendre compte ! Quand vous réveillerez-vous de votre sommeil, de votre confiance ? Pourvu que ça ne soit pas trop tard, car le réveil sera douloureux. Je vous le dis, moi, Kara.

Il les considéra d'un œil fixe.

— Voyez-vous, ils seront capables de tout. Capables de voler, cela va de soi. Ils ont toujours été des voleurs et le resteront toute leur vie ! Tfou ! Capables de jouer aussi de la matraque, et Dieu sait quoi encore. Ils tueront, indubitablement, et commettront des délits politiques ! s'écria Kara à la fin.

Les deux cultivateurs échangèrent des regards une nouvelle fois.

Kara remarqua à leur mine qu'ils étaient disposés à l'écouter.

Il continua de parler. Il ne pouvait plus s'arrêter à présent. Il était lancé. Il dit ce qu'il entendait par délit politique ; pour les cultivateurs de Bni Boublen-le-Haut c'était une parole qui n'avait aucun sens ; ils en ignoraient jusqu'à l'existence ! Il semblait que Kara entendît par là le manque de respect, de considération pour l'autorité.

Kara décela le même sourire sur le visage de l'un et de l'autre voisin.

— Et toi, qu'as-tu à t'inquiéter de tout cela ? Qu'as-tu à t'inquiéter pour les autorités ? lui demanda finalement Ben Youb.

Ils se souriaient et se regardaient. Kara nota dans leurs yeux qu'ils étaient satisfaits, émus tant ils étaient satisfaits.

Il se remit à ressasser les mêmes propos, avec des lamentations dans la gorge, et sans acrimonie. Il parlait maintenant d'une voix qui se faisait de plus en plus évasive. Puis il devint perplexe.

Les trois hommes restaient debout, ne bronchant pas, à la limite du champ de tomates que Ben Youb arrosait.

L'eau, cette eau qui était de l'or, glissait sans bruit entre les quinconces d'oliviers. De place en place, un cerisier étalait son feuillage vert pâle ou montrait son bois lisse et luisant. Parfois un clapotement dans les carrés troublait le silence sonore de la campagne. C'était un crapaud qu'attirait cette odeur d'eau fraîche.

A mesure que l'eau se rapprochait, un bruit sec s'élevait, un crépitement de feu qui prend, le chuintement que fait le ventre d'un reptile sur l'herbe, on ne savait au juste. Et c'était la terre assoiffée qui buvait avec avidité. L'eau elle-même, limpide et transparente, on ne la voyait pas, il n'y avait que de larges nappes d'humidité noire.

De plusieurs points de vue, du haut des terres, des pentes du plateau, des champs en contrebas, les autres cultivateurs de Bni Boublen apercevaient le groupe. Ils pouvaient le surveiller à distance sans avoir à bouger ou à se montrer. « Bochnak, Kara Ali, Ben Youb ! se dirent-ils. Tiens ! Ils causent depuis au moins une heure. Faut-il que ce soit sérieux, ce qu'ils se racontent. Faut-il croire qu'ils ont du temps. A en revendre. Pas Ben Youb, quand même. Celui-là, il a son tour d'eau aujourd'hui. Pour les deux autres, évidemment ! La vérité, bah... on ne comprend pas. Mais je serais curieux, tiens ! je serais curieux », c'est ce que pensait Baba, qui s'arrêta de piocher, entre des rochers, un arpent de terre. Tout en se préparant à recevoir l'eau après Ben Youb, il se disait : « Je serais curieux de savoir de quoi il retourne là-bas, foi d'honnête homme ! Tiens ! J'irai, sur la tête d'el-Aalia ! »

Quittant alors son observatoire, il s'en vint de ce côté. Ce fut d'abord de loin qu'il leur cria :

— Salam ! hommes. Ça va comme vous le souhaitez ? On bavarde ?

— Salam et bénédiction ! répondirent les trois hommes ensemble, qui considérèrent le nouveau venu.

Et Baba s'approcha.

Puis ce fut au tour d'Aissi.

— Allah vous vienne en aide.

— Bénis soient tes père et mère, firent les trois cultivateurs.

Ben Youb lança à celui qui venait de les rejoindre :

— Salut, voisin Ghoutsi. Tu es en vie, ou quoi ? Il y a une éternité qu'on ne t'a vu.

— Nous sommes pris dans la houle de l'existence !

Deux autres cultivateurs arrivèrent encore, c'étaient les voisins Belkacem Nedjar et M'hamed. Bni Boublen-le-Haut au grand complet.

Ben Youb se baissa à cet instant et ramassa une poignée de terre dans un sillon. Il montra dans sa paume cette poudre brune aux autres hommes. Il la présenta d'un geste circulaire. A mi-voix, avec un accent de gravité plein de tristesse, il prononça :

— Un jour viendra où nos enfants nous demanderont des comptes terribles. Ils se lèveront pour nous maudire... J'entrevois l'avenir. Je vois mes petits-fils, justement irrités, charger d'anathèmes la mémoire de leur aïeul... Je les vois s'avancer vers moi, et que disent-ils ? Dieu Tout-Puissant !

Une vision d'horreur parut accabler l'âme du vieillard, qui médita.

— Si vous abandonnez votre terre..., reprit-il sourdement, vos enfants, vos petits-enfants et arrière-petits-enfants... jusqu'à la dernière génération, vous demanderont des comptes. Vous n'aurez point mérité d'eux, de votre pays, de l'avenir...

Il disait cela devant tous les cultivateurs de Bni Boublen rassemblés.

— Ne sommes-nous pas comme des étrangers dans notre pays ! Par Dieu, mes voisins, je vous dis les choses comme je les pense. On croirait que c'est nous les étrangers, et les étrangers les vrais gens d'ici. Devenus les maîtres de tout, ils veulent devenir du coup nos maîtres aussi. Et, gorgés des richesses de notre sol, ils se font un devoir de nous haïr. Naturellement ils savent cultiver ; pour ça, ils le savent bien ! N'empêche que ces terres sont toutes à nous. Travaillées avec l'araire ou même pas travaillées du tout, elles nous ont été enlevées. Maintenant, avec elles, avec notre propre terre, ils nous étouffent. Ne croyez-vous pas qu'on est tous encagés comme dans une prison, pris à la gorge ? On ne peut plus respirer, frères, on ne peut plus !

Ben Youb ? Un homme. Un homme vrai. C'était à présent un vieillard. Mais nul ici ne pouvait nier qu'il fut toute sa vie, qu'il restait encore un homme. Vaillant et courageux, ayant son franc-parler, le cœur droit. Il était sec ; il était dur. Ben Youb avait une farouche figure de haïdouk : c'était sans doute un *coloughli*. Ses longues moustaches blanches retombaient avec un fléchissement de longe de fouet. Un haïdouk devenu paysan, mais qui, l'occasion aidant, recouvrerait toutes ses allures de guerrier — de ce guerrier qui sommeillait en lui sous la peau.

Il travaillait encore beaucoup. Il était de ceux qui se dessèchent à force de travail. Rien ne l'empêchait de dire ce qu'il avait à dire ; il ne pouvait taire le mal qu'il voyait quelque part. Par tous les temps, sur les champs, on le reconnaissait de loin à la large ceinture rouge, tissée au métier, dont il s'entourait plusieurs fois la taille, emprisonnant le haut de sa culotte bouffante et les basques de son caftan gris-bleu. Il sortait, parcourait les cultures, s'adonnait à la besogne, selon la vieille coutume, tous les jours de la semaine. A peine observait-il une petite pause de quelques instants, le vendredi, à l'heure du *dhor*[1].

Ben Youb examina l'un après l'autre ses voisins, qui se

1. *Dhor :* prière du début de l'après-midi.

taisaient. Ses yeux ne contenaient plus le rire qui s'y allumait tout à l'heure en étincelles pétillantes.

— Celui d'entre vous qui peut respirer encore, questionna-t-il, qu'il le dise ici. Qui peut encore respirer ?

Son regard fit le tour de la compagnie avec son interrogation. Aucun des hommes ne desserra les dents. Devenant sombre, Ben Youb dit alors :

— Ah ! tous les jours ils nous enlèvent un lambeau de notre propre chair ! A la place, il ne demeure qu'une profonde plaie d'où coule notre vie. Ils nous font mourir à petit feu, veine par veine. Mes voisins, tuez-vous à la tâche, plutôt que de céder vos terres, de les abandonner ; mourez, plutôt que d'en lâcher un seul pouce. Si vous abandonnez votre terre, elle vous abandonnera. Vous resterez, vous et vos enfants, misérables toute votre vie.

Ainsi s'exprima Ben Youb en cette fin de journée. Les cultivateurs se séparèrent en emportant dans le cœur une lourde inquiétude.

Kara ne perdit pas un mot de cette adjuration.

VIII

En regagnant chacun sa terre, en tête à tête avec eux-mêmes, ils repensèrent aux paroles de Ben Youb. Ils se rappelèrent aussi ce qu'il leur avait dit tout dernièrement :

« Ce n'est pas une vie que la nôtre. La vie que nous menons depuis nos plus lointains ancêtres n'est plus une vie. Nous nous ennuyons et nous n'avons plus la force de vivre. Nos parents, nos grands-parents, les parents de nos grands-parents... avaient tous des devoirs. Pour eux, la vie ne pouvait se passer de devoirs. Ce que nous savons d'eux, ce qui nous est parvenu de leur temps, la manière dont ils comprenaient l'existence, me fait dire ça. Précisément la conscience de ces devoirs avait fait d'eux des hommes, alors que nous, nous n'avons pas mieux trouvé que de nous libérer des nôtres. Comme les bêtes, nous mangeons et ne pensons à rien. Il n'y a plus de devoirs. Nous sommes des hommes qui n'ont plus de tâches à accomplir. Notre vie nous semble inutile ; nos actes nous paraissent inutiles ; nous nous promenons, inutiles nous-mêmes, sur cette terre ; nous ne trouvons aucune joie dans nos travaux, qui sont devenus des travaux anciens. Pas de joie dans nos amitiés, pas de joie dans les paroles que nous échangeons avec nos semblables, pas de joie à voir grandir nos enfants, pas de joie à voir nos biens fructifier. C'est bien le signe qu'il nous faut des tâches nouvelles. Nous vivons et agissons uniquement par nécessité, pour ne pas laisser la flamme s'éteindre, et en attendant des jours meilleurs. La vie reviendra avec sa joie quand nous aurons découvert de nouveaux travaux à accomplir. »

Avait-il raison ? Avait-il tort, le voisin Ben Youb ? « L'existence se chargera de nous l'apprendre », songeaient les cultivateurs au cours de cette soirée paisible.

Quelques jours passèrent ; et, n'y tenant plus, Aissi, Bochnak, M'hamed et Nedjar allèrent ensemble voir Ben Youb.

— Cite-nous ne serait-ce qu'un seul de ces nouveaux travaux dont tu nous as tant parlé, lui demandèrent-ils.

— Eh bien, voyons. Par exemple la grande majorité de nos paysans creuse la terre à un pouce de profondeur ; il faudrait désormais qu'ils labourent à une coudée.

Le regard de Ben Youb se posa sur les quatre hommes.

— Me comprenez-vous maintenant ?

— Va, va ; et encore, opina M'hamed.

— C'est tout.

— Ah ! fit M'hamed. Oh !

Bochnak fit remarquer :

— Ce que tu dis là, je le pense aussi.

— Mais moi, je le dis pour tout le monde, et pour tout ! reprit Ben Youb.

— Alors, comme ça ? Il faut que nous nous mettions tous à creuser des sillons d'une coudée de profondeur ?

— Oui, d'une coudée.

— Il faut des hommes nouveaux pour le faire, fit remarquer encore Bochnak.

— Il n'y a que des hommes nouveaux en effet qui comprendraient ça, convint Nedjar.

— Est-ce que nous avons ces nouveaux hommes ? Dis-moi, les avons-nous ? observa Aissi qui n'avait pas prononcé un seul mot jusque-là.

— Nous ne les avons peut-être pas..., hasarda Ben Youb. Mais peut-être les avons-nous. As-tu bien regardé autour de toi pour savoir s'il n'y en a pas ?

— Si j'ai regardé autour de moi ?

— Regardons en nous et autour de nous. Et sans doute découvrirons-nous des hommes qui étonneront le monde et nous-mêmes.

Ben Youb réfléchit un peu et ajouta :

— Pour ça, je dis : désormais creusons des sillons d'une coudée de profondeur.

A cet instant, Bochnak se mit à dire :

— Notre vie se fait de jour en jour plus riche en phénomènes divers et inhabituels. Nous sommes, nous, les témoins d'une époque nouvelle. Et nous ne sommes peut-être pas seulement des témoins, nous avons même sûrement une part directe dans ces phénomènes. Nous et... enfin le monde ; au fond tout cela revient au même.

— L'homme d'aujourd'hui pense bien plus qu'il ne sait exprimer, commenta M'hamed. L'homme algérien pense beaucoup en ce moment. Eh ! que va-t-il sortir de tout cela ? Rien de mal, j'espère.

— Du bien, voisin M'hamed ! Rien que du bien, crois-moi, répliqua Ben Youb.

— L'âme très vaste de notre pays est ébranlée, assura M'hamed.

IX

— Il n'y a pas un seul pays comme le nôtre.

Le corps de Ba Dedouche oscillait d'avant en arrière. Le jeune fellah ne répondait rien.

— Va n'importe où. Quand tu auras trouvé un pays comme le nôtre, tu me le diras... Je ne pense pas, non, qu'il existe, ce pays...

C'étaient déjà les hautes terres ; de la pierraille dénudée ; de la pierraille et du vent. L'après-midi d'août s'aiguisait sur les côtes blanchâtres de la falaise.

Hachemi maugréa.

Le son rauque s'éteignit dans sa gorge.

Ce fut tout.

Le vieil homme, assis sur un rocher gros comme un sac de blé, cambrait le buste. Hachemi le regardait : il était grand, brûlé.

— Oui, il n'y a pas de pays comparable au nôtre.

Soudain le jeune fellah cria :

— Ba Dedouche !

Il paraissait tout excité.

— Je veux bien en convenir. Pourquoi pas ? Mais alors tu as visité d'autres pays !

— Pour dire qu'il n'y en a pas de comparable au nôtre ? Je n'ai été nulle part. Pourtant je le sais, aucun pays n'est comme le nôtre.

Les deux hommes étaient adossés à un piton de pierre. Ce piton, blanc d'un côté, noir de l'autre, gardait la route. Le vieux fellah et le jeune fellah s'étaient réfugiés du côté noir. Le vent soufflait d'autres monts dressés à l'horizon. Il scrutait avidement la pierre, le village qui s'entassait à pic à leurs pieds, et, au-dessus d'eux, le plateau qui se calcinait.

Hachemi sourit.

Le visage conservait son sérieux juvénile.

— Ceux qui ont visité tous les pays m'ont raconté : il n'y en a pas de comparable au nôtre, dit le vieux.

Les petites dents alignées du jeune fellah apparurent. Le soleil pleuvait comme de la chaux vive. La chaleur mettait dans la bouche une saveur d'air surchauffé et de pierre.

— Hé non, il n'y a pas un seul pays comme le nôtre, dit à nouveau Ba Dedouche.

Ils humaient l'odeur de thym que transportait le vent. Et surtout cette odeur de pierre.

— Alors comme ça, Ba Dedouche ?

Le plus jeune avait posé cette question au plus âgé.

Hachemi était brun, mais non pas le plus brun : Ba Dedouche l'était davantage. Ba Dedouche était presque noir. Le visage du jeune fellah paraissait presque blanc à côté du sien. Il était aussi plus doux.

— As-tu été dans d'autres pays, Ba Dedouche ?

— Non, mais j'ai parcouru le nôtre de long en large,

dans tous les sens. Grand est notre pays. J'y ai vu toutes sortes de gens. Des hommes et des femmes. J'y ai vu toutes sortes de choses. De tout ! Notre pays n'est comparable à aucun autre.

— Mais tu es revenu à Bni Boublen.

— Pourquoi pas ? répondit le vieux.

— C'est tout naturel. Tu es né et tu as grandi ici.

Hachemi montra la plaine qui s'étendait devant eux.

— Pourquoi pas ? dit Ba Dedouche.

— Maintenant te voilà vieux. Tu es venu vers la terre de tes ancêtres. Tu ne comptes plus la quitter.

— Pourquoi la quitterais-je, jeune homme ?

— Alors tu as préféré la terre de tes ancêtres au reste du pays.

— Et pourquoi pas ? répondit le vieillard.

— Ainsi tu préfères un endroit à un autre ?

— Pourquoi pas ? dit l'ancien. Partout, c'est notre pays.

Hachemi haussa les épaules et garda le silence. A ses pieds était tassée une grosse motte de terre rouge ; lui, trônait sur une bosse de rocher qui affleurait. Il se pencha en avant, tira de sa grande main brune une mousse d'herbe fixée au sol. Il en toucha la chevrette rouge, qui resta allongée. La caressant, il tendit la mousse devant ses naseaux humides. La chevrette entrouvrit les babines et les avança pour mordiller. Fermant ensuite longuement les yeux, elle continua à mâcher dans une sorte de sommeil.

La chaleur de cet après-midi avait la sécheresse de la pierre.

Hachemi releva la tête, observa Ba Dedouche.

— Il n'existe peut-être pas de pays comparable au nôtre... Seulement, tu ne peux pas dire qu'on y trouve du travail.

L'éclat du jour entrait dans leur tête comme des fragments de pierre. Leurs regards se fixaient obstinément sur la morne fusion des nappes grises de la plaine.

La réverbération des grandes étendues lessivait le jour. C'était partout la même blancheur. Le même soleil se détériorait, se diluait dans l'espace.

Quelque chose dans le visage de Ba Dedouche le viejo tressaillit. Il enregistrait de lourds assauts.

Le jeune fellah rechercha de l'herbe pour la chevrette. Il se pencha encore et, même, s'agenouilla. Ba Dedouche dressa sa grande stature.

— Tu ne trouves personne pour te faire travailler dans ce pays incomparable, dit Hachemi.

Le vieil homme gonfla sa poitrine.

— Tu es vieux ; tu n'as personne pour t'aider.

Ba Dedouche, le buste droit, se campa ainsi : chaque main posée sur un genou, sa grande personne dépouillée, brûlée par le soleil, et triste. Le vent lui plaqua la tunique contre la poitrine.

Dans l'après-midi, des hommes tout noirs passaient sur la route.

— Hachemi, dit le père Dedouche d'un ton plaintif.

Ce fut comme un appel jeté sans raison. Le jeune homme examina Ba Dedouche : une sorte de gémissement avait échappé au vieux. Celui-ci était presque debout tant il se redressait. Ses mains devenues inquiètes semblaient vouloir s'agripper au vent.

— Je ne trouve pas à travailler. Peut-être ! Je suis vieux. Je n'ai peut-être personne pour m'aider. Mais je ne crois pas qu'il existe un seul pays comparable au nôtre.

Il parlait avec violence.

— Il y aura des jours mauvais… Mais il y aura aussi des jours bons.

Il se radoucit, du coup. Tandis qu'il avalait le vent avec désespoir, il se cambrait de plus en plus toutefois.

Ces derniers mots, il les avait projetés dans l'air d'un ton strident.

Le jeune fellah dit :

— Il y aura encore des jours mauvais.

Il regardait Ba Dedouche le viejo, le visage tout noir dans l'ombre. Et lui, le vieil homme, observait le pays.

Presque affectueusement, celui-ci concéda :

— Voilà comment nous vivons dans notre pays, fiston !

— Comment dis-tu ? demanda le plus jeune. Nous y vivons comment ?

— On ne s'y enrichit pas.

— Et après ? Il ne s'agit pas de ça. On peut même très bien vivre sans s'enrichir… Ça vaut peut-être même mieux.

Si seulement on pouvait travailler, s'il y avait du travail...

Ba Dedouche détourna la tête.

— Il faut que je m'en aille, petit, dit-il. Je suis attendu en bas. On a besoin de moi.

Les pierres s'éboulaient sous leurs pas avec un claquement qui se répercutait tout au long de la pente roide. Hachemi et Ba Dedouche bondissaient de rocher en rocher. Le soleil durcissait la montagne comme une galette.

— Aïe ! Aïe !... Qu'importe le chômage ! cria le vieux contre le vent.

La conversation devint impossible. Le vent renfonçait les mots dans leur bouche.

Ba Dedouche eût pu répondre que s'il ne travaillait plus beaucoup, il connaissait des gens qui, eux, n'avaient jamais travaillé ; que leur vie se passait comme ça... Mais il ne savait plus parler à cause du vent. Et ce n'était pas de ces hommes qui n'avaient pas travaillé une seule fois qu'il voulait parler particulièrement.

Parce que lui, le père Dedouche, il avait manié la pioche toute son existence. Et le voilà maintenant vieux. Sans doute n'était-il pas près de sa fin ; mais il se sentait très vieux de cette vie. Il avait beaucoup perdu. Il n'était plus aussi bon ; les fermiers le savaient.

— Ce n'est pas le chômage qui fait le plus mal, s'écria-t-il. Ce n'est pas ça. Je n'ai pas toujours été chômeur. Si j'ai parcouru l'Algérie d'un bout à l'autre, c'est justement pour qu'il ne soit pas dit...

Il s'arrêta net, le souffle coupé. Il dut ravaler ses paroles.

Quand il put parler de nouveau, il dit :

— C'est justement quand nous travaillons. Les vignobles, les fermes... on y travaille dur. C'est là que ça nous fait le plus mal.

D'un mouvement du bras, il désigna le pays.

— Est-ce à cause du chômage que moi, ici présent, je suis vieux ? Que je n'ai personne pour m'aider ? Que je n'ai rien pour assurer les jours qui me restent à vivre ?

— Non ! Je reconnais..., hurla le jeune homme.

— Tel que tu me vois, j'ai trimé toute mon existence. Et voilà que je suis vieux à présent !

Il était vieux, il avait travaillé durant toute son existence, et voilà qu'il était sans rien, voulait-il dire.

— Et tous ceux qui travaillent ? cria-t-il encore. Et tous ceux-là...

Il regarda les vignobles, les grands domaines, au-dessous d'eux.

— Tu ne sais pas, Hachemi ?

— Quoi, Ba Dedouche ?

— Les colons sont malheureux...

— Est-ce...

Une rafale emporta la question.

— J'ai toujours travaillé comme un esclave, gueula le vieux fellah. J'ai peiné comme pas un, sur leurs terres. Et je n'ai pas eu peur d'eux.

— Tu as eu raison, fichtrement raison.

— Et même que je m'en foutais, tu sais ? Ce qui m'enrage, c'est qu'ils s'emparent de tout...

Hachemi lança :

— Tu as raison. Ils s'emparent de tout !

— J'avais ma terre, rien qu'un bout de terre... Tu ne t'en souviens pas, toi.

— Je ne m'en souviens pas, mais ce devait être un bien petit bout de terre...

— Mais c'était ma terre. J'avais mes bêtes et mes semences... Et une petite vache du pays...

— C'est vrai que tu avais une vache ?

— J'avais une petite maison aussi. Je vivais heureux avec ma femme et ma petite fille Rim... Tu ne t'en souviens pas. Tu n'étais pas né encore !

— Je te connais depuis des temps ! J'étais peut-être bien un peu jeune. Mais je me souviens de ta petite... Elle était gentille.

— Bien. Les colons m'ont tout pris.

— Ah... les colons...

Les deux fellahs s'arrêtèrent pour examiner l'horizon. C'étaient maintenant deux hommes qui pensaient à autre chose.

On pouvait voir, depuis qu'il s'était tourné face au soleil, que le plus jeune portait des taches bistres sous les yeux. Le paludisme le rongeait ; son regard était brillant et fiévreux.

Son visage, avec la barbe naissante qui frisait, paraissait jaune olive.

— J'ai été jeune et fort comme toi, Hachemi. J'ai travaillé comme un nègre.

— Bien sûr, Ba Dedouche...

— Ce sont eux qui mettent de l'argent de côté.

— Bien sûr...

— Et ils s'agrandissent tant qu'on ne sait plus où ils iront.

— Ces pauvres...

— Et ils empoisonnent la vie des gens qui travaillent pour eux.

— Ils sont bien malheureux, Ba Dedouche...

— Et il y en a même qui sont nos amis.

— C'est-il vrai ?

— Oui, il en existe qui disent qu'ils sont nos seuls amis.

— Bien vrai, y en a-t-il qui disent ça ?

— Ils sont bien malheureux...

— Tu as raison ; et ils accumulent des montagnes d'argent.

— Tu l'as dit.

— C'est vrai qu'ils vous avaient jetés comme des chiens ?...

— C'est ce qu'ils avaient fait. Nous ne voulions pas partir. Ils nous avaient chassés de force !... mais il nous avaient jetés quand même.

— Ah !

— C'est bien ainsi que ça s'était passé.

— Les colons...

— C'est vrai...

— Ils font ce qu'ils veulent...

— Il y aura encore des jours mauvais...

— Tu te fais vieux. Ils disent que tu ne sers plus à rien, pas vrai ? Qu'il n'y a aucune raison d'entretenir personne.

— C'est vrai...

— Moi, je suis jeune encore, je suis bon, n'est-ce pas, Ba Dedouche ?

— Tu es jeune et bon.

— Mais les colons sont...

— Oui. Et les fellahs sont des gens heureux. Il faut qu'ils aident... ces pauvres colons !

Ils se considérèrent avec un drôle de clignotement dans les yeux. Sur la route, quelques hommes se groupaient. Ils firent tout de suite tache dans l'intense clarté.

— Vite, fiston, dit le vieillard.

Ils continuèrent à descendre.

— Mais l'argent... Ba Dedouche. Le maudit argent, maudit soit-il jusqu'aux confins du monde ! il endurcit le cœur, qui devient comme un morceau d'os.

— Ah ! l'argent.

— Bien sûr...

— Et ce sont de vieux amis. Ils ont pris ma terre, ma maison. Ils ont tout pris. Nous parlons de choses que nous ne comprenons pas. L'argent rend les hommes malheureux...

— Eh !

— Combien malheureux...

Le vieillard se tut. En ce moment, il était un homme qui pensait encore à autre chose.

— Qu'ils sont malheureux ! soupira-t-il en fin de compte. Quand il n'y aura plus de colons, ils seront bien malheureux !

Ba Dedouche le viejo semblait transi bien qu'il fît chaud. Sa barbe faisait l'effet d'un cœur de chardons. De son cou strié de rides, tombait une chemise maculée à col échancré.

Hachemi, le dos au vent, une main appuyée sur sa houlette qu'il avait plantée au sol, se courba ; il regarda les chèvres là-haut, qui flairaient la rocaille. Et il regarda parler le vieux. Son visage paraissait brun, maintenant qu'il se tournait vers l'ombre. Tout en écoutant, il souriait ; et le vieux parlait sans sourire.

En bas, sur la route, le petit groupe d'hommes noirs n'avait pas bougé de sa place.

— Adieu, dit Ba Dedouche au jeune homme.

Il s'en fut vers les hommes qui s'étaient rangés à l'ombre des arbres.

— Va en paix ! lança Hachemi.

Le jeune fellah remonta par le même sentier vers la

montagne où erraient ses chèvres. Les heures les plus incandescentes se déchaînaient.

X

A présent, seul sur la route, Ba Dedouche le viejo sautillait. Son allure allègre ne laissait point présumer l'âge avancé du bonhomme. On eût dit un de ces jeunes boucs qui hantaient le pays.

Ba Dedouche s'approcha et, comme s'il n'avait fait qu'un bond, il était là devant l'assemblée. C'était bien de lui ; ah ! Ba Dedouche ! Aïe ! quel homme ! Les gens du pays disaient ah ! le finaud ! Et quand, pour la première fois, on le regardait, on ne pouvait s'empêcher de le penser aussi.

Oui ! Il avait le nez fin. De fait, rien qui bougeât dans les champs ne pouvait échapper à son œil de chat. Ba Dedouche, empaqueté dans sa tunique aux vastes manches ouvertes et ses larges pantalons de coutil tout tachés, se campa devant les fellahs.

— Ah, ah ! Vous ne vous attendiez pas à me voir. Mais me voici quand même, dit-il.

— Ho ! Ba Dedouche ! Comment va ? lui cria-t-on. Sois le bienvenu. Approche, si tu n'as pas peur de nous.

Cette innocente plaisanterie fit rire tout le monde. Ali bér Rabah, le fellah qui l'avait salué, reprit :

— Tu peux t'approcher de tes frères. Toi aussi, la terre t'a enfanté. Tu es un fellah. Je dirai même plus fellah que nous tous réunis. Et jamais un fellah n'a craint le contact des siens.

Un peu à l'écart du groupe, Ba Dedouche s'accroupit sur la terre sèche. Se tournant de côté, les orteils, qui soutenaient son corps, plantés dans la poussière, il lorgnait la compagnie.

Quelle matoise vivacité dans cette figure velue, à laquelle s'ajoutait une expression de finesse asiatique !

Il se tenait comme s'il se fût trouvé en compagnie dé messieurs de la ville.

Il voulait rester loin d'eux ? On ne l'avait ni mal reçu ni offensé. Allons, bon, qu'avait-il ?

Il fallait se méfier de l'esprit caustique de l'ancien. Allait-il encore sortir une de ses plaisanteries qui sentent le fagot ? Tel était oncle Dedouche : s'il commençait à prendre des airs sérieux, c'était à ce moment-là qu'il fallait faire attention.

Il demeura tout de même à bonne distance, dans une attitude déférente.

Les autres se sentaient honteux et ils riaient.

Pourquoi restait-il sans bouger, sans souffler mot ? Alors quoi ? Que se passait-il ?

Peut-être était-ce sans intention de méchanceté. C'était un tort, voilà plutôt ce que son attitude semblait vouloir dire, et même un grand tort, s'ils avaient pensé qu'il n'était plus bon à rien.

— Moi, je suis dans le pays, dit-il, le seul à connaître tout : les bêtes, les pierres, les hommes ; je suis dans le pays avant tout le monde !

— C'est sûr, reconnut Bensalem Adda.

Elle comprend beaucoup de choses, la vieillesse ! Même si elle est dure des fois à se décider. D'abord, il n'était même pas vieux, un vieux comme lui.

— Alors, approche-toi. Ne reste pas tout seul, là-bas.

Ba Dedouche sourit et dit :

— Ce n'est pas la peine. Vous avez tort de penser que vous pourrez nous oublier complètement, parce qu'on est vieux... Je crois que nous sommes encore capables de quelque chose. J'en suis même sûr. Et de beaucoup de choses. Vous le verrez bien un jour.

Il proféra cette dernière phrase dans un murmure ; il ne voulait pas insister. Les prières des fellahs ne le firent pas bouger d'un pouce.

— Oui, je suis venu, poursuivit-il, parce que je sentais qu'il était de mon devoir d'être avec des hommes dont le cœur vit et souffre. Oui, je suis venu, parce que... j'ai cru qu'il était de mon devoir...

Il voulait dire à ces hommes, il ajouta qu'il avait aussi sa fierté. Qu'il ne supporterait pas, non... qu'il ne supporterait plus... On n'ignorait pas qu'un homme comme Ba Dedouche... Il était venu, parce que c'était un devoir. Parce qu'on est vieux... on est fini ?

— On a eu tort, c'est juste, de ne pas t'avoir prévenu. Mais on n'a pas de réunion aujourd'hui.

Pauvre Ba Dedouche ! Les fellahs, ce jour-là, avaient simplement décidé de se voir pour convenir d'une rencontre plus importante.

Comme tous ici, Ba Dedouche endurait tout juste ce feu qui habitait sa poitrine. Entreprendre quelque chose... Ce désir gisait au fond de ses pensées, guidait inconsciemment ses actes. A quoi bon vivre si cette existence ne servait à rien ! Dans chacun de ses mouvements, il semblait qu'il y eût un mot de protestation, un seul, vivant et fort.

XI

Ils étaient là, depuis déjà un moment, lorsque Kara Ali survint à son tour. Il n'y avait personne parmi eux que Kara ne connût.

— Sais-tu qui est Hamid Saraj ? demanda-t-il à Bensalem Adda.

« Et pour quoi faire ? » eurent envie de demander les fellahs, tous ensemble.

Kara Ali avait laissé tomber sa question comme une pierre. Sans tenir compte de ce qu'on disait. Sans se soucier si ces gens avaient des affaires à eux à discuter.

Pour tout dire, il ne se gêna d'aucune manière et fit comme si c'était son droit ; son esprit lui serinait : son droit ! Aux fellahs de répondre !

Ce fut alors que se produisit l'inattendu. Ali bér Rabah lui répliqua à la place de Bensalem Adda :

— Nous n'avons, Si Kara, aucune réponse à te donner.

Pour qui n'y voyait pas de malice, cela fut dit sur un ton déférent.

Le fou à grelot qui s'agitait dans sa tête s'excita et Kara Ali dérailla : « Tu me réponds sur un ton froid et dur, butor ! Tu as encore le lait de ta mère entre les dents. » Et encore : « J'ignore quelle est la femelle qui t'a enfanté, mais je connais ton père : un vaurien ! Je pense par conséquent que ta mère est une ordure. La sœur de ton père et la sœur de ta mère sont aussi des ordures. Maudite engeance, tous ! »

Il allait leur faire mesurer les distances. Les fellahs, vous leur accordez un pouce, ils prennent une toise. Mais avec Kara, attention ! Il ne fallait pas faire de confusion. Il était certes un paysan, mais non de souche, paysan plutôt monté de la ville comme les autres cultivateurs de Bni Boublen-le-Haut. « Tandis que ces Arabes de la montagne, pensait-il, sont venus du désert, ou du diable ! Ils se torchent avec des pierres au lieu de se laver comme d'honnêtes musulmans. »

Les hommes qu'il voyait en face de lui avaient réellement l'aspect, la couleur, et même l'odeur de la terre dont ils étaient issus. Du cheich de leur turban aux babouches de peau tannée qu'ils portaient aux pieds, il n'y avait que leurs yeux, sans âge comme les sources, qui fussent limpides.

Ils ne se pressaient pas d'être désagréables, vu que la conversation les intéressait.

— Nous ne sommes pas tenus de vous répondre, Si Kara, déclara une fois de plus Ali bér Rabah à haute et intelligible voix.

— Tu sais donc quelque chose, toi.

Et Kara Ali, l'homme de Bni Boublen-le-Haut, soupira :

— Oui… tu dois savoir. Il vient souvent par ici.

Il fut le seul à parler.

— Tu es, vous êtes tous autour de lui comme des mouches quand il arrive. On vous a vus. Vous tous, autant que vous êtes ! Et chez vous encore !

— Si on sait, concéda Ali bér Rabah, si on sait, ce n'est pas à toi qu'on ira le dire.

Il y avait quelque chose d'inexplicable, d'irritant, dans cette discussion qui avait mal commencé.

— C'est toi, fils de Rabah, qui me fais cet affront ?

Kara s'étonnait qu'un gamin, un gamin c'est ce qu'il pensait, et un fellah par-dessus le marché, lui dît ces paroles.

— Tu ne sais pas ce qu'il est, Hamid Saraj ? Tu ne sais pas et tu parles comme un homme !

— Bien sûr, moi fils de Rabah, je ne veux pas te manquer de respect…

Ali bér Rabah ajouta aussi :

— Mais si on sait quelque chose, ce n'est pas toi qu'on ira chercher pour...

Kara Ali convint une fois de plus que les fellahs n'étaient que des ânes. « Et il n'est même pas certain qu'ils aient une âme », songea-t-il.

Ils écoutaient, les yeux béants. L'un d'eux pressa ses narines entre le pouce et l'index, souffla vigoureusement à plusieurs reprises, de sorte que cela fit un bruit de trompe : Vrrr !... Et l'homme secoua ses doigts et les frotta ensuite sur les poils de sa djellaba.

On ne se défaisait pas comme ça de Kara ; Ali bér Rabah et les autres le savaient. Ils ne le savaient que trop. On ne voulait pas et ne pouvait pas raisonnablement l'offenser ; et il en profitait pour s'imposer.

C'était sa moustache, son large visage qui était... comment dire ?... honorable comme celui d'un cadi, qui inclinaient les fellahs à un respect instinctif.

Ali bér Rabah eût consenti de grand cœur à parler avec aménité, n'eût été la sournoise volonté de Kara ; pas un ici qui ne se rendît compte du combat qui se livrait à la lisière du silence.

Les paysans eurent le pressentiment d'une menace. Ce fut si brusque, si féroce, que chacun s'empressa de jeter un regard inquiet sur le visage de son compagnon.

« Là-devant, regardez ! Il y a le diable », se dirent les fellahs.

« Puisses-tu t'étrangler, mauvais sujet ! récitèrent-ils. Puisses-tu tomber dans une marmite bouillante ! Que tu ailles t'étaler dans une fosse d'aisances, impie ! Puisse ta moustache griller poil par poil aux fagots de l'enfer ! »

Le groupe restait cependant tranquille ; Kara en avait gros sur le cœur.

Tous gardaient le silence. Le démon !

Son cœur bouillonnait de mauvaise colère.

Une grande charrette se montra à leur vue. Il partit à grands pas. Il n'avait pas desserré les dents.

Les fellahs n'avaient rien compris à cette discussion. Tout le monde, leur semblait-il, tout le monde et Kara aussi, connaissait Hamid Saraj.

Quand Kara les eut quittés, ils se rappelèrent qu'il ne les

avait point salués en arrivant. Il en fut de même lorsqu'il s'en alla. Non qu'ils tinssent à ses marques de respect. Dieu pardonne ! Grande est la terre du Seigneur.

Mais tous ces hommes étaient affamés d'amour fraternel. Kara parti, aussitôt la confiance revint en eux ; la vie prit de nouveau un sens clair. Pour de tels affamés, le pain, même mal cuit et brûlé, semblait bon.

Mais, Kara, de quelle pâte était-il ?

Il s'éclipsa derrière un coude du terrain et ralentit le pas. Sur la route flottaient des lueurs de fournaise. Il voyait approcher la charrette de proportions gigantesques, très longue, construite sur des roues massives, avec son chargement de fumier ; elle paraissait haute comme trois maisons superposées. Au sommet, deux valets de ferme, debout, tenaient des fourches à la main. Après la montée, ils saluèrent joyeusement la compagnie. La charrette répandit une odeur chaude.

— Fils de votre mère, qu'attendez-vous là ? Mais à quoi perdez-vous votre temps ? Que la demeure de vos aïeux s'écroule ! s'écria l'un des ouvriers agricoles.

Kara, tout en cheminant dans le sentier de Bni Boublen-le-Haut, les entendit. La voiture roulait au milieu d'un bruit de meule ; il reconnut les deux gaillards juchés en haut du fumier.

Ceux-ci échangèrent d'autres propos, délurés, avec les fellahs.

« Belle humanité, pensa Kara. Ils sont beaux, les hommes de chez nous, qui ne savent que jurer ou vomir des grossièretés. »

Des rires fusèrent des deux côtés, du haut du véhicule, et du groupe qui stationnait sur la route.

— Attendez-vous à ce que le sel fleurisse ! plaisantèrent les deux journaliers.

C'étaient des gars au corps solide qui portaient le même vêtement : une culotte à fond bouffant leur retombant au-dessus du jarret, une chemise salie de terre sur le torse et, sur la tête, de petits chapeaux.

— Puissiez-vous vous étrangler, mauvais sujets ! répondirent les autres.

Et ils déversèrent une pluie d'injures de choix sur les

deux valets de ferme, en leur lançant des clins d'œil. Sur quoi un éclat de rire général dilata les poitrines. Les deux hommes de la ferme Marcous n'avaient pas compris que les fellahs leur demandaient plus de discrétion.

« Je donnerais cher, se dit Kara, très cher, pour savoir de quoi il retourne... et... et... pour posséder une charrette comme celle-ci et... et... tout ce qui va avec elle ! Ah ! du diable ! quels garnements, ces fellahs ! Ils n'ont plus de respect pour les gens plus haut placés qu'eux. Ils se permettent tout maintenant. Et pourquoi, je vous prie ? Parce qu'ils ont trouvé des colons chez qui gagner de l'argent. De l'argent à ne savoir qu'en faire ! On ne peut plus les tenir, on ne peut plus leur parler. Ils gagnent autant d'argent qu'ils veulent, et ça les rend insolents. »

Espérant saisir d'autres paroles, Kara prêtait l'oreille.

« Ils croient que tout leur est permis. Les enfants de charogne ! Comme ils oublient vite qu'ils ne sont que des fellahs, fils de fellahs, qui n'ont jamais connu que la misère. Regardez-les, les vauriens ! Ils sont sur cette charrette comme s'ils en étaient eux-mêmes les maîtres. »

Le cultivateur apercevait mal la route que les arbres des champs interceptaient. Il s'arrêta et les entendit s'esclaffer. Une salve d'imprécations explosa. Kara resta décontenancé.

« Voyez-vous ça ? Comme ils jurent ! marmonna-t-il. Et ça ne leur écorche pas la langue d'offenser le Ciel, ces fils de sorcières de cent ans ! Je donnerais ma tête à couper qu'ils le font exprès ; ils doivent avoir quelque chose à cacher. »

La charrette remonta la route de Sebdou, tourna vers la gauche, et Kara n'entendit plus rien. Cependant son esprit trottait toujours. Il avait noté les nombreuses allées et venues des fellahs dans la région, les assemblées qu'ils tenaient. Et il ne se trompait pas sur le compte de Hamid Saraj qu'il voyait fréquemment rendre visite aux paysans. Tout le pays étouffait des bruits clandestins et chuchotés. Le cultivateur de Bni Boublen-le-Haut savait à quoi s'en tenir.

XII

— L'existence est courte, dit Comandar. Dieu nous accorde longue vie ! Nous verrons quantité de choses nouvelles. C'est moi, Comandar, qui te le dis. Il y a quelque chose de changé en ce monde. Crois-moi si tu veux, ou ne me crois pas. Nous avons vu ce qui s'est passé, et qui ne se passera plus. Je ne suis pas allé par toute l'Algérie. Je n'ai pas foulé le sol de notre patrie quand j'en étais encore capable. Et je ne pourrai plus le faire. Mais mon cœur m'entretient de tout. Il a visité tout le pays, toutes les villes, tous les villages ! Eh ! il revient de loin ! Il m'annonce qu'il y a déjà du nouveau. Grande a été notre patience.

Ainsi s'exprima Comandar.

— Tu te dis : une dizaine de chaumières, qu'est-ce que c'est ? Et voilà ! c'est tout Bni Boublen-le-Bas. Il y a une centaine d'années, peut-être un peu plus, peut-être un peu moins, il n'y avait personne ici. C'est qu'en ce temps-là Bni Boublen n'existait pas encore ! Les anciens du village te diront qu'ils sont venus s'installer un à un. Mais avant, les fellahs ont eu des terres à orge, à figuiers, à maïs, à légumes et à oliviers. Et elles leur furent enlevées. A partir de ce temps-là, il fut reconnu que le fellah est paresseux, qu'il abandonne la terre à l'agave, au jujubier et au palmier nain. Incapable d'en faire quelque chose de propre et de productif ! Eh ! il s'agit des bienfaits de la civilisation, mon petit père ! Ah ! comme on a su les dépouiller pour leur bien et pour la civilisation ! Un monstre insaisissable, vorace, emportait à l'instant où ils s'y attendaient le moins de grands lambeaux dans sa gueule d'ombre, de cette terre qu'ils avaient arrosée de leurs sueurs et de leur sang. C'était la Loi. De quelque côté qu'ils se soient tournés, la Loi les a frappés. Ils seront toujours en faute au regard de la Loi. Pour mille motifs, on leur présente les tables de la Loi. La Loi ouvre une route qui passe dans leurs cultures comme une roue à travers leur corps. La Loi leur conteste la propriété de leurs terres. La Loi a changé, leur dit-on. Il y a une nouvelle Loi. Et les anciens titres deviennent-ils caducs et nuls ? Et nul l'héritage des ancêtres ? Oui, mon petit père, nuls ! Les *habous*[1] sont saisis, aussi bien que les terres *aarch*[2]. On a dit aux fellahs : vous pouvez vous adresser aux tribunaux. Justice pourrait vous être rendue, il suffit d'introduire une action. La Loi garantit vos droits, si vous en avez à faire valoir, la nouvelle Loi, établie en toute équité et égale pour tous, vous défendrait s'il en était besoin. Comment, ont répondu ces braves gens, comment pouvons-nous avoir recours à la Loi qui nous dépouille ? Le malheur de ceux qui l'ont cependant cru ne connut pas de borne. Ceux-là ont perdu le reste de leurs biens et, d'aucuns, leur raison. Maintenant, s'ils découvrent seulement comme ça de terrain où poser leurs corps, non loin des plaines fécondes et arrosées, ils ne vont pas plus loin. Ils s'arrêtent. Et s'ils peuvent travailler dans le plus proche domaine de colon, ceux-là décident d'occuper les antiques grottes de la montagne, tandis que les plus ambitieux élèvent des maisonnettes de terre glaise et de paille. Bni Boublen-le-Bas, voilà ce que c'est ! C'est comme ça qu'il s'est fait, mon petit père ! Et c'est comme ça qu'un pays a changé de main, que le peuple de cette terre, pourchassé, est devenu étranger sur son propre sol. Nombre d'entre les fellahs, partis en même temps que les habitants de Bni Boublen, sont encore en marche. D'autres sont allés plus près des cités. Il ne se passe pas de jour où l'on ne voie une famille, l'homme portant un balluchon sur l'épaule, la femme un nourrisson attaché à son dos, se rapprocher de la ville. Mais une redoutable force va devenir la leur. Pour l'instant, ils se louent à ceux qui les ont dépossédés. « Dieu l'a voulu, disent-ils. Mais fasse qu'un jour il nous montre la voie des justes ! » De mémoire d'homme, on n'a connu une aussi effroyable malédiction.

Ainsi s'exprima Comandar.

Omar, qui regardait le vieil homme, sentait autour de lui cette foule, cette contrée, invoquées à distance. C'était quelque chose de diffus, d'amical et de silencieux. Tous ces hommes formaient une assistance qui comprenait la signifi-

1. *Habous :* biens de mainmorte.
2. *Aarch :* territoire appartenant à une tribu.

cation des paroles de Comandar ; mais leur terrible puissance les rendait taciturnes. Autour de Comandar, ces hommes vivaient, l'espoir les pressait de toutes parts.

XIII

A quelque temps de là, sur le tertre où s'accrochait le village, Ali bér Rabah et Slimane Meskine fumaient ensemble. Les ayant abandonnés, Ba Dedouche venait de partir à la recherche d'une improbable place dans les fermes voisines. Au même instant, gravissant la route de Sebdou, Kara Ali monta jusqu'à eux. La vue du cultivateur fit se lever les deux fellahs ; l'un d'eux, Ali bér Rabah, jeta des regards du côté de l'homme.

— Au revoir, Slimane ! dit-il. Tu n'as rien senti ? Depuis un moment une mauvaise odeur m'empêche de respirer.

Slimane Meskine se mit à rire ; Ali bér Rabah s'éloigna. Lorsque Kara Ali arriva devant lui, Slimane, resté seul, riait encore.

— Slimane ! l'interpella le cultivateur, Slimane, on m'a bien dit que tu es un simple d'esprit ; je ne l'ai jamais cru, vois-tu ! Mais voilà que tu ris tout seul ; je finirai par le croire.

— Ce n'est rien, messire Kara. Crois-moi, ce n'est qu'un fellah qui vient de partir. Il trouvait que ça sent trop mauvais.

Slimane Meskine s'esclaffa de nouveau.

— Ça sent mauvais ? Sent mauvais ?

Le gros homme renifla plusieurs fois.

— Je ne sens rien, moi ! dit-il.

— Comment, messire Kara ?

Un rire inextinguible étreignit Slimane Meskine. Le fellah produisit un son de *gasba* [1] avec ses narines largement dilatées.

Kara commençait à regarder Slimane avec des yeux irrités.

D'un air de sincérité naïve, Slimane insista :

— Sens ! Sens ! Tu verras.

1. *Casba :* grosse flûte de roseau.

Une lueur verte brillait dans son regard.

— Bon ! Bon ! Quelque charogne que ces maudits fellahs ont laissée pourrir. Ne m'en parle plus. Les fellahs ne sont sur terre que pour tout salir. Iraient-ils au paradis, qu'ils le rempliraient de leurs défécations !

Slimane Meskine leva les bras.

— Des olivaies, des prés verdoyants, des vignobles. Vois, messire Kara, n'est-ce point beau ? Je sens mon cœur s'ouvrir et s'élargir. Une plaine de satisfaction. Un océan de contentement. Une montagne de fierté. D'orgueil même. Et d'où sort tout cela ? Des mains des fellahs ! Est-ce le fait de gens qui saliraient la terre ? Ils l'embellissent plutôt. On peut dire que leur présence crée le paradis sur terre.

Et il entonna, chantant d'une voix forte :

— Mais ils en sont exclus de ce paradis !

— Des mots, tout ça ! hurla Kara Ali. Que des mots ! Réfléchis à tes paroles, Slimane. Que sais-tu, toi ? Le dernier des fellahs ! Ce sont des terres où il n'y avait rien autrefois. Voilà ce que c'était. Broussailles et palmiers nains où ne poussait pas une pomme de terre !

— Des hommes ont travaillé.

— Parfaitement. Mais grâce à qui ? Aux Français ! Le Français est un grand homme, un sage ; le Français est, on pourrait dire, un des Anciens. Il a fondé la première ferme et le premier vignoble. Il savait ce qu'il faisait !

— Il le savait si bien que ce n'est pas une ferme et un vignoble qu'il a fondés, mais dix, bientôt cent et mille fermes et autant de vignobles.

— Ces caves où ils écrasent le raisin, ces granges où ils emmagasinent du blé, du froment, tes ancêtres, à coup sûr, ne les avaient pas prévues. Il n'y avait pas d'hommes pour travailler en ce temps-là, ils étaient tous rouillés.

— Des étrangers possèdent le pays.

— La population n'est-elle pas heureuse ?

— Reste à voir !

— Du travail pour tous. Que seraient devenus les fellahs ! Aïe ! aïe !

— Je ne sais pas ce qu'ils seraient devenus. Ils s'en seraient certainement mieux portés.

— Reconnais la vérité, homme !

— La vérité ! Qui est-ce qui en sait quelque chose ? Toi ? Sais-tu ce qui est la vérité et ce qui ne l'est pas ? La vérité ! Mais tu sauras ce que c'est : regarde ces hommes que tantôt tu appelais de la vermine. C'est bien comme ça que tu les appelais, et tu n'as pas tort. Ce sont eux, la vérité. Ces hommes, qui n'ont pas un pouce de terre.

Le gros cultivateur leva la main et il s'en fallut de peu qu'il ne la posât sur l'épaule de Slimane Meskine. Puis il l'agita convulsivement comme s'il avait failli toucher du feu. Ce geste de fraternité, non achevé, le rapprocha pourtant du fellah.

— Parle, fellah phraseur ! dit Kara. Dieu vous a faits pour ça.

Messire Kara avait le teint blafard d'une matrone. Son accoutrement, qui blanchissait aux coutures, révélait l'aisance sans confort. Une paire de magnifiques moustaches s'étalait à travers son visage. Son honorabilité était sa ressource et son armure contre les habitants de Bni Boublen inférieur. Rejetés au plus bas de l'échelle, les fellahs ne lui devaient jamais assez de respect.

Sous ses joues lourdes, matelassées de poils blonds, les coins de sa bouche pendaient en plis méprisants.

Slimane Meskine se cala sur ses talons.

— Il y avait trop de luttes, dit le cultivateur, du temps des tribus, trop de bandits dans les collines.

— Aujourd'hui, c'est le vrai temps des bandits. Comment toi, messire Kara, ne le sais-tu pas ? Mais tu ne peux pas le savoir.

— Et pourquoi ?

— Parce que les colons sont des voleurs, le caïd est un voleur, les gendarmes sont des voleurs, l'administrateur est un voleur et messire Kara…

— Et messire Kara ?

— Un voleur aussi ! Tous des voleurs et des sans-honte.

Le front du gros homme s'assombrit.

— Tu parles surtout pour te faire valoir, dit-il.

— Non ! Pour dire la vérité ! Chacun de vous veut nous faire la leçon, nous donner des conseils, et intervient dans notre existence, se pose en juge. Et tous des voleurs !

Excédé, Kara détourna la tête, Slimane Meskine cilla imperceptiblement, ses yeux luisaient. Accoté au talus, il recommença à parler. Il murmurait si bas que le cultivateur ne saisit pas d'abord ce qu'il disait :

— Bon messire Kara, bon messire, dans les vieux temps... cela n'est pas vrai... tout n'était pas mauvais. Peut-être y avait-il du mauvais, mais tout ne l'était pas. Aujourd'hui, que voyons-nous ? La fin du monde pourrait venir. Les temps sont bons pour les riches et les étrangers. Peut-être cinq ou six familles.... Certainement pas plus d'une dizaine. Et les pauvres ?... Que leur nombre est grand ! Mon père, ma mère, mes deux frères et moi, nous ne sommes que des fellahs ! Brusquement *ils* sont venus et *ils* ont enlevé mon père. Ce n'était peut-être qu'une erreur. Il a toujours été un homme paisible, mon père. Mais tu les connais, tu sais comment ils sont, *kaourates, chambettes* [1], gendarmes, caïds... Le diable les emporte tous !

— Oh ! fit le gros homme.

— Oh ? Toi, tu vaux peut-être mieux qu'eux. Et peut-être ne vaux-tu pas plus cher !

— Eh ! Oh ! Comment oses-tu !

Le cultivateur lui jeta un regard furibond. Dans les champs, pas âme qui vive : il n'ajouta plus un mot.

— Je n'ose rien du tout ! Je ne me permettrais pas, messire Kara. Mais je te dirai ce que j'ai à te dire puisque la Providence t'a conduit vers moi. Et tu m'écouteras.

— Eh ! fit le cultivateur, fais vite. J'ai...

— Peut-être était-ce à cause du cheval que le caïd convoitait. Je ne l'ai jamais su. Ils ont en tout cas enlevé mon père. Dans la fournée, il y en avait d'autres, des plus vieux et des plus jeunes. Certains étaient bien des criminels sortis de prison qu'on venait de reprendre pour quelque nouvelle faute. Mais les autres, mais mon père, étaient des innocents. On les a emmenés quand même. Pour ce cheval ! Mon père n'avait jamais voulu en faire don au caïd. Lui-même le voulait-il parce qu'un plus puissant *hakem* [2] le guignait ? Je ne l'ai jamais su. Pour un malheureux cheval

1. *Chambette :* déformation de garde champêtre.
2. *Hakem :* haut fonctionnaire.

mon père a été enlevé à sa famille. Ils l'ont envoyé casser les pierres sur les routes de Cayenne... Et voilà sa femme, ma propre mère, sans mari, et nous, ses enfants, orphelins. Et pourquoi? Dis-moi un peu? Pour un malheureux cheval ! Dans sa misère, c'est tout ce qu'il possédait. C'était beaucoup pour un fellah. Cette bête était une richesse trop lourde à porter. C'était trop pour un fellah. Les gens du village le disaient : « Ya Ahmed, tu as un trop beau cheval! Tu ne tarderas pas à te faire mal voir des autorités. » C'est ce qui est arrivé. « Et qui sait ce qui s'ensuivrait », l'avaient-ils averti. Et on a su ce qui s'en est suivi. Il a été enlevé. Sa femme, son village, ses enfants, ne l'ont plus revu. Ma mère ne pouvait ni manger ni dormir en pensant à nous, ses enfants. Elle s'attendait tous les jours à le voir revenir. Moi, j'ai dit alors à ma vieille : « Allez, réunissons toutes nos hardes ; faisons nos balluchons. Dieu n'a pas voulu que nous restions dans ce pays. » Nous avons quitté le village. Nous n'avions ni pierre ni arbre qui fussent à nous. Nous partions sans regret. La terre de Dieu est suffisamment grande. Nous emportions l'affection du village, c'était assez pour réchauffer notre cœur. Il était dit que nous partirions : il fallait partir. Nous avions déjà marché plusieurs jours. Pour boire, nous puisions l'eau des sources ; pour manger, ça n'était pas aussi facile. Qu'est-ce que nous n'avons pas mangé ! Madre mia ! De tout ! Des racines de *telghouda*[1] et des mûres sauvages ; de la galette que nous donnaient de bonnes gens qui avaient pitié de nous ; des feuilles de guimauve, des amandes vertes et des fruits de grenadiers. Nous avons demandé la charité. Nous avons trouvé des pauvres plus pauvres que nous. Les enfants tombaient de fatigue. Moi, tous les jours, je croyais que j'allais mourir tant j'avais l'âme malade. Nous avons passé des années à errer sur les routes. Quand on nous le permettait, nous nous abritions sous des *nouallas*[2]. Mais jamais pour bien longtemps. Que pouvions-nous faire?

1. *Telghouda :* plante de triste renommée ; ses racines, qui poussent à l'état sauvage, sont souvent la seule nourriture des populations affamées des campagnes.

2. *Nouallas :* sorte de paillotes.

Ceux qui nous chassaient venaient à nous avec leurs chiens, leurs valets et des fusils. Et nous reprenions notre marche. C'était pour avoir eu affaire aux autorités. Grande est notre mère Algérie. Nous sommes allés partout. Nous avons perdu les enfants. L'un, nous l'avons enterré dans un endroit, et l'autre dans un autre. Lorsque je suis resté seul avec ma mère, je n'ai pas pu voir sa douleur. Une pierre aurait pleuré. Tu dois croire en mes paroles. Nous avons été à pied au Sahara ; nous avons été dans le Cherg et sur les monts du Tell. Nous avons habité les baraques qui entourent les grandes villes. J'ai labouré la terre, cueilli des olives et des oranges. J'ai fait les vendanges. Après toutes ces années passées à errer, le mal du pays nous a pris. Toujours à pied, ma pauvre mère et moi, avons refait le chemin du retour ; nous étions alors aux portes d'une ville quand, à son tour, ma pauvre maman, maigre, sale, en haillons, a fermé les yeux et rendu sa douce âme au Seigneur ; je l'ai enterrée. Et je suis revenu au village. Je voudrais vivre encore une quarantaine d'années : la vie et la mort, nul ne peut rien en dire. Mais je voudrais quand même vivre une quarantaine d'années. Pour dépouiller mon pauvre père et nous disperser aux quatre coins du monde, il n'avait pas fallu plus d'une parole. Savions-nous même pourquoi ? Maintenant on le sait. Comment se peut-il que tes amis nous fassent tant de mal ? Mais moi, je ne les crains pas, n'ayant plus rien à perdre. Et grande est notre mère Algérie ! Tu peux me dire de rentrer chez moi ; je ne rentrerai pas chez moi. D'abord je n'ai pas de chez-moi. Et si je veux mendier pour manger un morceau de galette, qui est-ce qui m'en empêchera ? Pas toi ! Et pourquoi tes pareils m'en empêcheront-ils ? Faut-il par-dessus le marché que vous nous interdisiez de mendier ? Tu peux aller dire tout cela à tes autorités. Je n'en ai cure ! S'il faut aller au bagne, j'irai. Je n'ai pas peur qu'on dise de moi que je suis ceci ou cela. Tu me dis de rentrer chez moi. Ce n'est pas la peine. Tu crois que je divague. Quand les yeux des honnêtes gens se remplissent de larmes, le cœur de tes pareils devient de pierre.

— C'est le destin qui l'a voulu ainsi, jeta Kara, las des histoires du fellah.

— Quel destin ? Quel destin ?

— Est-ce que je sais, moi ? Le destin... enfin ce qu'on appelle le destin.

— Il n'y a pas de destin qui tienne. C'est arrivé ou ça n'est pas arrivé ?

— Bon ! Mettons que ça soit arrivé.

Kara haussait le ton.

Maintenant le cultivateur voulait semoncer Slimane Meskine. C'était prévu ! A cause de ses bavardages. Slimane l'écouta dans l'attitude contrite qui convient à un fellah devant un personnage important. D'autres paysans, qu'avait attirés la présence de Kara, assistaient de loin à la scène, derrière des plants de roseaux et des troncs d'arbres.

— Écoute, messire, vociféra Slimane Meskine en réponse à ses sermons. Cesse de te mêler des affaires des autres, ou je t'arrache les poils des moustaches !

Il leva la main et tira une moustache du cultivateur en gloussant d'une manière indécente. Il tira encore plus fort l'autre moustache ; il tourna autour du gros homme. Celui-ci resta bouche bée. Il tenta d'imposer le respect à l'insolent. Ah ! ouiche ! Son autorité ne fut d'aucun effet. Il voulut le frapper. Bernique ! A distance, les fellahs se tortillaient.

— Poil gris de Belzébuth ! Poil gris de Belzébuth ! s'écriait Slimane. Je te l'arrache ! Je te l'arrache !

Il partit d'un rire prolongé qui jeta l'épouvante sur le visage de Kara Ali. Les fellahs tenaient à rester cachés. Quelques-uns coururent jusqu'au village en se tenant les côtes. Ils se hâtaient d'aller propager la nouvelle.

Finalement ce fut tout juste si le cultivateur put s'enfuir. Sans cela, Slimane lui eût sans doute arraché tous les poils de la moustache.

— Occupe-toi de tes affaires, si tu ne veux pas voir ta barbe griller un jour ! lui lança Slimane, de loin.

L'autre, oubliant tout le respect qu'il devait à sa personne, prit ses jambes à son cou, et disparut dans le balancement de sa culotte bouffante.

La nouvelle se répandit. Que reste-t-il à dire ? Les gens ? Ils avaient bien ri. Mais, à partir de ce jour-là, chaque fois qu'ils rencontraient un bon ami de l'autorité, ils se poussaient du coude :

— Va, il trouvera bien son Slimane Meskine.

Et de s'envoyer des claques sur les genoux.

Ils disaient :

— Pourvu que celui-là ne s'attaque pas à Slimane Meskine. Il ne ferait plus le malin, après.

Kara Ali, plusieurs fois de suite, essaya de se montrer. Mais régulièrement des rires fusaient dans son dos. Quand il se retournait, pfuit ! plus personne. A croire que des génies le poursuivaient de leurs moqueries. Il interpellait les gens ; les fellahs s'approchaient et le regardaient droit dans les yeux. Et c'était lui, Kara Ali qui finissait par perdre contenance. Il bredouillait et toussait : Ehm ! Ehm ! Ces accès de toux n'en imposaient à personne. Les fellahs lui tournaient le dos.

Messire Kara leur déclara alors qu'il considérait désormais comme ennemi du Gouvernement et de l'Islam tout fellah qui s'acoquinerait avec Slimane Meskine.

— Autant dire tout le monde ici ! commentèrent ceux de Bni Boublen. Autant dire tout le village, n'est-ce pas ? Pour sortir de la voie sacrée de l'Islam, ça non ! Mais s'il veut que nous soyons les adversaires du Gouvernement, eh bien ! qu'il en soit comme il l'a dit.

XIV

Omar devrait savoir toutes ces choses, avait dit Comandar. L'enfant était en bordure du champ de Kara, couché au pied du grand térébinthe ; l'après-midi d'août semblait fixé dans la substance immémoriale du temps, plein, lourd d'effluves. La menthe sauvage et les plantes aromatiques se desséchaient. D'évidence, cet après-midi n'avait ni fin ni commencement, — il y avait si longtemps que le garçon avait perdu tout souvenir de l'heure. Chaque arbre, chaque pierre, chaque repli de la campagne, était coulé dans une matière immuable. Au fond de cet engourdissement infini cheminait le jour sans mesure. Dans l'ombre légère du grand térébinthe, les regards de l'enfant épiaient la présence muette de cette mort.

Omar savait-il vraiment ces choses ? Les enfants font quelquefois semblant de n'en rien savoir.

Le garçon arracha des brins de gazon en se livrant à ces réflexions. Il contempla les herbes cueillies, puis les mâcha avec satisfaction. Il savait comment sont les choses ; de ses orteils nus, il fouillait la terre toute fraîche à cet endroit ; Omar reconnaissait le térébinthe ; il étendait le bras et le touchait ; il reconnut l'écorce qui poussait tout autour. Il pressa fortement avec la paume de la main le tronc de l'arbre, et un morceau rude en tomba : cela, il le comprenait aussi. Le vent gémit à mi-voix dans ses oreilles. Toutes les feuilles s'étaient retournées dans leur lutte contre cette violence. Omar entendait leur bruissement.

« Quand le soleil fut au-dessus de leur tête, dit Comandar, les moissonneurs durent s'arrêter. Une fois debout, leur ombre retomba à leurs pieds. Ils étaient tout noirs. Ils quittèrent alors les champs et allèrent s'asseoir sous les arbres. D'autres attendirent un peu. Ils laissèrent la grande machine seule au milieu des ruisseaux de feu qui se formaient dans les moissons : elle défiait tout. Avec ses multiples membres de fer et de bois au milieu des cultures, tel un monstre tombé du ciel, elle semblait dormir, elle aussi. Ces barres rouge vif, la neuve dureté des dents d'acier, tant de nudité et de commune laideur, d'inertie et de force, réunies à la fois dans un être de métal sans visage mais tout en bras, en griffes, en mâchoires, ne paraissaient devoir leur présence ici qu'à quelque hasard impénétrable. Plus en arrière, au moins presque à la limite visible des blés étendus : la ferme du colon Marcous, vieille maison bâtie par son grand-père, avec sa façade uniforme, son auvent, ses meurtrières, sa couleur rose passée d'ancienne poterie, ses tuiles recouvertes d'une couche de mousse grise. Tout cela avait l'air d'être le vrai visage de l'Algérie, mais n'était que simple surface ; ce visage lui avait été façonné par la colonisation — et l'Algérie a un million d'autres visages. »

Cela aussi, Omar le comprenait. Il regardait les terrains qui épousaient la ligne ondulée du pays. Les chaumes grillés et morts crépitaient en se balançant dans le vent ;

cette toison d'herbe roussie avait l'apparence tantôt de l'or entrant en fusion, tantôt d'une chevelure que la terre secouait mollement sur ses épaules en défaillant dans l'ardeur insoutenable. Tandis que l'écoulement du temps accomplissait son chemin dans le cœur de l'enfant, élevait en lui son antienne amicale et funèbre, les collines se dressaient à l'ouest, grises et mouchetées de mauve, dans leur hostilité familière.

« Il en va souvent ainsi du monde », dit le vieil homme Comandar.

Omar ne discernait plus s'il était dans le pays que ses yeux lui montraient ou dans celui des blés que lui dépeignait Comandar.

Omar avait l'esprit agile et un corps sain ; il allait sur ses onze ans. Son visage n'était pas particulièrement beau, mais d'une finesse presque excessive ; Omar possédait un merveilleux instinct qui ne le trompait jamais. A cette seconde précise, pendant que Comandar parlait, l'odeur de fer de la machine lui attaquait les narines. Couché dans l'herbe, il pensait : « Voici comment sont les choses. Les champs de blé sont dorés et roux, couleur de pain cuit, mêlés déjà d'épis bruns et brûlés. Voilà là-bas la maison des Français, les colons à qui tout appartient, terre, moisson, arbres et air, et les oiseaux, et moi-même sans doute. Tout est solide et stable dans cet univers, tout paraît à sa place dans cette éclatante munificence, ce sol comme cette ferme, ce ciel vibrant comme ces ouvriers qui s'en vont, qui reviennent maintenant parce qu'il faut reprendre le travail, cette machine comme ces collines dénudées, comme ma respiration dans ce monde, — tout semble ordonné. »

Le jour s'immobilisa sur la méditation du garçon. Les oiseaux dans les feuilles, la quiétude, des coups frappés au loin, un bourdonnement monotone : une heure de l'après-midi dans la tranquille intimité de l'espace.

« Ce qui se produisit ensuite fut difficile à suivre, dit Comandar. Un hurlement farouche éclata dans l'air paisible, emplissant la campagne d'une gigantesque colère. La machine secouait sauvagement ses grandes articulations d'acier ; un homme y était pris et ballotté de toutes parts, mais il restait suspendu aux dents enfoncées dans son corps. De grosses gouttes de sang pleuvaient lentement sur les épis qui avaient été tout à l'heure rasés. Et le dénouement vint comme la foudre. Dans un tintamarre de ferraille disloquée, le système complexe de bras et de leviers s'abattit d'un coup : l'ouvrier claqua contre terre avec un bruit d'os écrasés ; ce n'était plus un homme, mais une loque noire. Un grand chien accourut en vociférant et se figea dans une surprise étonnée. Puis il poussa de longs aboiements. Comme par enchantement les champs, calmes à cette heure, furent pleins de monde. Des ouvriers surgirent de tous côtés, grossissant le nombre de ceux qui travaillaient déjà là ; ils se pressaient en un cercle excité, essayant de parler tous à la fois. Chacun racontait maintenant sa propre version de l'histoire, discutait, expliquait. »

Omar voyait lui aussi le groupe. Il voyait dans le centre du cercle, parfaitement froid, le corps de l'homme. Il était trop tard. Trop tard pour quoi ? L'ouvrier était mort du premier coup, dès l'instant où il avait heurté le sol.

« Il avait eu les reins brisés et presque tous les os fracturés, dit Comandar. Le sang coulait de son corps en un suintement ininterrompu qui imbibait la terre de taches rouges lumineuses. »

Omar se retourna contre le sol, haletant.

« Le grand chien noir était toujours là, dit Comandar. Il se balançait et haletait comme une locomotive, la langue volumineuse et pendant de toute sa longueur. Il tendait sa grosse tête, on voyait frémir son mufle épais, et travailler les puissants muscles du cou. Plusieurs fellahs se mirent ensemble pour le chasser. Le chien appartenait au maître.

» — Maudit chien, jurèrent-ils. Maudits, toi et les tiens. »

Omar voyait le bouledogue qui s'éloignait, puis s'arrêtait, qui avançait sa massive caboche vers le groupe et grognait, campé sur ses pattes écartées, plein d'une ardeur infernale.

« M. Auguste, homme d'une cinquantaine d'années, sortit en courant de la ferme, dit Comandar. On le vit arriver à grands pas après avoir claqué le grand portail. Son visage d'homme trop nourri brillait autant que ses cheveux écarlates ; il portait, sur de fortes jambes, un large buste ; son ventre débordait de la ceinture. Quand il fut devant le groupe, le grand chien noir s'approcha de lui.

» — Monsieur Auguste, bonjour, dirent quelques fellahs.

» — Monsieur Auguste, une chose terrible est arrivée. Venez voir.

» M. Auguste, machinalement, saisit le collier du mâtin ; la bête se mit à tirer de plus belle en aboyant furieusement. Aucun des fellahs pourtant ne manifesta de signe d'impatience ou d'hostilité quelconque. Ils regardaient simplement, attendant de voir ce que le Français allait faire. Tout en retenant son chien, M. Auguste commença à proférer des imprécations.

» Juste à cet instant, un autre Français arriva en trottant sur de drôles de petites jambes, dit Comandar. C'était M. Marcous lui-même, l'homme que les fellahs apercevaient rarement. Sa voix chevrotante s'éleva, claire, impérieuse, dominant vite les clameurs du commis qui finit par se taire.

» — Qu'on ne le touche pas ! Allons, vous ! Tous à votre travail. Et plus vite que ça !

» M. Marcous ordonna tout ça en arabe. Les hommes ne paraissaient point pouvoir s'arracher à la vision de ce corps déchiqueté, cette dépouille inerte. Cependant ils se dispersèrent peu à peu. S'adressant à son commis, en français cette fois, M. Marcous dit :

» — Il faudrait apporter une bâche de la ferme et le recouvrir en attendant que les gendarmes arrivent. Ils ne tarderont pas à être ici. Que tous ceux-là retournent à leur travail. Prenez un ou deux d'entre eux pour les formalités. Ne les laissez pas trop parler. J'expliquerai moi-même aux gendarmes, ils comprendront. L'accident est dû à l'imprudence de l'indigène.

» Puis en arabe aux ouvriers :

» — Au travail ! Au travail ! Sinon les heures perdues seront déduites de la paye.

» L'agitation qui le secouait allumait ses pommettes minuscules.

» — Nom de Dieu ! Et moi qui comptais être en ville à trois heures !...

» Les fellahs passèrent devant lui, pleins de dignité déférente ; chacun d'eux le salua d'un geste de la main sur le cœur. Le salut était courtois et respectueux. M. Marcous resta insensible à ces manifestations. M. Marcous est un grand gentilhomme, le noble descendant d'une famille de colons. Il est le cousin par le sang et par les biens de seigneurs, maîtres et héritiers illustres de vastes propriétés. »

Omar le connaissait ; il avait tenté un jour d'entrer par une haie dans les terres de M. Marcous. Le regard pâle du colon tomba sur lui, tranchant comme une lame, et parut au garçon chargé de cruauté. Omar comprit qu'il fallait se dépêcher de fuir cet endroit. Mais le regard qui se posait sur lui vagabondait ailleurs. Le colon ne l'avait pas même vu. Il rêvait.

Omar fut pris d'horreur à la pensée que cet homme possédait pareille machine ; il médita sur la mort qu'elle donnait ; il imagina l'agitation des travailleurs, l'émotion sourde qui les avait pénétrés en cet après-midi serein répandu sur tout le pays sans un frisson. La menace qui avait pesé sur lui restait en suspens comme un poing aveugle, comme une malédiction.

L'enfant devait comprendre toutes ces choses ; c'est pourquoi il réfléchissait, étendu dans l'herbe, en écoutant Comandar qui parlait de la vie réprouvée des fellahs. Les enfants, en réalité, savent et comprennent. Omar savait vraiment ces choses-là, sans qu'il ait eu besoin de réfléchir à chacune d'elles en particulier. Son esprit avait déjà saisi le rapport qui existait entre cette mort et la pauvre fatigue de sa mère, entre le sort des fellahs et la faim de Dar Sbitar ; il revoyait les policiers qui avaient envahi un matin Dar Sbitar.

« Celui-là aura su de quoi il est mort », dit Comandar. « Mais tout le reste est comme avant, pensait Omar, comme avant... Il n'y a rien de changé, sauf un ouvrier agricole en moins dans le monde. La voilà, la mort. Et voilà de qui elle est venue : de ces hommes qui sont à côté de nous. Qu'est-ce que la mort d'un fellah ? Un déchirement brutal et rapide. Et c'est tout. Après, il n'y a plus rien ; et tout est comme avant. Qu'adviendra-t-il de tous, de la vie des gens de Bni Boublen et de Dar Sbitar, de ces Français, de cette mort ?... »

Couché sur le gazon, il laissa encore glisser sa pensée dans le grand rêve de la mort ; et il songea : « Grands dieux, qui savez comment sont les choses, je sais moi aussi et je vois, je comprends qu'elles soient ainsi, qu'elles soient étranges, simples et sauvages, belles et terribles, qu'elle soient claires et familières. Mais qu'arrivera-t-il ensuite ? »

Pendant que l'enfant se parlait ainsi à lui-même, trois heures sonnèrent à l'horloge de Mansourah. Omar se demanda si M. Marcous avait pu se rendre en ville à trois heures, après l'accident.

« Quelle manie avons-nous, dit Comandar, quelle manie d'étaler nos misères ! N'est-ce pas ce que disent de nous ceux qui tiennent à ce que rien ne change ? *Mala puta !* Qu'un rien change dans ce qui existe, et voilà qu'ils ont peur. »

Omar considéra Comandar et se demanda si quelquefois le vieil homme sans jambes, enraciné dans ces terres, n'était pas hanté par une lassitude insurmontable.

XV

Ils étaient huit ou dix, assis sous un vieux mûrier. Tous hommes du village, et le Cultivateur venu du haut Bni Boublen. La pente du ravin avalait l'ombre qui tombait de l'arbre. La journée, accablante, jouait dans un ciel sans nuage qui blanchissait pendant que la chaleur, insensiblement, évidait l'espace. Trois heures de l'après-midi.

A leurs pieds, la route ondulait, déroulait ses sinuosités, puis disparaissait dans les lointains qui vibraient à travers une brume torride. Le silence de la campagne déserte rutilait. Dans les champs pierreux des cultivateurs indigènes, les blés nains se tenaient droits.

— Ils ont tout sucé, tout ce qu'il y avait dans cette terre, dit Sid Ali en montrant les blés. Ils ne monteront plus.

Il y avait là Ben Youb. C'était lui le cultivateur de Bni

Boublen-le-Haut. C'est à lui que s'adressa Sid Ali, le premier. Les fellahs appréciaient l'amitié que leur faisait Ben Youb. Il était venu assister à leur réunion ; lui, n'avait pas hésité, quand ils étaient allés l'inviter. Il avait dit : « Bien sûr », et il avait suivi les fellahs. Il laissait le travail à ses fils.

Chemin faisant, les fellahs l'avaient prévenu que Hamid Saraj était à Bni Boublen.

— Nous, gens de la campagne, dit le Cultivateur, nous apprécions les hommes à la mesure de leur savoir, et à leur sagesse. S'il est de ceux-là, qu'il soit le bienvenu. Nous n'aurons jamais assez d'hommes comme lui à nos côtés.

Ben Youb fut salué poliment à son arrivée. Hamid Saraj admira la noblesse du vieillard, qu'il ne connaissait pas. Vigueur et sécheresse de l'animal de bonne race, se dit-il. Mais il fut intrigué par l'imperceptible tristesse qui voilait son regard.

— Nos blés deviendront plus grands, répondit Ben Youb, quand notre terre sera moins offensée.

Tout le monde se mit alors à parler. Ba Dedouche soupirait de temps à autre. Ali bér Rabah intervenait d'un mot.

— Si elle était vivante, comme son cœur aurait souffert ! dit tout à coup Ba Dedouche.

Il promena ses regards sur les champs consumés, pelés de place en place.

— Oh ! comme elle aurait senti sa douleur..., fit Ben Youb, en hochant la tête.

— De quoi parlez-vous ? interrogea Slimane Meskine.

Et tout le monde se tut.

Ba Dedouche le viejo eut un bon sourire, mais on s'aperçut qu'il était désespéré. Il ne parut point avoir entendu la question.

— Bien sûr qu'elle est vivante ! dit-il. Et qu'elle souffre ! Elle doit beaucoup souffrir !

Il s'agita ; il remua l'air de ses longs bras secs.

— Permettez.

Il remonta les vastes manches de sa tunique au-dessus de ses épaules.

— Je suis un vieillard et je sais que je pourrais tout me

permettre ; aussi devriez-vous me pardonner. Voilà donc ce que je voulais dire. Bien que nous soyons des campagnards et que par là même nous méritions une certaine compassion, la contemption des bourgeois est trop vive pour nous encourager à entrer dans la voie de l'amitié.

Il commençait bien ! On se demanda ce que serait la suite après un tel début. Ah ! mon petit père, si Ba Dedouche devenait généreux en mots rares, dont le seul énoncé faisait ouvrir de grands yeux aux autres, il fallait que ce fût une occasion exceptionnelle. Les fellahs cherchaient où diable il avait pu cueillir ce vocabulaire.

— Ba Dedouche, parle comme un simple mortel. Tu n'es qu'un fellah !

C'était Bensalem Adda qui lui abîmait ses effets.

— Monsieur ici présent..., dit encore Ba Dedouche avec solennité, en se tournant vers Hamid Saraj, monsieur ici présent est un bourgeois, savant et versé dans toutes les connaissances, à n'en point douter, un Grand Bourgeois !...

— Voyons, Ba Dedouche ! se récria Ali bér Rabah. Tu n'y es pas ! Tu déraillles même, si je puis me permettre d'utiliser cette expression. Hamid est notre frère à tous.

— Sans doute, répondit Ba Dedouche. Tout l'honneur est pour nous. Je reconnais qu'il pourrait être mon fils, et je l'appellerais volontiers mon fils, avec tout le respect que je lui dois. Je ne veux pas dire cela pour l'offenser. Croyez bien que c'est un sentiment sincère. Mais, monsieur ici présent est un Grand Bourgeois... Il a beaucoup étudié, il a sans doute consulté de grands livres. Et si, après avoir reçu toute cette science, il est venu vers nous, les pauvres, les misérables, les fellahs, c'est qu'il y avait dans ses livres quelque chose qui le conduisait vers nous.

Hamid sourit faiblement. Tout le monde surveillait l'étrange mimique de Ba Dedouche qui ne se lassait pas d'esquisser en l'air de grands gestes lents.

Les fellahs regardaient, et faisaient grise mine. Ils se résignèrent à le laisser parler.

— Si le savoir consigné dans les livres, si les profondes connaissances lui ont ouvert le chemin jusqu'à nous, les moins-que-rien, et s'ils lui ont appris que nous valons un peu plus que de la bouse de vache, nous pouvons avoir confiance. Mais monsieur ici présent est un Grand Bourgeois. Il faudrait lui expliquer, il faut qu'il sache...

Tous étaient inquiets.

— Il faut que monsieur ici présent, dit Ba Dedouche poursuivant obstinément son idée, il faut qu'il sache pourtant que rien de neuf n'est encore arrivé en ce monde que nous les fellahs, bien que des rien-du-tout, ayons à déplorer de ne pas connaître.

Des rires partirent de plusieurs côtés. Lui, restait pénétré du sentiment de sa dignité. Et, à la vérité, il n'avait pas le cœur à rire. Son visage crispé refléta une tristesse insupportable même.

— Certes monsieur ici présent est un Grand Bourgeois...

Les fellahs étaient atterrés, maintenant, sombres. Comment arrêter Ba Dedouche ?

— ... Pourrait-il nous expliquer de quelle manière les gens de la ville accepteraient de se mettre d'accord avec les fellahs ?

Et Ba Dedouche fit ah ! Un rire remplit alors tous les plis de son visage.

— On nous propose, continua-t-il, de nous unir. De former un seul mouvement dans le but de secouer toute la vermine qui nous mange. Je dis qu'il est possible de guérir le mal dont souffre le monde. Le nouveau repoussera l'ancien, c'est sûr. Mais comment des citadins pourraient-ils se mettre d'accord avec les fellahs ? Monsieur ici présent saurait peut-être nous l'expliquer.

— Nous sommes ici pour discuter ensemble de ces questions, fit Hamid Saraj. Il ne s'agit pas que l'un de nous fasse de beaux discours et que les autres l'écoutent. Chacun participera à la discussion, et donnera son avis.

— Ce serait une idée parfaite ! s'écria Ba Dedouche. Mais est-ce que tout le monde est capable de formuler une opinion ? Si tu parles des anciens, oui ; ils ont la sagesse et l'expérience ! Mais les autres... les autres... qu'est-ce qu'ils sont ?

Ba Dedouche fronça les sourcils de défi tout en dévisageant l'assistance.

— Ouvrons la discussion ! déclarèrent quelques-uns. Nous n'avons que trop tardé !

— Alors je donne mon avis, proclama Ba Dedouche, ignorant délibérément ce qui venait d'être dit. Si les citadins et les fellahs pouvaient s'unir, le passage vers un monde plus facile deviendrait possible. Mais c'est irréalisable ! Nous savons ce qu'on attend de nous, s'écria-t-il encore avec force. C'est nous qui régénérerons cette terre ! Une voix profonde me dit que nous sommes désignés pour réaliser ce grand dessein !

Ba Dedouche se tut subitement et s'abîma dans une austère réflexion.

— Oserai-je poser une question ? fit d'une voix douce Slimane Meskine.

Jusqu'alors il avait observé une attitude pleine de réserve.

— Je serais heureux, très heureux de savoir si nous sommes en séance, ou s'il s'agit d'une simple rencontre de fellahs, réunis ici pour bavarder de choses et d'autres. Que l'assemblée remarque bien que je ne fais que poser une question. Je n'aurai pas l'indigne prétention de faire allusion à quoi que ce soit.

Tombée au milieu du silence qui avait suivi les redoutables paroles de Ba Dedouche, cette intervention empreinte de malice fit l'effet d'une douche. Chacun voulut voir ce que le voisin allait faire ou dire, et toute l'attention se concentra sur Slimane Meskine. Celui-ci porta ses regards vers Hamid Saraj.

— Je propose simplement d'ouvrir la séance, dit celui-ci.

— Plutôt considérons-la comme ouverte ! s'exclama Azouz Ali.

— Oui ! Oui ! fit-on dans l'assemblée.

— Cela nous évitera bien des paroles inutiles, convint le Cultivateur. Mais que les choses soient faites simplement.

— Il faudrait alors un *raïs* [1] pour la séance, demanda Hamid Saraj. Il donnera la parole à chacun de nous, qui estime avoir quelque chose à dire.

1. *Raïs :* chef, capitaine.

— Un *raïs?* Qu'est-ce qu'un *raïs* vient faire dans une réunion de fellahs ? demanda quelqu'un.

— On ne comprend pas. Oui, qu'est-ce qu'un *raïs*...

— Un *raïs?* Ignorant, on vient de te le dire : c'est celui qui donne la parole quand on est en séance.

— Mais moi, je n'ai pas besoin de *raïs* pour prendre la parole ! protesta Ba Dedouche. Je peux la prendre tout seul !

— On te dit que c'est pour éviter la pagaïe ! clama Ali bér Rabah. La règle sera valable pour tous ; tu ne feras pas exception !

— Voilà comment nous sommes, les fellahs ! commenta quelqu'un. Nous avons le désir sincère de nous améliorer, et même de transformer le monde ; et nous ne sommes pas capables de tenir une réunion dans le calme.

— Expliquez-nous ! Pourquoi...

— Voilà, répondit Hamid Saraj.

On entendit :

— Chut ! Chut ! Laissez-nous écouter !

— Nous nous sommes réunis pour discuter de choses qui nous tiennent à cœur. Nous serons donc plusieurs à vouloir parler. Mais si nous parlons tous en même temps, celui qui est à l'est n'entendra pas celui qui se trouve à l'ouest. Le désordre et la confusion s'empareront de nos propos malgré notre bonne volonté. Si les choses dont nous voulons discuter nous tiennent donc à cœur, il est indispensable qu'un *raïs* préside la séance, donne la parole à celui qui la demandera et veille à ce que rien ne dérange notre réunion...

— Tu parles bien, frère !

— Bénis soient tes aïeux !

— Un *raïs !* Un *raïs !* Qui sera le *raïs ?*

— Ben Youb !

— Sid Ali.

— Non, Ba Dedouche !

Tout le monde rit.

— Sid Ali ! Sid Ali !

Plusieurs personnes répétèrent encore :

— Sid Ali !

— Tout le monde est d'accord ? questionna Hamid Saraj. Sid Ali d'accord aussi ? Alors tout va bien.

— Ce sera bien le diable, commenta Ali bér Rabah, si nous n'arrivons pas maintenant à mettre les choses en train. Au fait, je n'ai pas demandé la parole ! Je demande la parole, je demande la parole, *raïs !*... Si nous n'arrivons pas, je veux dire, à l'essentiel, par un biais ou par un autre.

— Il n'y a qu'à voir tout de suite ce qu'il faut faire ! réclama Slimane.

— Par Dieu, non ! dit Ali bér Rabah. Que chacun réfléchisse en toute liberté et dise son avis. On ne décidera qu'ensuite de ce qu'il faudra faire. Sinon ça ne marchera pas.

— Que d'histoires vous faites, les jeunes ! s'indigna Ba Dedouche. Vous êtes tous les mêmes. Bien sûr que je suis d'accord ! Je suis même doublement d'accord. Autrement, vous ne m'auriez pas vu ici.

— C'est l'usage chez nous, je veux dire..., déclara le Cultivateur, qui n'avait pas ouvert la bouche depuis un moment. A la campagne c'est l'usage depuis longtemps : lorsqu'on nous propose de faire quelque chose, on commence par discuter, par chercher toutes les raisons, bonnes ou mauvaises, qui nous dispensent d'agir. Nous découvrons des obstacles partout, des objections à tout, des preuves évidentes qu'il n'y a rien à faire, et que rien ne sert de se dégager de l'immobilité de pierre qui est devenue la nôtre. Que tout reste à la même place jusqu'à la fin des temps !... Quelque chose va de travers, ne va pas comme nous l'aurions désiré ?... C'est Dieu qui en a décidé ainsi pour notre châtiment. Que la volonté du Seigneur s'accomplisse ! Et, entièrement satisfaits d'avoir prononcé de si belles paroles, nous nous reposons. Voilà comment nous sommes ! Nous reposer d'avoir fait quoi, je vous prie ? Et nous nous croyons quittes. Nous nous désintéressons de tout, et, pour commencer, de notre propre existence. Pourtant il est dit : agissez comme si votre mort était pour demain, mais accomplissez vos devoirs comme si vous deviez vivre l'éternité. Soit dit sans vous vexer...

En prononçant ces derniers mots, le Cultivateur considéra les fellahs, un à un, avec une sorte de prière muette dans les yeux. Brusquement tous ces hommes devinrent graves. Se retournant vers Hamid Saraj, le Cultivateur ajouta :

— Que cela ne te donne pas des idées préconçues sur nous. Que cela ne t'effraie ni ne te décourage ; et surtout ne te fâche pas.

Puis il expliqua encore une fois aux fellahs :

— Au fond nous sommes d'accord. Surtout pour agir. Mais c'est l'usage chez nous de parler beaucoup avant de faire quoi que ce soit. Nous aimons bien parler, — que cela ne vous fâche pas surtout.

Ba Dedouche le viejo semblait presque furieux, mais ses yeux restaient clairs.

Le Cultivateur conclut :

— Bah, nous sommes de tristes gens, nous !

— Tristes ? dit Ba Dedouche, qui le regarda de ses yeux hilares et désespérés.

— Nous sommes très tristes, réitéra le Cultivateur paisiblement, avec bonté. Et toujours prêts à considérer tout en mal...

Le vieux reçut ces mots en plein visage. Il ne dit rien, et le Grand Coloughli poursuivit :

— Nous aspirons toujours à quelque chose d'autre, et désespérons toujours de l'obtenir...

— C'est vrai ! dit Ba Dedouche intrigué, qui se mit soudain à étudier ses mains.

Le Cultivateur, sans détacher son regard du vieux :

— Il se peut que ce soit vrai, concéda-t-il. Mais qu'est-ce que cela veut dire ?

— Ah, justement ! dit Ba Dedouche sans relever la tête.

— Et c'est le point, comprenez-vous ?

Le Grand Coloughli dévisagea tous les fellahs.

— Le point que quelque chose nous fait mal. Oui, je le crois... Je ne sais comment l'expliquer, mais je le crois. Que fait-on justement quand on baisse pavillon et qu'on considère tout comme perdu ? Vous faites la chose qui vous répugne le plus... Il me semble que c'est ça. Et c'est ce qui fait que nous sommes très tristes. C'est compréhensible ! Mais qui a dit que tout est perdu ?

Hamid regarda le Cultivateur qui se tut.

Celui-ci contempla les champs désolés qui étouffaient

entre les rocs. C'était ce fantôme de l'Algérie, la réalité, — sa réalité. Quant aux riches et lourdes terres, fatiguées de cultures, ses yeux les voyaient comme dans un songe. A cet instant, son regard se fit doux, vide et perdu, presque souriant.

— Nous nous observons, continua le Cultivateur. Voilà comment est fait notre peuple, disons-nous. Pas vrai ? N'est-ce pas ce que nous disons ?

Il rit malgré lui. Les autres approuvèrent et attendirent la suite.

— Ainsi, je pense à un homme, rien qu'un petit cultivateur : Kara. Et je me dis quelquefois, nous sommes un triste peuple. Si nous n'étions pas ce peuple triste, est-ce que nous dirions : voilà comment est notre peuple, en montrant un seul homme, Kara ? Le dirions-nous ! Et les autres, qui ne sont pas comme Kara, nous les comptons tous pour rien ?

Le Grand Coloughli prononça avec force :

— Il n'y a pas d'endroit au monde, je crois, où cette engeance soit plus mal vue que chez nous. Sans doute sont-ils en grand nombre...

Tout le monde fut soulagé.

Le Grand Coloughli ajouta :

— Puisqu'ils sont tous mal vus, et même plus qu'ailleurs... Puisqu'on leur rend la vie impossible, alors pourquoi disons-nous : nous sommes un triste peuple ?...

C'était certainement dans l'intérêt de tous que le Cultivateur avait dit ces paroles. Elles éveillèrent dans leur cœur une grande colère. Ils se regardaient et ils étaient irrités.

Ensuite le Cultivateur parla de lui-même ; il dit qu'il était né à Tlemcen, où étaient nés aussi son père, son grand-père, son arrière-grand-père... On pouvait ainsi remonter très loin dans le passé de sa famille, aussi loin que dans le passé de Tlemcen. Toute cette lignée de Grands Coloughlis avait cultivé la généreuse terre des plaines ; autrefois, ses biens au soleil se comptaient par feddans. Et il en était arrivé, lui, le dernier Grand Coloughli à cette parcelle de montagne. Juste une parcelle, dans le haut Bni Boublen exactement. Entre la montagne Attar et la route de

Sebdou. Il était propriétaire d'un terrain de rien du tout pour ainsi dire, et il était père de trois grands garçons. Lorsqu'il parcourait sa terre, il se sentait pourtant très fier. Il se croyait, disait-il, tant il se sentait fier, il se croyait un roi. Et, ses garçons, il les appelait tantôt des bouquets, tantôt des lions. Seulement il ne lui semblait pas que tout fût là. Il ne lui semblait pas qu'il suffise de se croire un roi, quand on parcourt sa terre, et d'avoir trois garçons qui sont comme trois bouquets ou trois lions. Et il se sentait avec quelque chose de triste dans l'âme, non pas de triste, mais de nouveau. Il se sentait mécontent et déçu. Il se sentait, c'était bien ça, différent des cultivateurs de Bni Boublen-le-haut. Et il donnerait cher pour se sentir davantage en paix avec son âme.

— Il me semble, dit-il, que je ne serai jamais en paix avec mon âme.

Il n'avait pas fini de parler, et il se taisait.

Puis il dit :

— Ça a grandi depuis que j'ai vu la conduite de Kara. Il me semble que je suis de moins en moins en paix avec mon âme depuis ce jour-là.

— Si fait, monsieur, dit Ba Dedouche.

Le Grand Coloughli l'examina de la tête aux pieds, des mains jusqu'au bout de ses énormes sourcils.

— Je crois que vous avez raison, acquiesça de nouveau le vieux fellah.

Le Grand Coloughli dit alors qu'il voudrait qu'une âme neuve commandât aux hommes d'accomplir des travaux qui étonnent, des travaux neufs, eux aussi ; non de ceux dont on a trop l'habitude, des travaux neufs et importants. Il demandait en ce jour, pour lui et pour les autres, une âme fraîche et des fins supérieures. Si le monde était triste, c'était justement parce qu'il lui manquait une âme fraîche et de grands travaux. Le monde ne demandait qu'à accomplir de grands travaux. Ce n'était donc pas étonnant que lui, le Grand Coloughli, se retrouvât seul avec sa tristesse : il ne faisait aucun de ces travaux qui changent le monde. De grands travaux et une âme fraîche, c'est ce qu'il souhaitait, dit-il pour conclure.

— Le monde subit trop de choses injustes, reprit tout

aussitôt l'homme de Bni Boublen-le-Haut. Comme il est outragé, ah ! grand Dieu. Frères, frères, j'en souffre !

— En somme, tu reproches aux hommes de ne pas savoir vivre.

Telle fut la constatation de Slimane Meskine.

— Tu l'as dit, répondit le Grand Coloughli.

— Mais avant que tes frères sachent vivre, il faut d'abord qu'ils puissent vivre. Qu'en penses-tu ?

— Tu dis vrai, encore une fois.

— Mais est-ce que nous vivons ? Nous et les autres. Tous ceux que nous connaissons et ceux que nous ne connaissons pas, qui sont la majorité ? Est-ce que nous sommes libres de vivre ?

— Nous ne le sommes pas.

— Alors nous ne sommes pas libres de vivre comme nous le voulons.

— Mais permets-moi : je vivrais cent ans que je ne parlerais pas d'autre chose...

— C'est bien que tu en parles. Parle autant que tu le pourras. Mais je suis sûr qu'on ne peut reprocher à l'homme de vivre comme nous vivons, s'il n'est pas libre.

— Pour ce qui est de moi, reprit le Grand Coloughli, je suis indépendant de ma personne ; je suis libre quand je veux.

— Tu te crois peut-être libre de ta personne. Mais ton peuple ne l'est pas. Alors tu n'es pas libre, toi non plus. Car, hors de ton peuple, tu n'existes pas. Est-ce que ce bras peut vivre hors de mon corps, et pourtant à le voir agir on penserait qu'il est indépendant, ou cette main hors de mon bras, or à voir mes doigts qui attrapent tout ce qu'ils veulent on croirait qu'ils sont indépendants. Tu es comme ça avec tes frères de sang.

— En tout cas je serais content, dit le Grand Coloughli, je serais considérablement content... Moi, je voudrais que tous les hommes soient comme des bouquets... En attendant, nous outrageons la vie.

Aïssani Aïssa dit :

— Si nous nous sommes tous rassemblés aujourd'hui, c'est justement pour que le monde cesse d'être outragé.

C'était la première réunion ; Hamid Saraj comprenait

qu'il fallait écouter parler ces hommes. Ce temps n'était nullement perdu. La conversation n'avait pas beaucoup de rapport avec la séance ? Au contraire. Et il y apprenait beaucoup. Il constatait comme à présent les fellahs parlaient à cœur ouvert : sans aucune gêne ni timidité, ils exprimaient leur vraie façon de voir les choses. C'était là l'essentiel.

Mais alors qu'on se demandait si les deux hommes allaient poursuivre encore longtemps cette discussion, Bensalem Adda éleva la voix :

— Pourquoi ne parlez-vous pas des colons ? Tout ce que vous dites est avisé et sage. Mais à quoi cela sert-il ? Vous ne prononcez pas un mot de ceux qui sont là pour notre malheur. C'est d'eux que vient tout notre mal ! Si vous nous parlez du mal et que vous ne dites rien des responsables, vous ne faites qu'user votre salive. Nous sommes tristes, je me le dis aussi dans ma tête ; c'est que nous nous intéressons trop à notre mal, et pas assez à son origine. Alors que c'est justement des responsables qu'il faudrait parler. J'en demande pardon à l'assistance, à vous tous, hommes. Si je me suis exprimé comme ça, c'est, je crois, comme ça qu'il fallait dire les choses.

Il avait craché ces paroles d'un ton intempestif, Bensalem Adda. Dans sa figure osseuse, affleura toute la misère de l'Algérien dépossédé. Cependant nul homme n'ouvrit la bouche.

Bensalem Adda, un fellah au sang un peu vif. Il ne fallait pas lui en tenir rigueur ; il n'en voulait à personne.

Mais voilà la question posée. C'était curieux. On eût dit que personne ne s'y attendait.

Tout le monde était surpris, les hommes n'étaient pas irrités, comme tantôt. Non, ils étaient devenus soudain plus sombres, et pensifs aussi.

Hamid Saraj reprit confiance. Le problème venait d'être posé sur son véritable terrain. Le premier, Saraj voulut répondre à Bensalem Adda. Mais déjà Sid Ali avait pris la parole.

— Nulle part au monde, à coup sûr, hommes n'ont été entourés d'une aussi grande sympathie que les Français, chez nous. Et comment ont-ils répondu à cette amitié, qui était vraie et sincère, je l'affirme par le sol qui nous unit, comment ? Par l'indifférence simplement, le plus souvent par le mépris. Ils n'ont pas voulu voir en nous des égaux. Et nous avons été traités avec mépris. Nous mettons, nous, du prix à l'amitié que nous accordons. Dans ce cas, nous n'avons pas marchandé, nous nous sommes livrés sans réserve. Et à qui, dites-moi un peu ? A des gens qui s'en sont montrés peu dignes, qui foulent l'amitié aux pieds ! Ils ont fait les dieux, et ils auraient voulu que nous les adorions. Bénis soient tes aïeux, Bensalem ; tu m'as donné l'occasion de dire ce que j'avais sur le cœur.

Sid Ali n'était qu'un fellah, mais c'étaient bien là les mots qu'il avait employés. Il avait dit : « Des gens qui foulent l'amitié aux pieds ! »

Il était bien considéré dans la région. Avec d'autres fellahs du pays, il réglait les affaires des uns et des autres, de celui qui décidait de répudier sa femme, comme de ceux qui avaient un différend à régler... C'était, la plupart des fois, d'honneur qu'il s'agissait. Ses opinions étaient mûrement réfléchies : celles qu'il donnait étaient généralement adoptées. Les habitants remerciaient le Ciel qui leur avait accordé de tels guides.

Sid Ali demanda encore la parole.

— C'était pourtant à nous de décider si nous devions accepter leur amitié. Mais ils ont renversé les rôles parce que nous leur avons accordé la nôtre sans réfléchir. Mais la dette, la vraie dette, reste de leur côté. Et comment agissent-ils ? Dans le meilleur des cas, ils nous accordent leur considération. Peut-on parler alors d'amitié ? Ils nous font plutôt l'aumône, ce qui est plus difficile à accepter encore que le mépris. Allons, direz-vous, il n'y a pas d'honnêtes gens, d'hommes sincères parmi eux ! Oh ! oui, à coup sûr, il y en a ! Mais l'indifférence les tue. Les musulmans, pensent-ils, c'est une autre race, ce ne sont pas des hommes ! Résultat : ils laissent les mains libres aux autres, aux gens les plus avides et les moins scrupuleux que la terre ait portés. En cela, ils sont complices et partagent, tous autant qu'ils sont, de grandes responsabilités. Maintenant, quoi de plus naturel que de se défendre contre tous ? Ceux-là mêmes qui opèrent en bandits de grands chemins et qui ne sont pas bêtes, ont trouvé le moyen de faire endosser à la France la charge de leurs agissements. Mais ils y ont réussi grâce à l'indifférence de tous. N'est-ce pas au nom de la France que se commettent les pires vilenies provoquées sur notre sol ? N'est-ce pas au nom de la France qu'on exproprie et qu'on vole ; au nom de la France qu'on emprisonne ; au nom de la France qu'on affame, au nom de la France qu'on assassine ? Le nom de la France a accompagné trop de vilaines besognes. Vous ne nous enlèverez jamais plus de la tête que ces crimes sont imputables à la France en fin de compte. Que nous importe, à nous, que ce pays soit grand et glorieux ! Accepte-t-il tout cela ou ne l'accepte-t-il pas ? Que ceux d'entre eux qui ne l'acceptent pas, élèvent la voix ! Qu'on les entende un peu !

Les dernières paroles furent lancées à la cantonade, d'une voix dure. Puis le fellah reprit posément :

— La tyrannie n'a jamais eu raison des peuples.

— Par-delà les frontières, l'union des peuples la fera voler en morceaux sur tout le globe, ajouta Hamid Saraj à ce moment-là.

— Il y a longtemps que notre peuple n'attend plus rien de la France. Ce qu'il veut désormais, il l'exige de lui-même, de son propre fonds.

— Certes, l'interrompit Hamid. Mais je crois que tu oublies une chose. Il y en a beaucoup, chez eux aussi, qui sont comme nous ! Dans leur propre pays ! Et que disent-ils, ceux-là, croyez-vous ? Ils sont contre leurs autorités.

— Qu'est-ce… qu'est-ce que tu nous dis là ? s'étonna Sid Ali. Je ne peux pas te croire, ya Hamid.

— C'est simple : quantité de gens chez eux travaillent pour presque rien, ils ont faim, ils sont poursuivis, arrêtés... En France.

— Ce sont les indigènes de chez eux, alors ! dit tout haut Ali bér Rabah.

— Si tu veux, répondit Hamid Saraj. Ils sont presque comme nous. Moi, j'ai travaillé là-bas et j'ai vu. Et, il y a des malheureux. Il y en a ! Croyez-moi.

— Tu nous laisses étonnés, ya Hamid, ne put que répéter Sid Ali.

Les fellahs plantèrent leurs regards dans les yeux de Saraj et attendirent.

— C'est comme ça, dit-il.

Il leva l'index en l'air et jura :

— Par cette nourriture...

Il montra les champs de blé qui s'étageaient sur les collines. Puis il reprit :

— Par cette nourriture qui est près de nous... je le jure.

Les fellahs parurent préoccupés. Ces paysans étaient des hommes insondables. Non pas de pierre froide ; il fallait compter avec tout ce qui les entourait ; les cultures parcellées, le soleil et les pluies ; la graine qui travaille le sous-sol, l'eau qui travaille la terre, les nuages qui travaillent le ciel, les arbres qui travaillent les souffles du vent.

— Répète ; ces indigènes de chez eux, que disent-ils ? demanda Sid Ali.

— Comme je viens de vous le dire : ils n'en veulent plus, de leurs autorités. Ils en ont assez. Elles leur font subir trop de torts.

— Mais les autorités qui gouvernent ici et là-bas sont les mêmes, intervint Ben Youb.

— Justement, répondit Hami Saraj, ce sont les mêmes ; les mêmes qui font le mal ici et là-bas.

— Alors des indigènes, s'écria Ba Dedouche, il y en a dans tous les pays, dans ce cas ! Je ne peux pas le croire ! Comme ça, chaque pays a ses indigènes ?

— Avec ceux qui travaillent, affirma Hamid Saraj, qui souffrent et luttent, l'alliance est indispensable. D'ailleurs, oui, cette union existe.

A cet instant, illuminé par une idée soudaine, Sid Ali déclara triomphalement :

— Là-bas, ce sont leurs autorités à eux qui les gouvernent ! Tandis que chez nous... Eh bien, chez nous ce sont des étrangers.

— Peut-être..., acquiesça Hamid Saraj. Mais ils disent là-bas aussi que leurs propres autorités sont comme des étrangers.

— Tu m'en diras tant !

— ... Les indigènes de là-bas et nous, d'ici, s'égosillait Slimane Meskine pendant ce temps-là, il n'y a aucune raison qu'on ne soit pas d'accord. Puisqu'on a la même idée sur les autorités.

Au plus fort de l'après-midi l'air s'agita. Affolées, les feuilles du mûrier semblaient des mains ouvertes dans le vent. Pendant que ces conversations se poursuivaient, Ben Youb regardait Saraj. Il ne comprenait pas tout à fait ce genre d'homme ; toutefois chez le Cultivateur une sympathie prudente, secrète, perçait. Puis le moment de la séparation vint ; on se leva.

C'était bien la première fois que les fellahs discutaient de la sorte. Un sentiment agréable naquit en eux. Et maintenant, ils étaient tous surpris. Ils se sentaient lavés, récurés, légers ! Jusqu'alors ils se rencontraient pour ne parler que de petits devoirs, d'anciens travaux, de vieilles habitudes. Ben Youb disait : une âme fraîche. C'est une vraie âme fraîche qu'ils se sentaient à présent. Une agile prière de reconnaissance se leva dans leur cœur. Ils jugèrent tous Hamid Saraj avec des pensées de gratitude.

— Est-ce que vous êtes un *taleb*[1] ? demanda le vieux fellah qui, la séance finie, s'éloigna en compagnie de Ben Youb.

— Moi, un *taleb ?* se récria le Grand Coloughli.

— Remarquez qu'on pourrait être un cultivateur et aussi un *taleb,* objecta Ba Dedouche. N'est-ce pas ? dit-il pour convaincre son interlocuteur.

Le Grand Coloughli, à côté de lui, fit entendre son rire : on eût dit que des brindilles sèches craquaient. Ses yeux perçants pétillaient de gaieté.

— Il n'y a pas de quoi rire ! dit, en se tournant vers lui, Ba Dedouche le viejo.

Et, de nouveau, le Grand Coloughli parla de lui-même.

Il dit à nouveau qu'il était né à Tlemcen, comme tous ses aïeux ; il parla de sa terre dans le haut Bni Boublen, de ses trois beaux garçons, qui étaient à la fois des bouquets et des lions, et de lui-même. Cette fois, il riait tout haut en réaffirmant cela. Peu s'en fallait qu'il ne se sentît grand et fier, répétait-il en s'esclaffant, quand il parcourait sa terre, bien qu'il ne fût pas en paix avec lui-même. Toujours en

1. *Taleb :* savant, sage.

riant, il ajouta qu'il faudrait une nouvelle conscience.

— Ah ! je le crois ! dit le Grand Coloughli comme pour lui-même.

Il parla ensuite du monde en général.

— Nous n'éprouvons plus de satisfaction à accomplir nos devoirs..., assura-t-il. Je crois justement... je crois bonnement que nos existences ont perdu leur signification. Nous ne connaissons plus que des devoirs anciens !

— Vraiment, vous n'êtes pas un *taleb ?* voulut savoir Ba Dedouche.

Comme s'il attendait la réponse qui lui dévoilât la meurtrissure dont il souffrait, Ba Dedouche ne dit plus rien. Il demeura avec sa patience morose de vieil animal ; en même temps, il regarda ses grosses mains. Il ajouta seulement dans une sorte de supplication, tant il paraissait espérer cette réponse :

— Si vous êtes vraiment un *taleb*, rien ne vous empêche de le dire.

— Ai-je l'air d'un *taleb ?* Je ne suis pas un ignorant, je peux lire une lettre ; mais je ne suis pas un *taleb*. J'ai étudié à l'école coranique, quand j'étais gosse, mais... vraiment, je ne suis pas un *taleb*.

XVI

Le flamboiement d'août dressait de toutes parts des murs aveuglants et disloqués ; toute vie se trouvait prise, ici, entre ces parois. L'aile lourde de la chaleur battait, et devant les yeux, la lumière lessivée de midi agitait sans fin cette peine rouge.

Omar, depuis cinq bonnes minutes, attendait. Il n'avait qu'une idée, et cette idée s'était installée en lui ; il ne bougeait plus. Il arborait à présent un air vaguement boudeur, ses traits d'enfant gonflés comme dans le sommeil. Des éclaboussures de soleil traversaient, à l'endroit où il se tenait, les branches feuillues des figuiers qui se serraient au milieu du champ, formant une voûte au-dessus d'une source.

Tout autour, la campagne incandescente haletait. Les

terres s'achevaient là-bas, à l'horizon, sur de pâles montagnes.

Omar semblait traqué par son idée. Puis le cours de sa pensée fut coupé net : indifférent, il attendait. Penser devenait inutile. Cependant il ne savait pas au juste pourquoi il demeurait en suspens. Devant lui, l'eau de la source était perdue dans un immense bloc de reflets. Elle se changeait en une écume étourdissante ausssitôt que le feuillage remuait sous l'action de quelque souffle. Les figuiers alors frottaient l'air de leur lait amer et répandaient une odeur âcre.

Le gosse fixait ses regards sur Zhor plantée au milieu de la source, la robe relevée, qui lançait de sa main libre de l'eau contre ses jambes. Elle était baissée et ne s'apercevait pas de la présence d'Omar entre les figuiers immobiles, elle ne paraissait voir ni cette eau ni le fond de sable, de galets et de pierres. Les mollets de la jeune fille s'étiraient à mesure qu'elle inclinait le buste ; au-dessus des jambes, vers les cuisses, sa chair était de plus en plus blanche.

Aux pieds, Omar avait des espadrilles maculées d'une boue sèche ; le gros orteil trouait la toile, et le chanvre des semelles en s'usant commençait à s'effilocher. Ce gars-là avait tout au plus onze ans, mais son corps trop grand pour lui l'encombrait visiblement. Le cou se dégageait, flexible, dur, de la chemise déchirée.

C'était quelque chose d'insolite : Zhor, si elle retirait son regard de la terre, ne voyait qu'une réduction grotesque d'elle-même se reflétant dans l'eau. Ses jambes plongeaient à mi-hauteur, bouts gros et tronqués qui flottaient, plus blancs qu'ils ne l'étaient en réalité. Elle riait sans que l'impassibilité de ses traits fermes fût le moins du monde dérangée. Ses pieds écrasaient le sable qui collait sur sa peau d'infimes sangsues. Zhor chercha à distinguer dans l'eau, qui formait miroir, si elle ne pouvait, entre ses jambes et ses cuisses, rien voir d'autre. Penchée, elle n'apercevait derrière elle que l'image de ses fesses saillantes. Devant, c'était son visage légèrement congestionné et ses genoux qui avançaient.

— Omar ! dit-elle d'une voix posée, sans changer d'attitude.

Elle essayait de voir d'en dessous le garçon qui se tenait derrière elle parmi les troncs minces et tors.

— Omar, répéta-t-elle. (Elle renifla bruyamment.) Que regardes-tu ? Tu es là depuis un quart d'heure.

Elle renifla encore.

— File.

Elle se redressa, et ses cheveux retombèrent en filets emmêlés sur son visage. Retenant les pans de sa tunique en paquet contre ses cuisses, elle tourna la tête vers le gosse ; la curiosité picotait celui-ci. Un rire qui, dans la minute, la seconde suivante, allait fuser, amusé, invincible, parvenait du fond du regard de la jeune fille.

— Je t'ai dit, va-t'en. Va-t'en. Pourquoi restes-tu planté là ? Va-t'en. Imbécile ! Tu as l'air de t'endormir au milieu de ces arbres.

La figure du jeune garçon devint pointue. Dans le fouillis des feuilles, des branches qui se rassemblaient en lianes, des troncs jeunes et blancs, non, Omar n'avait pas du tout l'air de dormir. Mais il ne bougeait pas.

La grande lumière faisait paraître sans consistance les arbres qui se reflétaient dans la source sombre, taillée d'éclats mouvants. L'enfant semblait pourtant vouloir fuir mais, sur le point de le faire, son regard le retint à la même place. Omar demeurait fiché là ; ses jambes, devenues de feutre, pénétraient dans le sol. Son corps se trouva suspendu dans l'air. Il ne pouvait se sauver, l'eût-il voulu de toutes ses forces ; c'eût été peine perdue. Il n'aurait pas recouvré l'usage de ses jambes. Il flottait imperceptiblement : ses yeux exprimaient une immense angoisse.

Omar avait bougé, tout simplement, et son désespoir se brisa. D'une main, il tira à lui une de ces branches si molles et la lâcha dans le feuillage qui éclata. Puis il avança sur la pointe des pieds ; tout de suite ses mains battirent l'air derrière lui et il se précipita sous les figuiers au pas sourd et léger de ses espadrilles. Là, il se heurta à Zhor, qui, à cette vue, venait de quitter l'eau. Elle avait relâché sa tunique, qui retombait à présent contre ses jambes ; elle prit une expression traquée en guise de défense. Cet air ne dura pas longtemps sur son visage, la surprise, puis le rire le remplacèrent. Omar écartait les jambes devant elle, s'étant planté là avec une volonté de lutte.

— Tu vas rester tranquille. Tu vas rester tranquille, hein ? Sinon j'appellerai, menaça Zhor.

Aussitôt elle regretta ce qu'elle venait de dire ; elle était stupide, Omar n'ignorait pas que, de la maison, personne ne pourrait l'entendre. Elle respira profondément, elle s'apprêtait à se montrer brutale, du moment que l'enfant paraissait, avec orgueil, décidé à l'être. Comme la jeune fille approchait sa main du visage d'Omar avec l'intention de le caresser, celui-ci se baissa vivement, lui prit la robe qu'il essaya de relever au risque de la réduire en lambeaux : car Zhor, s'y cramponnant des deux mains, voulait désespérément la maintenir baissée. Pour mieux résister, elle ploya le corps, infléchit les genoux au point qu'ils touchèrent sa poitrine. En ce moment les figuiers se mirent en mouvement parce que le vent se levait ; Omar prêta l'oreille sans cesser de tirer sur la jupe de Zhor. La jeune fille s'était à présent recroquevillée avec une violence accrue. Sa force formait une boule au milieu de son corps à mesure qu'elle se ramassait sur elle-même. Il fallut donc au garçon, qui la lâcha, une simple poussée pour la jeter à terre, étendue de tout son long.

Il se précipita sur elle et se mit alors à la chatouiller sous les aisselles et le long des côtes et, quand elle le gifla, il finit par la mordre un peu partout, indistinctement sur tout le corps, les bras, le cou... De sorte que Zhor riant et suppliant s'était rendue. Le calme d'Omar préludait-il à des préparatifs perfides ? Il lui souleva la robe autant qu'il put, jusqu'à ce qu'il vît apparaître le renflement des seins. L'image d'un cheval traversa brusquement son esprit à la vue du ventre nu de Zhor, un cheval somptueux, de nature mystérieuse et quelque peu funeste, mais c'était un animal qui lui permettait tous les espoirs.

La jeune fille ne fit aucun geste. Elle livrait son corps poli à la lumière. Omar était agité, déchiré. La blancheur glacée de cette chair était chaude et douce en dessous.

Avant qu'elle n'eût le temps de s'en apercevoir, il enfouit sous sa chemise un petit morceau d'étoffe blanche qu'il découvrit sur elle et qui ressemblait à un animal vivant dont il sentait la chaleur. Il restait agenouillé, étourdi et haletant un peu, devant le corps étendu de Zhor. Il la regardait depuis plusieurs minutes, s'abandonnait à cette force dévorante qui pénétrait si avant en lui et contre laquelle il se trouvait sans défense. Il ne pouvait rien, rien contre cela.

Zhor, couchée sur le dos, ne bougeait pas plus que si elle s'était endormie. Seules ses jambes redressées allaient et venaient de gauche à droite puis de droite à gauche, écartées, dans un mouvement qui devenait de plus en plus lent à mesure que le temps s'écoulait. La touffe laineuse et noire qui recouvrait le bas de son ventre disparaissait et réapparaissait par intermittence. Une peine muette lancinait l'enfant. Il contemplait le ventre nu de Zhor.

Soudain, avec une résolution farouche, il cracha à trois reprises. Tfou ! Tfou ! Tfou ! Il se releva et, du même mouvement, fila d'un trait, serrant d'une main contre sa poitrine le petit paquet. Il s'enfuyait sur le sentier vivement illuminé par le soleil, comme s'il eût couru sur une corde tendue. Il s'éloignait avec une vitesse de plus en plus accrue.

— Quel fou ! dit Zhor à haute voix. Il court comme s'il était devenu subitement fou. Il va penser que sur toute la terre il ne se trouvera pas un seul endroit où il puisse se mettre.

Elle rit silencieusement, ses regards traversaient la voûte de verdure qui frissonnait autour d'elle, elle voyait le ciel mélangé de blanc. Zhor restait couchée, la tête au bord de l'eau, le corps toujours nu jusqu'aux seins, sous la lumière crue et le feuillage agité. Un long moment s'écoula ainsi. Dans ses yeux se lisait maintenant une sorte d'étonnement ; elle dormait les yeux grands ouverts, portée sur un fleuve lumineux et invincible.

Puis, lentement, elle étendit le bras. Sa main plongée dans l'eau ressortit pleine d'une boue noirâtre et fine qui s'égoutta entre ses doigts ; ce qui en resta, Zhor l'appliqua contre sa peau et s'en frotta avec beaucoup de soin. Elle pêcha d'autres poignées de vase qu'elle laissa couler sur elle, continua de se frotter avec la même attention concentrée. Finalement elle se leva et du même coup fit voler sa tunique par-dessus sa tête. A présent entièrement nue, elle pénétrait dans la source. Ses pieds attirés par le sable, Zhor entra plus en avant. Ses cuisses, ses hanches, son ventre furent entourés d'une pression glacée et subite. Elle se lava de la boue, en se frôlant légèrement le corps, frissonnante ; elle prenait l'eau dans le creux de la main et la jetait sur ses épaules. Quand l'eau finit par s'écouler de son corps aussi pure que celle de la source, elle sortit, claquant des dents. Elle fit retomber sur elle sa robe qui l'enveloppa entièrement. Elle remplit d'eau un bidon à lait et quitta la source.

Omar courait toujours à travers les champs horizontaux qui battaient devant ses yeux comme des oriflammes. Le corps et son ombre couraient ensemble. La boule d'étoffe qu'il avait volée à Zhor tomba au cours de sa fuite sans qu'il la vît et alla rouler dans un fossé comme une bête qui n'était ni apprivoisée ni dressée ; mais, avant de disparaître, elle laissa sur sa peau un relent qui devint un mystère dans la vie du jeune garçon. Omar ne fut plus, dans le lointain, qu'une sauterelle dans une poussière rouge et or.

XVII

L'été 1939 s'étira à n'en plus finir. Il se survécut en journées lourdes et belles. Les moissons avaient été faites depuis longtemps. Les terres demeuraient nues ; couvertes de chaumes, les chairs brunes des champs se craquelaient.

On ne cultivait, à cette époque, des légumes que là où le sol était irrigable. En attendant le changement de saison, on estimait les revenus. Les récoltes n'avaient pas été mauvaises.

— Il faut le reconnaître, disait Kara Ali à ses voisins, le blé dur et l'orge, ça a donné pas mal cette année.

Il faisait le calcul ; sa tête s'enflait de chiffres. Il comptait mentalement les sacs qu'il avait pu remplir et aligner dans la resserre. C'était bon. Et le petit-lait ! Jamais il n'aurait cru qu'il pouvait en retirer autant de sous. Son petit-lait épais et gras, à la vérité du babeurre, était un délice. Jusqu'alors il ne le vendait pas, il le laissait pour la consommation de la maison.

Et les cerises ! Et les bigarreaux ! Ah ! c'était une belle

saison. La récolte avait été fameuse. Dans les familles des cultivateurs, on en mangea même, des cerises piquées, entamées par les oiseaux, qu'on ne pouvait porter sur le marché. Kara en descendit à Tlemcen pour sa sœur et sa nièce. Il les leur offrit. Bah ! Dans quelque temps il irait leur présenter de l'huile qu'elles lui régleraient en bon argent. Combien pour ses cerises ? Non, il refusait absolument. Il leur jura par Dieu qu'il ne prendrait pas un réal !

Kara songea aux olives. Cette année... Personne dans le pays ne devrait s'en douter, du moins jusqu'à la cueillette. Les colons de Mansourah avaient consenti à lui céder leurs récoltes sur l'arbre. On ne saurait prévoir ce que cela donnerait ; mais Kara se réjouissait. Il avait évalué, lui, ce qu'il y aurait à gagner. Et à l'estimation, les colons n'avaient pas fait les difficiles.

« Ce sont des innocents, pensa-t-il ; ils le resteront tant que les Arabes ne leur dessilleront pas les yeux. »

Jusqu'à présent, Dieu merci, aucun commissionnaire, aucun courtier n'avait encore conçu l'idée de venir rôder autour d'eux. Il méditait sur lui-même avec compassion.

« Si un musulman obtient un profit, c'est que ses frères ne l'ont pas vu », se dit Kara. Les colons, sur recommandation des bureaux de la sous-préfecture, lui avaient fait aussi des promesses pour les années suivantes. « Avec ces bruits de guerre..., se dit-il, sait-on jamais. » Il se souvenait de l'autre dernière.

Bochnak, Ben Youb... faisaient aussi les mêmes comptes dans la chambre noire de leur cœur. Durant toutes ces journées, ils vaquèrent silencieusement à leur ouvrage.

Ici les propriétés partaient de la plate-forme de Lalla Séti et des hauteurs environnantes, coulaient dans le creux du pays, pour aboutir, après la route de Sebdou, aux premières assises de la plaine. C'étaient des terres médiocres. Et les cultivateurs mangeaient et vivaient pauvrement. Mais la vie à Bni Boublen allait son train : calme, sérieuse, faite de calculs réfléchis, de projets qu'on ressassait longtemps, d'appétits renouvelés et vivaces, de travaux quotidiens indispensables au sûr maintien de l'existence.

La nouvelle commença à circuler à ce moment-là. Les maisons se mirent à vivre avec une espèce de grondement souterrain dans le ventre. La guerre, disait-on. Cette énorme présence, s'annonçant tel un orage, cette force tâtonnante et inexorable vint on ne sut comment. A Bni Boublen, on s'en étonna. Comme à Tlemcen, dans la campagne, les villages et les douars endormis des alentours, le premier choc passa. Mais la vie ne reprit plus le même cours uni qu'auparavant.

Les deux fils Ben Youb partirent. Djilali, l'aîné, fut mobilisé en même temps que le cadet. Il avait fait son service en France, huit ans avant. A présent il s'en allait en laissant une femme et deux fillettes.

« La guerre ! Qu'est-ce que ça nous fait ? Ça éclate dans des pays lointains ! En France. Et va savoir où encore... Nous nous occupons de nos affaires ; nous plantons nos légumes ; nous, le reste ne nous regarde pas. »

Ils disaient ça à Bni Boublen-le-Haut.

Quelques-uns parlèrent aussi des arrestations. Et ceux qui croyaient mieux comprendre les événements avancèrent qu'il eût fallu y voir un présage.

— C'en est une comme les autres, dit Kara à sa femme. Il y a des guerres depuis que le monde est monde. Et il y en aura tant qu'il restera des hommes sur la face de la terre.

— Pourquoi ? répondit-elle. Dieu n'a pas pitié de ses créatures ?

L'homme ne comprit pas. Qu'est-ce qui se passait dans le crâne de Mama ? Qu'avait-elle à se préoccuper de ces affaires ?

— Femme, ce sont là choses qui te dépassent.

— Comment ! Des enfants dans leur jeunesse comme ton neveu ! Les fils Ben Youb ! Khadir M'hamed ! C'est aller à une mort certaine. Et ne rien dire contre ça !...

— Pour ce qui est de mon neveu, je suis content. Qu'il aille à la guerre ! Ça lui apprendra à vivre. Il pensera moins à se verser de l'huile dans les cheveux et à se promener tête nue dans des complets français.

« Vieux scorpion, pensa Mama. Des garçons qui pourraient être tes enfants vont se faire tuer. Tu as toujours envié les autres. »

Kara Ali avait franchi la cinquantaine, Mama n'avait pas encore atteint la moitié de son âge. Vingt-quatre ans !

Elle resta silencieuse ; son mari poursuivit :

— Je te répète que ces choses te dépassent et nous dépassent. Dieu seul en a la pleine connaissance. C'est quelque chose de plus grand que nous.

L'impatience montait insensiblement en lui. Mais il se contenait. Alors Mama, d'une voix aiguë et tremblante :

— Dieu n'a pas dit : tuez-vous les uns les autres !

— Regarde, Dieu n'a peut-être pas dit ça. Mais il y a des hommes qui nous gouvernent : ils savent ce qu'ils font.

— Ceux qui nous gouvernent ne sont pas justes.

— On te mettra à leur place.

Il ricana.

— On te mettra à leur place et tu diras aux gens ce qu'il faut faire.

Mama devint sérieuse. Elle n'admettait pas qu'il se moquât d'elle.

— Je ne suis qu'une faible femme. Je n'ai pas la prétention de prendre la place de qui que ce soit. Mais je dis que l'autorité qui agit ainsi n'est pas juste. Et c'est vous, les hommes, qui devriez avoir honte... si vous aviez un brin d'honneur... d'accepter ça.

Voilà comment ils sont ; une femme parle, ils se gaussent. Eux, ils ont toujours raison. Pourtant, la raison n'est pas toujours de leur côté. Mais ils sont des hommes et ça suffit.

L'ayant longuement dévisagée, Kara articula :

— Tes paroles n'ajoutent ni ne retranchent rien à rien.

Cette phrase fut prononcée avec indifférence.

— Tout ça, sans importance ! ajouta-t-il.

— Pourquoi ? Dieu nous a créées pour rester bouche cousue ?

— Parce que tu ne sais pas ce que tu dis.

— Parce que vous voulez que nous restions bouche cousue.

— Tu divagues !

— C'est bien. Je me mettrai une muselière, convint Mama.

Kara se rappela les raisons de cette guerre que lui avait données, l'autre jour, Abdallah l'épicier.

Et, à son tour, il voulut servir ces explications à Mama, mais il se ravisa ; une femme ! Qu'allait-elle y comprendre ?

XVIII

Le jour où Djilali Ben Youb reçut sa feuille de route, son épouse revêtit le deuil. Comme elle, sa mère se couvrit d'une robe marron : deux hommes qu'on lui enlevait d'un coup ! Le même destin frappa aussi à la porte des M'hamed.

Les femmes poussèrent, dans les deux maisons, de longues lamentations, pleurèrent en s'appliquant de grandes claques sur les cuisses. Leurs clameurs déchirèrent les montagnes de leur écho. Et les gens connurent le malheur.

Les hommes, pendant que leurs femmes hurlaient et se frappaient la poitrine, se rassemblaient dehors. Ils se tenaient à croupetons, sans rien dire, sur une aire de terre battue entourant les habitations. Kara était venu se joindre à ses voisins. Il se plaça au centre du groupe. Il examina les uns et les autres sans émettre une seule parole ; lui aussi s'accroupit au pied d'un jujubier.

Ah ! ce désespoir des femmes ! Il ne cessait de soupirer. De temps en temps, il jetait des regards sur la compagnie, tandis qu'une vague commisération, ne s'attachant à rien de précis, l'envahissait.

Des gars pleins de force et de vie partaient. En fait, cela ne le préoccupait guère ; il songeait à autre chose. Sa pensée se tendait avec la lourdeur d'un bœuf. A présent il pouvait dire qu'il avait des espoirs du côté des autorités. Comment en tirerait-il parti : tout est là. Il ne le savait pas encore ; il avait tout son temps. Ses voisins s'en doutaient ? Kara crut flairer quelque chose comme un soupçon chez Ben Youb. Il observait depuis quelques jours une certaine froideur chez lui. Kara se remémora l'entrevue qu'il avait eue avec le sous-préfet. Le représentant du gouvernement l'avait convoqué au printemps dernier lors de la courte grève des ouvriers agricoles. Mais ce n'étaient peut-être que des idées qu'il se faisait à propos de Ben Youb. Il promena ses regards sur l'assistance pour chercher une réponse à ses doutes. Ses yeux, presque phosphorescents, avec leurs cils passés au khol, évoquaient ceux d'un chat sauvage. Sa pensée se déploya comme une eau sourde. Ç'avait été, cette fois-là, le premier jour de sa vie qu'il franchissait le seuil de l'Hôtel de la sous-préfecture.

— Quand on veut construire, lui déclara M. le sous-préfet à cette occasion, il faut une base. Nous voulons une base morale : l'union de tous. Nous ne pouvons agir que coude à coude ; je dirai mieux : cœur à cœur.

Il rappela que de nouvelles lois touchant les indigènes devaient être promulguées et plusieurs des anciennes allaient être révisées.

— Il y a bien sûr, poursuivit-il encore, un ramassis de séparatistes dangereux ou de rêveurs imbéciles. Ils font ce qu'ils peuvent pour troubler l'esprit des honnêtes gens. Il y a là une certaine malhonnêteté qui n'est pas belle.

Et il se leva. Il remercia Kara de l'aide qu'il apportait aux autorités :

— Sans nos efforts et ceux de nos amis, ce pays ne connaîtrait que le désordre et la ruine.

Le sous-préfet tendit une main par-dessus l'immense bureau qui les séparait ; Kara put à peine lui toucher le bout des doigts. Tout en se dirigeant vers la porte à reculons, n'osant pas tourner le dos au personnage officiel, il porta à plusieurs reprises la main à son front dans une sorte de salut militaire.

Kara comprit alors que tous les espoirs étaient permis. Il le savait d'ailleurs dès l'instant où il avait formé le dessein de mettre les autorités au courant des activités de cette insolente bande de fellahs qui, avec Hamid Sarah, s'apprêtait à provoquer des troubles. Ces révélation faisait doucement, obscurément, son chemin en lui. Une source de lave ignorée dans les ténèbres. Il attendit pour réfléchir plus sérieusement encore à la question.

Il songea que Ben Youb et M'hamed auraient des difficultés à mener leurs travaux avec trois hommes en moins. Il entrevit des cultures à moitié abandonnées ; en lui surgit un sentiment de satisfaction. Ses voisins iraient sûrement vers la ruine. Lui, pendant ce temps, il œuvrerait dur. Il pensa aux deux lourdes vaches françaises que possédait Ben Youb. Il les lui envia. Les trois bêtes qu'il avait faisaient piètre figure à côté d'elles : étiques, les flancs creusés, semblables à des veaux mal nourris, toutes les trois ne donnaient pas le tiers du lait que Ben Youb obtenait d'une des siennes. Sans compter les temps où, au surplus, ces saletés de bêtes étaient sèches. Il haïssait Ben Youb, parce qu'il n'y avait pas longtemps... Mais ça, c'était une autre histoire, Kara jura en lui-même et devint dur comme du fer : « Il faut que j'en aie une au moins comme celles-là. »

Mama pleura avec les femmes.

— Laisse, mon cœur est plein à déborder, dit-elle à la vieille Toma qui essayait de la calmer. J'ai besoin de pleurer.

— Tu es jeune, ma petite ; tu n'as perdu personne, toi. Chasse le Malin de ta pensée.

— Je pleure sur moi et sur ma vie.

Les femmes de la maison geignaient tout bas, exhalant des plaintes de bêtes blessées. Elles avaient des voix rauques et le visage lacéré à coups d'ongles. Des pleureuses étaient venues dans l'après-midi.

— Qu'une meule te broie, proféraient-elles avec un accent monotone, maudit sois-tu entre tous, toi qui fais pleurer les femmes et leurs enfants, qui tues les maris. Que tu pleures, toi aussi, des larmes de sang. Que tes yeux fondent à force de pleurer. Que le malheur retombe sur toi seul, et que la pointe du feu traverse ta chair, et que tu ne trouves aucune main fraternelle pour te secourir. Sur toi tombe toute la haine des hommes.

Plusieurs d'entre elles ponctuèrent leurs imprécations par de grands cris : Ha haï ! Ha haï ! en redoublant les coups sur leur poitrine.

Safia, la mère des deux garçons, lança alors la stridente lamentation de la mort. Elle se frappa trois fois les cuisses.

— Maudit ! maudit soit-il !

Elle continua de crier :

— Quelle torture, mon cœur est en cendres.

Une douleur séculaire s'éveilla dans le cœur des femmes. Elles se mirent toutes à sangloter, même celles qui n'avaient ni fils ni maris mobilisés. Elles se tournèrent vers Safia pour pleurer.

Une fois de plus, le cri de Safia s'éleva :

— Mes fils ! Mes fils ! Ils les ont emmenés !

Elle recommença à se battre les cuisses, les bras, à se déchirer le visage.

Au bout d'un moment, une des femmes dit :

— Safia, ma sœur, il vaut mieux que tu te calmes.

— Je fais ce que je peux, ma petite sœur.

Puis Safia s'apaisa. Complètement immobile sur le rebord d'un matelas, elle posait une main dans l'autre.

Plusieurs voisines s'étant rapprochées d'elle, elle n'eut point la force de leur parler. Elle ne pouvait qu'articuler dans un gémissement étouffé :

— Mes fils, mes fils.

Quelques-unes qui s'étaient rassemblées devant la porte entrèrent, tandis que les autres restaient sur place, debout. Celles-ci, un fichu sur la tête, se tenaient sur une ligne ; de temps à autre elles portaient la main à la bouche, apitoyées. Prostrée, Safia se plaignait monotonement.

D'autres femmes s'affairaient dans la cour comme pour une cérémonie funèbre.

Le silence s'appesantit sur la campagne durant les jours qui suivirent. Depuis, beaucoup d'épouses, de mères, de sœurs, gardèrent leurs robes marron et les châles sombres dont elles avaient couvert leur tête.

XIX

L'agent de police fixa Hamid de ses petits yeux mouillés. Il agita en l'air des mains qui débordaient des manches d'une vareuse marine. Hamid observa ce regard de noyé entouré d'une chair blanche. D'autres agents emplissaient la salle. Depuis un instant leurs voix indistinctes brouillaient l'atmosphère enfumée du commissariat. Une odeur d'homme, stagnante, adhérait aux murs bruns, aux misérables pièces d'ameublement, aux scribes. Cette odeur témoignait du passage de milliers d'individus. Calme, indifférent même, Hamid ne se souciait pas de ce qui allait arriver.

Les agents groupés près de la porte vitrée s'approchèrent. Ils l'entourèrent.

Il en vint d'autres du fond de la salle : Hamid vit le chiffre de l'agent. Pour le reste, il ne parut point s'apercevoir de sa présence. Bientôt il fut encerclé par une quantité d'agents. Il en examina quelques-uns sortis de l'ombre ; il les reconnaissait pour les avoir croisés plusieurs fois dans la rue. A cet instant, l'impression paralysante de certains rêves l'enveloppa. Ce fut comme si l'air eût été d'un poids infiniment lourd. Non qu'il les craignît... C'était plutôt de la répugnance. Dans ces visages quelque chose était mort.

Le Chiffre parlait depuis quelque temps ; ses collègues se pressaient autour de lui. Le Chiffre continuait de palabrer.

Hamid n'écoutait pas. En lui se dressait une muraille. Le Chiffre leva la main et lui appliqua une gifle. Hamid en eut la tête ébranlée. Il ne sourcilla pas.

Le Chiffre s'écria :

— Voilà encore un de ces salauds !

Cette fois Hamid l'entendit. Il le dévisagea ; et il comprit que le Chiffre n'avait pas supporté son regard. Il décela chez lui le fléchissement de celui qui plie le genou. La prunelle imprécise absorba l'humiliation. Le Chiffre abattit son poing. Il se produisit un éclatement dans la figure de Saraj. Quelques agents cognèrent aussi.

Devant eux, ignorant les coups qu'il recevait, Hamid se taisait. « Je ne risque que ce que j'ai prévu », se dit-il.

Ils l'enserrèrent de plus près, l'entourèrent comme une matière brute. Un coup plus rude que les autres. Sous le choc, la face d'Hamid, exsangue jusque-là, s'alluma.

— Pourquoi agissez-vous ainsi ? demanda-t-il.

Les coups plurent sur lui. Il chancela, projeté de côté. Son visage redevint livide.

— Saleté ! proféra-t-il.

A la même seconde, il s'affalait par terre. Il les laissa frapper, essayant seulement de se garantir pour qu'ils ne l'abîment pas tout à fait. Les coups sonnaient dans sa tête, dans son corps ; l'engourdissement l'envahissait. Il ne sentait plus son nez, ses yeux ; mais les oreilles lui brûlaient. Humide et chaud, son sang ruisselait.

Il ne bougeait pas, ne cherchait plus à s'abriter des horions. D'un jet, le Chiffre lui envoya un crachat.

Un autre lança :

— Saligaud ! Espèce d'enfant de pute !

L'un d'eux le foula avec de grosses chaussures. Quelques-uns suivirent son exemple. Au jugé, dans son corps allongé sur le carrelage, ils assenèrent des coups de brodequins. Hamid ne concevait plus qu'une chose, une seule idée restait claire dans son esprit : ne pas se laisser détruire. Vivre.

Il n'y voyait plus. Le sang dégoulinait dans ses yeux.

Puis, le calme se fit, suivi d'un silence redoutable, qui se prolongea. Quelqu'un approchait dont on entendit le pas sonner de loin. Hamid essaya d'entrouvrir les yeux ; il n'y parvint qu'à peine, tant ses paupières étaient boursouflées. L'éclairage rougeâtre, qui paraissait insuffisant tout à l'heure, le blessait. Il distingua des bottines noires. Le commissaire, en uniforme. Son énorme stature domina Hamid. Elle se rapprocha encore davantage ; les fers des talons claquaient avec un son sec. Le groupe d'agents s'écarta. Ceux-ci considérèrent l'attitude de leur supérieur dans un mutisme total.

Hamid se redressa, oscilla sur ses jambes. Il tenta d'enlever le sang qui lui recouvrait le visage en s'essuyant des deux mains. Le commissaire lui jeta un regard sans expression et continua son chemin.

Hamid se retrouva enfermé dans une cellule. Il eut vivement envie de pisser. C'était un besoin impérieux. D'autant plus urgent qu'il avait eu froid toute la nuit. Les policiers avaient jeté sur lui plusieurs seaux d'eau pour que les marques des coups disparaissent.

A maintes reprises, on l'avait interrogé, lui demandant s'il connaissait les personnes dont les noms lui avaient été cités. Comme il ne répondait à aucune question, on l'assommait. Puis l'interrogatoire reprenait.

De nouveau ces étranges murs de brouillard. Tout cela appartenait à un autre univers, parvenait d'un monde qui fuyait, qui cessait d'exister dès que la pensée tentait de l'étreindre. Un monde sans conséquence. Mais cette chambre était bien à lui maintenant. Il l'avait vue quelque part, il n'y avait aucun doute. Mais où ? Il ne savait plus, ne se rappelait plus. Il y avait quelque chose ici qu'il ne pouvait discerner avec netteté. Ah ! comme c'était irritant ! Était-ce une chambre mortuaire ?... Je ne suis pas mort !

C'était comme la mort. Toute la nuit étendu dans des habits humides qui semblaient se rétrécir de plus en plus autour de lui. Comment échapper à ce cauchemar ? Il la reconnaissait, cette chambre. Mais il y planait d'étranges vides, d'étranges espaces. Ah ! cette chambre ! N'essayez pas d'y pénétrer, de venir y voir. Elle est comme perdue à des centaines de toises sous terre. On ne peut pas aller plus loin dans la profondeur.

Il y avait aussi ces curieux murs blancs ou gris. Hamid en était sûr, cette chambre ressemblait d'une façon inattendue à la sienne. Seulement... Il ne se souvenait plus où il l'avait déjà vue. Ah ! cette lancinante envie de pisser.

Un formidable poids vous opprime et on ne peut presque pas bouger. On remue un peu. Le froid. Le froid. On rêve qu'on est mort et on rit doucement. On remue encore un peu. Le froid du matin. On répète ça en riant. Le froid. Le froid. Le froid.

La lumière se planta dans le corps d'Hamid comme des échardes. C'était peut-être ce qui le sauvait de la mort. Il ouvrit les yeux encore une fois, après qu'il les eut refermés un instant. Cette heure était celle où la clarté grise de l'aube commençait à s'infiltrer dans Dar Sbitar, où les premières voix embarrassées par le sommeil, presque imperceptibles, coulaient hors des pièces closes.

Il avait dormi, il n'aurait su dire pendant combien de temps. Longtemps, sans doute. Il s'était enfoncé d'un bloc dans une trappe noire qu'avait entrebâillée le sommeil, et avait sombré. Sommeil brut, sans rien de vivant autour. Le vide qui l'avait aspiré (alors le temps avait échappé à toute mesure), le revomissait maintenant tout pantelant.

Hamid avait mal partout. Au dos, aux côtes, au visage, aux jambes. La pensée bue par une ombre morte qui avait étendu ses brumes autour de lui, il constatait que les rumeurs qu'il avait longtemps cru entendre peuplaient sa tête. C'était sa propre voix propagée au-dessus de lui. C'était sa voix, mais elle lui semblait venir d'ailleurs :

monstrueuse, amplifiée un million de fois. Il parlait. Sa voix n'entrait pas dans les choses. Elle demeurait suspendue dans l'espace, sans aucun lien avec le reste. Une voix qui ne touchait pas le cœur des choses.

Il se boucha les oreilles pour qu'elle ne lui parvînt plus, s'enferma en lui-même comme dans cette cellule ; mais la voix s'élevait de l'autre côté des grilles. Un cri dur et large qu'il retenait depuis un instant dans sa poitrine éclata d'un coup. De ce moment, la haine écarquilla en lui son œil profond.

Il émergea lentement du puits noir où il était plongé et perçut enfin le brouhaha installé dans sa tête. Ils l'avaient torturé pendant qu'il avait perdu conscience. Il ouvrit les yeux et regarda autour de lui : une cellule sombre. Quoique éveillé, il sentait que les couches voisines d'une pensée qui commençait à sourdre en lui demeuraient encore assoupies. Elles seules gardaient la mémoire des tortures, lesquelles s'étaient imprimées à travers l'épaisseur de la chair, dans le plus grand désordre, et comme une déflagration. Il porta la main à son dos et découvrit qu'il était nu jusqu'aux reins. Un moment, l'image d'Omar passa devant ses yeux.

Pourquoi Omar, ici ? Il n'était pas en état de se le demander. Puis le souvenir d'Alger, lorsqu'il y habitait, remonta à la surface. Il suivait la rue de la Liberté. Il sortait d'une réunion. Il était dix heures du soir. Il pleuvait. Il avait plu toute la journée ; il pleuvait encore le soir.

A présent il avançait à l'aveuglette, les poumons et la gorge brûlés par la course. Une ligne de pluie infranchissable s'interposait dans l'air, se déplaçant sans cesse devant lui.

Encore la silhouette d'Omar qui revenait. Hamid rentrait à Dar Sbitar quand il avait reçu en plein ventre la tête de l'enfant. Se précipitant comme un cabri, Omar s'enfuyait de la maison. Hamid l'encercla de ses bras. Il le souleva au-dessus du sol ; Omar leva les yeux sur lui. Alors, il dit :

— C'était épatant !

On entendait venir de l'intérieur les profondes clameurs des femmes et un grand bruit.

— Qu'est-ce qui était épatant ? interrogea Hamid.

— Mais tous ces hommes rassemblés ! Tout ce que tu leur disais, au local de la rue Basse, s'écria le gamin gagné par un enthousiasme subit. Tu as oublié ?

— Ah ! Tu étais là ?

Omar devenant d'un poids trop lourd lui glissa des bras. Sitôt qu'il fut remonté sur ses pieds, il bondit à travers le vestibule et s'en fut dans la rue.

Hamid sombra peu à peu dans l'engourdissement. Il entendait des cris. Un frémissement imperceptible le traversait de part en part. Dans l'obscurité, bien que faibles, ces appels étaient atroces. On eût dit les gémissements d'un enfant. Celui-ci paraissait être à bout de forces, mais il continuait à crier. Hamid, en pressant le pas, arriva sur trois ou quatre grandes ombres qui s'exclamaient à haute voix.

— Tiens, dit l'une d'elles. Dis que tu n'aimes pas ça !

Une plainte s'éleva. Les hommes marchaient au milieu de la chaussée : la rue était déserte à cette heure de la nuit. Ils ne paraissaient pas se soucier de la pluie ; Hamid crut un instant que c'étaient des militaires ; leurs chaussures résonnaient sur le pavé. Ils s'approchaient d'un lampadaire et leurs silhouettes se dressaient, de plus en plus grandes.

— Hé ! vermine, attrape ça, reprit l'un d'eux.

Hamid vit nettement, cette fois, les trois individus se renvoyer comme une balle ce qui lui sembla être un enfant. L'un lui donnait un coup de pied, l'autre un coup de poing, ou bien encore un coup de genou. Traîné par terre, c'était à peine si l'enfant soupirait. Il n'avait plus la force de se soulever. Les hommes, avec des éclats de voix, tentèrent de se le relancer.

— Saloperie ! injuria l'un des trois.

Ils l'entraînèrent le long de la rue.

A quelques mètres de là, le groupe fut violemment éclairé par le gros œil du lampadaire. Hamid entrevit le garçon. Un cireur ou un porteur, de ceux qu'on voit, en grand nombre, courir dans les rues d'Alger. Il était étendu par terre. Ses vêtements, entièrement en lambeaux, étaient trempés de boue et maculés de taches noires. Les trois individus s'immobilisèrent et l'examinèrent.

Muets, une seconde, ils parurent hésiter. Puis l'un d'eux ricana :

— Si celui-ci crève, y en a d'autres ! Des millions ! Des ratons ! C'est pas ce qui manque dans le pays.

Et il donna un grand coup de pied à l'enfant jeté par terre, qui ne criait plus, ne gémissait plus. Ils recommencèrent ensemble à malmener cet être qui semblait mort.

— Arrêtez ! s'écria Hamid.

Il se précipita sur eux.

— Qu'est-ce qu'il a fait ?

— A nous ? Rien. C'est tous les autres qu'on voudrait nettoyer. Alors on commence par celui-là.

— C'est un bicot ! coupa un second.

— Tiens ! fit le premier. Il veut peut-être qu'on lui apprenne à vivre.

— Laissons l'autre.

— Tu vas y passer.

— A toi le tour.

Se rapprochant de lui, d'un air faussement aimable, celui qui parla le dernier prit le revers du veston de Saraj entre le pouce et l'index et le dévisagea sous le nez.

Les deux autres s'avancèrent.

— Du beau gibier, fit le premier.

— Un évolué !

— Il se prend pour un civilisé.

Hamid s'arracha violemment à l'emprise ; il revint ensuite, lancé à toute force. D'un coup de front dans la poitrine, il envoya celui-ci par terre. Le type poussa un han ! profond et s'étala sur la chaussée avec un bruit mat. Il ne se releva pas. L'un de ses acolytes s'éloigna en criant à perdre haleine.

Soudain Hamid vit briller une lame dans la main de celui qui était resté devant lui.

— Attends, sale bic...

Il bondit. Hamid, qui l'attendait, s'esquiva en faisant un petit écart. L'autre, soit que son élan, n'ayant rencontré rien qui le retînt, le portât brutalement en avant, soit qu'il butât contre un pavé, trébucha et s'allongea sur le sol en poussant un hurlement. Hamid le surveilla.

L'homme se releva, mais il fut agité par de brusques secousses.

Et Hamid se mit à rêver.

Resté nu et désarmé, il allait dans la nuit et il rencontrait les Esprits méchants, qui le harcelaient et le raillaient. Tous ces fantômes, suivis des outrages qu'ils avaient infligés aux hommes, avaient un nom très nocturne pour l'Algérie. Non pas des morts, mais des fantômes. Et l'homme, que le sommeil, la souffrance, à moins que ce ne fût autre chose, avaient terrassé, était piétiné par eux au passage.

Il disait, lui : « Les salauds ! Les salauds ! »

Et il leur laissait son corps humilié, dépouillé, acceptait comme une gloire leurs offenses.

Le froid était intense comme une lumière congelée.

Son oreille perçut quelque chose ; il cria :

— Qui va là ?

Autour de lui des millions de petites flammes se mirent à briller, mais en même temps, il semblait qu'elles fussent éteintes. « Ah ! je vois, se dit-il. Je suis dans un Luna-park. »

Tout de suite, en dessous de lui, une voix fit :

— Hééé !

— Quelqu'un ? dit-il.

Il chercha attentivement. La nuit retomba sur les lumignons qui brûlaient, et il ne vit rien.

— Quelqu'un ! cria-t-il encore.

— Eeeh ! répondit la voix.

— Eh ? dit-il. Quoi, c'est tout ?

— Eh ! répondit la voix de nouveau.

Il décida de la chercher et se leva.

Puis, à la voix :

— Qui êtes-vous ? demanda-t-il. Vous êtes le laveur des morts ?

La voix répliqua :

— Non, je suis l'Agent.

La voix résonna, lointaine ! Cette fois-ci, ce furent les âmes des morts qui donnèrent de la lumière, mais on n'y voyait goutte, en tout cas pas plus que tout à l'heure.

— Vous êtes sans doute de garde ici.

L'Agent de Police rit.

— Non, dit-il. Je me repose.

— Comment, dans un Luna-park ?...

— C'est un endroit calme et reposant, dit l'Agent de Police. Les tombolas aussi sont belles.

— Alors vous êtes venu ici pour vous recueillir ?

— Non, répondit l'Agent. Ce ne sont pas mes morts. Ce sont des morts faits par d'autres. Moi, je n'en ai pas encore. Je n'ai que des vivants pour l'instant, je pense fortement à eux. Savez-vous comme il est facile de faire un mort d'un vivant ! Le sort de mes vivants me préoccupe beaucoup.

— Parmi tous ces morts, il n'y en a pas un qui ne soit à vous ? C'est étonnant ! Mais quoi ? Dans toute cette foule de morts, pas un !

L'Agent plaisanta :

— C'est une bonne blague, hein ?

— Je parie qu'il y en a à vous. Il y en a peut-être plus que vous ne pensez.

L'Agent de Police convint :

— A vrai dire, il doit y en avoir un peu à tout le monde. Quant à moi...

— Vous devez en avoir plus que d'autres : dites la vérité. Pas plus que d'autres ? J'entends bien : vous !

— Ah ! dans ce cas...

Un temps. Le Policier parut se ressaisir.

— Comment est-ce possible ? lança-t-il.

— Hé oui ! Il n'y a que les bâtards pour avoir honte...

— Je ne vous comprends pas.

— Eh ! Alors vous me comprendrez de moins en moins. Ce que je vous dis pourtant est parfaitement clair. Il n'y a que des bâtards...

— J'ai bien entendu...

— Que voulez-vous alors ?

— Eh bien, je ne comprends toujours pas.

La réponse parvint sous forme d'un cri jailli du fond de la nuit :

— Comment est-ce possible ?

L'Agent de Police observa :

— Et alors !

Il poursuivit :

— Tous les hommes sont comme ça. Moi, quand j'étais enfant...

Un hurlement zébra l'obscurité fuligineuse.

— Vous, un enfant ?...

— Pourquoi pas ? demanda l'Agent. Pourquoi n'avoir pas été un enfant, avant de devenir un homme ? Qu'est-ce qu'il y a d'étonnant à ça ?

Aucune réponse.

— Pourquoi avez-vous crié, et pourquoi vous taisez-vous maintenant ?

L'Agent se mettait en colère.

— Y a-t-il rien d'extraordinaire à avoir été un enfant ? dit-il. N'avez-vous pas été un enfant, vous ?

Le plus profond silence accueillit ses paroles.

— Rien d'extraordinaire, en effet.

La voix revint enfin, renaissant du fond de la nuit.

— Mais vous ! dit-elle encore.

— Quoi, moi ?

— Un enfant qui a eu faim ? Un enfant qui a couru pieds nus dans la boue glacée ?

— Et alors ?

Après un moment, l'Agent ajouta :

— Nous avons bien commencé tous par être des enfants !

— Je ne comprends pas !

— Tenez, par exemple, dit l'Agent de Police. Le jeune Omar...

A ce moment précis, de l'obscurité, s'éleva un hurlement plein de rage.

— Le jeune Omar !...

— Pourquoi gueulez-vous ? demanda l'Agent de Police. Il n'y a rien d'extraordinaire à connaître un jeune garçon qui s'appelle Omar. Le pauvre garçon !

— Mais Omar est un enfant que je connais !

— Ah ! bien, dit l'Agent. Mais c'est tout.

— Vous mentez ! hurla la voix soudain. Vous mentez ! Vous mentez ! Vous ne connaissez pas, ce n'est pas possible, un garçon qui s'appelle Omar. Vous êtes en train de mentir ! Non seulement de mentir, mais de vous moquer de moi, de me tromper, en me faisant croire que vous connaissez un garçon du nom d'Omar... Vous tentez de me tirer les vers du nez... Vous vous leurrez. Ce serait en vain que vous me diriez que vous connaissez ce garçon. Vous êtes un Agent de Police, même si vous n'êtes plus maintenant qu'un esprit, et je crois que vous ne l'oubliez que trop. Vous ne pouvez pas avoir connu Omar.

— Comment ? Moi ? dit l'Agent.

— Vous.

L'Agent de Police rit :

— Eh ! fit-il.

— Permettez, permettez. Je vais vous raconter une histoire, à vous, précisément, qui êtes Agent de Police.

Des mots, des mots, tout proches, redoutables, résonnèrent alors dans un enchaînement ininterrompu au fond de la nuit : ils signifiaient la peur.

— Alors vous écoutez mon histoire ?

— Oui.

— Pourquoi vous, Agent de Police, n'êtes-vous pas intervenu pour défendre le petit cireur ? Vous étiez pourtant là.

— Comment le savez-vous ? Il faisait nuit noire.

— Mais vous êtes resté caché.

— Hé oui, j'étais présent.

— Vous avez tout vu et vous n'avez pas esquissé un geste pour défendre ce garçon. Dans l'ombre, vous avez assisté à toute la scène, et vous n'avez pas bronché.

— Je voyais tout.

— On tuait un enfant, et vous n'avez pas bougé !

— Cela est vrai. Mais ni moi ni personne d'autre ne pouvait toucher à ces hommes, couverts par la Haute Protection.

Le silence succéda à ces paroles, un silence qui ressemblait au silence des sépulcres.

— Pitié ! Je ne suis qu'un pauvre homme, obligé de gagner ma vie. Que pouvais-je faire ?

— Ne cherchez pas à m'attendrir. Vous n'êtes qu'un Agent de Police, sans plus !

— Bon, assez. Je suis l'Agent de Police. Soit !

— Et vous ? Vous n'avez pas emmené des enfants en prison ? Des enfants en prison ! Des garçons de douze ans.

Souvenez-vous-en. Vous les ramassiez aux parages du Marché ou à la Porte Boumédine. Vous leur mettiez des menottes aux poignets. C'étaient des enfants de douze ans, vous dis-je. Certains jours, vous en ramassiez trois, quatre à la fois, que vous enchaîniez ensemble. Vous les poussiez devant vous. Vous vouliez faire croire aux citadins que c'étaient de grands coupables. De la graine de bandit ! Vous aviez raison, car la plupart des citoyens ne demandaient qu'à vous croire. Vous saviez donc ce que vous faisiez. Mais tant que vous traversiez la ville, vous n'osiez pas encore abattre vos pattes sur eux. Car dans cette ville, il n'y avait pas que des citoyens, il y avait aussi des sujets, et même en plus grand nombre que les citoyens. Et vous saviez que le regard des sujets était sur vous, vous reconduisait d'un coin de rue à l'autre. Et vous redoutiez ce regard. Mais une fois enfermé avec ces enfants dans le commissariat, que leur faisiez-vous ? Oseriez-vous le dire ?

Il y eut un long silence. Les âmes incandescentes des morts du Luna-park formaient déjà une longue procession de petites flammes, et il y en avait beaucoup. Par moments, elles faisaient des crochets et poursuivaient leur chemin, aussi minuscules et aussi luisantes.

Puis la voix de l'Agent se fit entendre :

— Où êtes-vous ? Tendez-moi la main.

— Arrière ! Arrière, salaud !

— Comment ça ?

— Assassin d'enfants !

— Comment ça ? répéta l'Agent. Tendez-moi la main.

— Arrière, hyène puante !

Encore une fois, les âmes brillèrent sans éclairer.

— Enfin, cria l'Agent, vous êtes là ou vous n'êtes pas là ?

— Je n'y suis pas. Je n'y suis pas, en tout cas, pour vous.

— Je vois.

— Ah ! s'écria la voix. Vous vouliez jouer avec les enfants ?

— Pourquoi pas ?

— Et à quoi vouliez-vous jouer ? A la mort ?

Nouveau silence.

— Comment ?

La voix retentit, formidable, comme d'un haut-parleur :

— ASSASSIN !

L'Agent de Police dit :

— J'imagine avoir assez souffert maintenant.

— Quoi ? hurla la voix.

— J'ai assez souffert, gémit-il. Et je voudrais jouer avec des enfants.

— Vous êtes un fieffé comédien ! Vous dites ça maintenant ? Vous ne savez comment vous tirer d'affaire. Vous êtes la fausseté même.

Timidement, la voix de l'Agent revint encore, tâtonnante.

— Hé, murmura-t-elle.

— Héé ? Pourquoi, héé ?

— Vous ne partirez pas ?

— Je resterai pour vous faire plaisir.

— Je ne voudrais pas que vous partiez !

— C'est l'Agent de Police qui commande ?

— Je ne voudrais pas, je ne voudrais pas !

— Bien, dit la voix. Je m'en vais.

— Non. Écoutez encore : ai-je fait une chose injuste ?

— Injuste. Vous osez le demander ?

— Mais encore.

— Vous avez trouvé des hommes enchaînés comme des esclaves, et vous les avez transpercés.

— Ah ! Cette gloire m'appartient.

— Il n'y aura pas de pitié pour vous et pour les vôtres.

— Vous voyez bien, dit l'Agent. Je pleure. — Où allez-vous ?

— Je m'en vais.

— Je ne veux pas, je ne veux pas !

Aucune réponse !

— Je ne veux pas ! cria encore l'Agent. Je ne... Où êtes-vous ?

Rien. Toujours pas de réponse. Et l'Agent continua de crier.

Ce qu'on oublie n'est jamais aussi terrible. La pluie coulait sur ses joues comme des larmes. Il percevait leur course derrière lui. Le plus simple était de ne pas les regarder... Les trois hommes galopaient.

— Nous aurons ta peau ! s'égosillaient-ils à la fois.

De temps en temps, il raidissait les jambes. « Merde », pensait-il, chaque fois que le pied lui manquait. Il n'y avait partout, autour de lui, que ce bruit d'eau qui retentissait sur le pavé. Des ordures ramollies jonchaient les ruelles. Il ne songeait plus qu'à leur échapper. Deux hommes débouchèrent au coin d'une rue, se dirigeant vers lui. L'un d'eux s'arrêta. L'autre l'attendait plus loin probablement. Le bruit que fait quelqu'un qui pisse lui parvint, puis il ne les entendit plus.

Au lieu de continuer à se diriger vers le haut de la ville, il revint sur ses pas ; il s'immobilisa court, il cracha, prit encore le temps de tousser et repartit.

Les rues se ressemblaient toutes dans l'obscurité : elles se jetaient comme sur un mur. Au dernier tournant, il se trouva au bas de la ville.

Une douleur endormie l'envahit ; c'était la douleur qu'il allait éprouver dans une minute.

Des globes électriques faisaient miroiter le sol. « Il ne pleut plus », se dit-il. Encore une rue. C'était fini. Un dernier tramway arrivait.

En effet, la pluie avait cessé. Précipité dans les rues vides, le tramway s'éloigna en claquant. Les glaces se strièrent violemment d'eau ; au contact de l'air tiède, il perçut le froid de la nuit. Il fixa du regard une femme en tailleur clair. Un homme et un jeune homme l'accompagnaient : il les observa l'un après l'autre ; eux, présentaient des regards ennuyés.

Il jeta un coup d'œil au-dehors : mais l'intérieur éclairé du tramway se reflétait dans toutes les glaces. Une plaque indicatrice fut dépassée, le véhicule longea une rue incurvée dans un grincement strident de roues et finit par disparaître.

Ce qu'on oublie n'est jamais aussi terrible. Il se dit cela avec une sorte d'inattention. De nouveau, un soulèvement d'estomac le saisit. Lorsqu'il descendit au terminus, il n'y avait plus personne dans le tramway. Contre l'obscurité de la rue, il avança, les yeux fermés ; de temps à autre, il trébuchait sur un pavé. Il était calme. Mais cette tension des yeux était douloureuse.

La nuit était agitée ; le ciel était blanc et noir. Après

avoir remonté la rue sur une vingtaine de mètres, il pénétra dans une vieille maison.

Il se dirigea avec automatisme dans l'obscurité et monta cinq étages. Quelqu'un cria :

— Qui est là ?...

La vieille Émilia essayait de parler. Mais sa voix de sexagénaire restait indistincte. L'impotente fit grincer les ressorts de son sommier. Il répondit :

— C'est moi.

La vieille s'éclaircit la voix et continua :

— On a tué quelqu'un là-haut.

Il demanda :

— Qui a tué ?

— Ils se sont battus. Je ne sais pas. On disait qu'ils étaient quatre ou cinq. Et ils se sont battus.

Puis elle dit :

— Ce n'est pas des heures à rester dehors.

Il murmura : « Vieille bourrique ! »

— Où étiez-vous ?

Elle eut un rire bref. Elle reprit :

— Il ne se réveillera plus maintenant.

Et elle n'ajouta pas un mot.

De l'extrémité du palier, il jeta un regard vers l'unique carré de lumière qui brillait dans le noir.

Il avançait, las à présent. Une imposte au-dessus de la porte de cet appartement laissait tomber une lumière rouge, diffuse. Quelle que fût l'heure, c'était toujours éclairé chez ces gens. On devait veiller un malade. Il arriva chez lui. Il ouvrit et repoussa la porte derrière lui. Il ne s'arrêta pas dans cette première pièce. Il continua son chemin et pénétra dans la chambre du fond.

Il alluma. L'idée d'aller à la cuisine préparer deux œufs traversa son esprit, mais, une seconde plus tard, il abandonnait son projet ; dormir ! Il tourna ses regards vers la fenêtre, haute et étroite, par laquelle il devinait le ciel au fond de l'ombre. La pluie s'était remise à tomber et semblait ne point devoir cesser.

Brusquement, il vit son visage dans une glace et faillit pousser un cri.

Il se jeta tout habillé dans son lit. La pendule sonna. Ses

deux mains empoignèrent les barres du lit. Il frissonna. L'humidité le pénétrait lentement. Il entendit des pas dans une autre chambre, assez loin. La pendule sonna encore : il attendit le dernier coup. La pendule sonna, de plus en plus, dans le silence amplifié par le bruit continu de la pluie. Il fallait encore courir. Des sanglots le secouaient. Il éprouvait de la peine à avancer. La nuit, la pluie, duraient depuis longtemps. Plusieurs personnes se rassemblaient et faisaient de la lumière. Mais leurs flammes servaient moins à voir qu'à éclairer leurs visages. Il y eut des cris, un bruit de voix. Ils étaient loin. Quelques-uns tentèrent de le poursuivre.

Maintenant il se penchait au-dessus de la table de l'inspecteur : des cigarettes en brûlant le bois y avaient laissé des points noirs. L'inspecteur était debout. Il ne devait pas dépasser un mètre soixante, mais possédait un coffre massif. L'ampoule électrique se trouvait placée à hauteur de sa poitrine. Sa chemise blanche sous la veste avait le col déboutonné. Les pans de la veste retombaient dans l'ombre. Tous les autres se taisaient. La lumière artificielle durcissait les visages qui parurent fatigués. L'inspecteur sortit les mains des poches et les appuya sur la table. Il avait repoussé sa chaise contre le mur. Il se mit alors à tambouriner. Il ne tirait plus sur sa cigarette, mais il continuait de tambouriner. Le mégot collé entre ses lèvres s'était certainement éteint.

Les joues de l'inspecteur n'étaient pas rasées ; il avait une bouche saillante, et sa lèvre inférieure pendait. Allait-il s'arrêter de tambouriner ?

« Tu vois, pensait-on, tu ne peux plus rien décider, parce que tout est déjà décidé, sans toi. Bientôt tu sauras si c'est lui ou toi. Imagine que ce sera toi. Le peux-tu ? Le peux-tu ?... »

L'eau crépitait dehors sur le sol. Elle gargouillait à l'entrée d'un égout tout proche.

Puis ce fut d'abord un simple chant. Des fumées droites et claires se levèrent au milieu des champs. Le ciel du matin, comme un ciel nocturne, s'étendait : il était tendre, et l'air, tranchant. Un fleuve invisible dévalait de la montagne.

Le jour se mit à brûler à la pointe des arbres. A présent, ce chant montait à tue-tête tandis que les oiseaux, avec des cris durs, taillaient l'espace. Bientôt les arbres, pleins, ne furent qu'un seul cri qui se dressait vers l'azur.

Joie qui arrivait d'un bond, qui arrivait de loin, pour se retirer aussitôt. Mais joie tout de même.

« Il n'y a pas de joie égale à celle-là », pensait Hamid Saraj. Et il écoutait le chant profond qui émanait, il ne savait si c'était de lui ou de cette terre.

Quelle était cette force irrésistible, quel était cet espoir ?

Il sentit qu'il ne pouvait mourir, que rien ne pouvait mourir. Quelle joie, quelle surprise ! Cette certitude, tout d'un coup !

Hamid contempla par la petite lucarne le ciel, très haut, qui scintillait. Des étendues parcourues, revenait cet air parfumé, — *ô terre légère et forte...*

Il se ressouvint d'une vieille paysanne qui s'était approchée d'eux tandis qu'ils se tenaient à quelques-uns dans les champs. Elle marmotta à voix haute pour que sa parole les atteignît :

— Grande est notre mère Algérie.

Ils la connaissaient tous. Elle passa son chemin sans leur jeter un regard.

Les hommes sourirent.

— Tante Kheira ! Écoute ! appela l'un des fellahs. Tu parles toute seule maintenant ?

— Je parle à mon bâton, répliqua la petite vieille. Ah ça ! Si on ne peut plus dire un mot... sans que quelqu'un soit toujours là pour le cueillir...

Elle prit un air farouche.

— Alors, quelles nouvelles nous apportez-vous ? fit-elle.

Elle savait que Saraj venait de la ville. Mais elle ne voulait pas avoir l'air de l'interroger. Elle jeta sa question aux fellahs avec qui elle se montrait familière.

— Comme tu peux le voir, répondit Hamid, qui la comprit. Tout va bien.

— Tu crois ? La vérité n'est bonne qu'enterrée dans un puits. Que ne dis-tu pas s'il y aura du bon ?...

— Bien sûr ! Je le dirai.

— Puisse ta parole être vraie. Qu'importe ce qu'aura duré la nuit, si le jour finit par se lever.

Tante Kheira s'en alla à petits pas têtus, et les hommes demeurèrent un moment silencieux.

Il semblait à Hamid qu'après bien des pérégrinations il se retrouvait chez lui. « Je me repose parmi les miens à présent, se dit-il, ayant abandonné pour toujours la vie errante. J'accepte que mes frères m'apprennent à placer mes pas devant moi. Je me laisserai guider par eux, prendre la main, pour fouler la terre. Je crois en eux. Dieu soit loué ! Il me reste encore cette terre et ce grand peuple vers lesquels je peux me tourner. C'est vers eux que je marche à présent. Eux seuls me sauveront. Qu'arrive le jour où je pourrai traverser toutes les villes et toutes les campagnes, je rendrai visite à chaque citadin, à chaque fellah. Si je vois un paysan qui manie admirablement la pioche, je m'arrêterai pour l'observer pendant des heures. Ces hommes donnent la joie. »

Et son horrible cellule, l'expression hargneuse des gardiens, la couleur grise des murs, l'odeur de moisi et d'humidité qui emplissait les couloirs de la prison, les cris et les gémissements des détenus, la petite fenêtre forée dans l'épaisseur du mur, la solitude morne... ce matin-là, tout cela échappa à son attention.

Il pouvait dormir maintenant, il connaîtrait le repos ; son sommeil n'avait pas été tué. Il ne passerait plus ses nuits dans une veille torturante. Il était délivré. Il réfléchit aux moyens qui lui permettraient d'avoir des contacts avec l'extérieur. Il pourrait encore aider ses camarades.

Peu à peu, il éprouva l'étrange sentiment de réapprendre tout doucement à vivre. D'abord, il n'avait rencontré en lui qu'une violence cruelle qui l'aveuglait. Et voilà que son cœur calciné comme un charbon découvrait des coins obscurs, frais. Il frémit. Cette marche se faisait encore avec beaucoup de souffrances et de difficultés. Il reconnaissait l'espace avec précaution, dans cette cellule où s'effectuait pour lui le réveil. Il lui fallait réduire toute impatience. Il devait attendre encore un peu. Il revenait d'un enfer où il avait éprouvé la présence palpable de l'anéantissement.

XX

L'ordre de grève vola à travers la campagne. A Mansourah, Ymama, Bréa, Saf-Saf, et dans toute la région, les ouvriers agricoles avaient décidé d'arrêter le travail. De place en place, des groupes discutaient.

Aussitôt, gendarmes et policiers se mirent à patrouiller dans les champs.

— Il faut se défendre maintenant, dit un colon aux gendarmes.

Le jeune Charef Mohammed fut matraqué à la ferme Marcous. Le crâne ouvert, du sang répandu sur le visage et les habits, il fut rapidement transporté et caché dans une cabane de fellahs. Quatre autres furent conduits en prison.

Le colon Marcous fit travailler ses ouvriers, le revolver au poing.

A la fin de la première journée, vers cinq heures de l'après-midi, une grande assemblée se tint en bordure de la route nationale : plus de cinq cents fellahs étaient présents. Plusieurs d'entre eux prirent la parole et affirmèrent, avec l'approbation de tous, qu'ils continueraient la grève.

Au moment où les groupes commençaient à se séparer, un métayer vint offrir deux sacs de pommes de terre aux grévistes et s'engagea à donner satisfaction à leurs revendications.

Le lendemain matin, deux délégations de travailleurs de la ville : l'une des communaux, l'autre des cheminots, vinrent les saluer et les assurer de leur solidarité. Les cheminots accompagnèrent leur geste d'un versement de 3000 francs. Un syndicaliste, à lui seul, fit don de 500 francs.

Les cadres syndicaux réunis à Tlemcen décidèrent de constituer un comité de soutien aux fellahs. Ils lancèrent un appel à tous les travailleurs ; l'organisation de la collecte des fonds de solidarité fut immédiatement entreprise.

Après trois jours, à Hennaya seulement, ils étaient un millier qui avaient suspendu tout travail. Les ouvriers de Négrier s'organisaient à leur tour. Prêts à les suivre, il y avait encore ceux d'Aïn el-Hout et de Tahamamit. La grève gagnait de proche en proche.

On était aux derniers jours de septembre ; il n'avait cessé de faire beau tout ce temps-là. Les champs prenaient une couleur de terre cuite. Ils durcissaient et sonnaient sous les pas avec un bruit sinistre. Ce n'était, partout, que chaumes roussis ; l'herbe ne poussait plus. Le rouge soleil algérien corrodait cette terre jusqu'à l'os et la réduisait en une poussière fine. La sécheresse d'hiver commençait. Les journaliers quittaient les fermes et venaient grossir le nombre de leurs camarades en grève.

A peu de distance de Bni Boublen, ce jour-là, un important groupe de secours se constitua grâce aux efforts de quelques fellahs : Ali bér Rabah en était. Il s'écria à la fin des discussions :

— Il y a quinze jours qu'on n'a pas eu une goutte d'huile à la maison. Je dois de l'argent à l'épicier et je n'ai pas de quoi le payer. Nous mourons à petit feu. Nous demandons notre droit à la vie pour nous et nos enfants.

Un garçon blond, qui paraissait avoir treize ans — des yeux verts, des cheveux embroussaillés —, se mit à parler lui aussi :

— Nous mangeons de l'orge, dit-il ; nous nous couchons sur le sol nu. Nous n'avons pas de vêtements. J'ai ce vieux burnous pour m'habiller et me coucher. Je suis en grève, moi aussi.

Un silence, puis il ajouta :

— Ma mère n'est pas encore morte.

Après l'enfant, vint un homme. Il dit :

— Je suis du douar d'Ouchba. Mais j'ai toujours travaillé par ici. Moi, mes enfants et ma femme, nous avons tout le temps faim. Si vous me conduisez chez un gargotier, je suis capable de manger tout ce qu'il a. Mes enfants meurent de faim. Je dis : en avant pour la grève. Nous sommes arrivés au comble de la misère. Qu'avons-nous à craindre ? J'ai reçu une feuille d'impôts où on m'a marqué huit chèvres. J'avais deux chèvres ; à présent, je n'ai plus rien. Voilà la situation.

Ba Dedouche s'approcha à son tour ; il avait travaillé à la ferme Villard ; après, il avait été chassé de son gourbi.

— Ma femme et mes enfants et nos affaires avaient été jetés dehors. Rim, ma fille aînée, qui allait sur ses seize ans, servait comme bonne chez M. Villard, qui la nourrissait seulement. Ç'avait duré plus de six ans. Ma fille était tombée malade. Non content de l'avoir fait durement travailler, M. Villard l'avait renvoyée. Quelque temps après, elle s'était éteinte. Et il m'avait demandé si j'avais une autre fille à lui donner. A moi il avait refusé tout ouvrage, parce qu'il disait que j'étais usé.

Il cessa de parler et s'approcha encore de l'assistance. Il se présenta devant chaque homme : à la fin, il s'éloigna jusqu'à une extrémité du terrain où il se baissa. Et voilà qu'il revenait en soulevant un fort bloc de pierre au-dessus de sa tête. Il se promena devant l'assemblée, allant de fellah en fellah, brandissant son bloc à bout de bras. Il poursuivit :

— Créatures de Dieu ! Suis-je un homme usé ?

Il posa sa question à tous ceux qui étaient là.

— Dites : un homme comme moi peut-il être usé ?

Sa voix tonnait. Il marcha sur l'enfant au vieux burnous d'homme.

— Un homme comme moi peut-il être usé ? lui demanda-t-il d'une voix formidable. Parle, mon petit père. Le monde saura la vérité par ta bouche.

— Non, oncle Dedouche, dit le garçon blond d'un ton conciliant. Tu n'es pas un homme usé. Tu ne pourras jamais l'être.

Ba Dedouche s'en retourna jusqu'au coin du champ où il avait ramassé la pierre et la reposa à la même place. Quand il revint, il dit sans regarder personne :

— J'ai repoussé ses prétentions. J'ai refusé de lui donner une fille. Je lui ai déclaré que je ne suis pas prêt à refaire le malheur d'une innocente. Je suis un homme. Suis-je un homme, ou non ? Si je ne suis pas un homme, il faut que ça se sache !

Plein de défi, il se tut.

— Sur mon refus, gronda-t-il de nouveau, il a décidé de nous chasser tous du gourbi qu'il nous avait donné chez lui, sans égard pour moi qui avais mis toutes mes forces à son service ni pour ma fille morte. Et ce gourbi, c'est moi qui l'ai bâti, de ces mains-là.

Il leva ses paumes larges et puissantes devant son visage et les montra. Il regarda ces hommes rassemblés avec une profonde amertume dans les yeux. Sa barbe qui se divisait en mèches ébouriffées frémissait. Les fellahs muets l'observaient.

Puis, il dit :

— Le monde tournera, amis. Qui sait ce qui arrivera demain.

Mais il n'expliqua pas ce qui se produirait ; et les autres ne le demandèrent pas non plus.

Un colon suivi de ses deux fils, armés de fusils et accompagnés d'une dizaine de gendarmes, firent irruption dans un café maure ; ils embauchèrent sous la menace les hommes dont ils avaient besoin. Les policiers allèrent de nuit réveiller les ouvriers. Le maire d'une localité brûla une liste de pétitions en faveur de fellahs arrêtés. Cet acte fut accompli en présence des gendarmes. Les grévistes remirent au maire une autre liste.

Il y eut un colon qui ouvrit son magasin en annonçant qu'il allait distribuer un kilo de blé par personne à chaque famille d'ouvrier agricole. Tous les fellahs disparurent. Des gosses qui savaient à peine marcher refusèrent de se rendre à son appel. Au cours de la journée, les hommes revinrent ; ils montrèrent le poing, cette fois-ci Les gendarmes s'approchèrent et détachèrent les mousquetons qu'ils portaient en bandoulière.

Douze fellahs furent arrêtés sur-le-champ. Neuf d'entre eux furent bastonnés et relâchés dans le courant de l'après-midi.

Au douar Sidi-Moussa, trois agents de la PRG brutalisèrent des paysans. Ceux-ci tinrent bon ; les policiers pointèrent sur eux leurs mitraillettes.

Au cours des interrogatoires, la police insista pour connaître les noms des meneurs.

— Le responsable de notre grève ? C'est la misère, répondirent-ils.

Les colons parlèrent d'atteinte à la souveraineté française... Ce fut à ce moment que neuf petits maraîchers affirmèrent qu'ils étaient d'accord sur le principe des revendications présentées. Les gros colons pouvaient donc, à plus forte raison, donner satisfaction à leurs ouvriers ; leur intransigeance parut injustifiable.

Les paysans fermaient leurs portes avant la tombée de la nuit.

Une grande inquiétude planait sur la campagne.

Nul passant dans les chemins, nul fellah dans les champs. Le pays se taisait.

Mais les fermes des colons resplendissaient de lumières. Dans les cours régnait un va-et-vient incessant et bruyant. Comment tout cela allait finir ?

— On ne peut tout de même pas, dit-on dans une des fermes, vivre dans un pays sans savoir ce qui s'y passe.

Sur quoi, la maîtresse de maison :

— Je rentre dans mon appartement, répondit-elle, je ferme ma porte, et il n'y a plus d'Algérie.

Chez les gens de Bni Boublen, tout en haut de la route, le silence était si profond qu'on se serait cru dans un village abandonné.

Puis une nuit retentit le cri : « Au feu ! »

XXI

Au-dessus des vignobles, le ciel sombre fut vite envahi de lueurs rougeâtres. Ce rayonnement pourpre se heurtait aux brouillards nocturnes, teintait l'air humide et rendait le ciel plus lourd. Toute la campagne se mit à frémir ; partout des rumeurs rapides, une agitation invisible, des présences que trahissait soudain un craquement de branches. Des roulements de chars ébranlèrent peu à peu les routes silencieuses. Ce grondement de la campagne dans la nuit fouettait l'air, s'engouffrait dans les cours obscures et faisait trembler les portes closes ; il pénétrait avec une force de torrent dans le cœur des gens.

Devant une rangée de cahutes d'où émergeaient de grandes flammes, quelques colons regardaient et se taisaient : leurs faces rougeoyaient par éclairs devant l'éclat vacillant du feu. Leurs bras pendaient. Dans leurs poings, ils serraient des fusils de gros calibre. Ils se tenaient debout dans l'attente ; derrière eux, se dressaient un certain nombre de fellahs. L'immense brasier s'était emparé des misérables logis et les digérait. Ces hommes étaient tous fascinés.

Un groupe, à quelques pas du feu, ne se souciant pas de la présence des maîtres, paraissait écouter avec beaucoup d'attention l'homme qui parlait.

— On n'a qu'à y aller.

— Allons-y !

Les colons fixaient sur le groupe des regards ternes. Ils restaient figés comme des blocs de granit. Puis leurs regards vagabondèrent sur les flammes et se portèrent ensuite avec étonnement sur les fellahs. L'un d'eux leva sa main énorme, fit un signe aux paysans et laissa retomber son bras.

— Allez-vous-en chez vous.

C'était M. Villard, géant trapu, qui leur parlait.

Pour les paysans habitués à obéir, ces mots résonnèrent comme un ordre : quelques-uns reculèrent, mais ne s'éloignèrent pas en définitive.

Du cercle compact parvinrent quelques voix ; d'abord celle du fellah qui discutait depuis un moment d'une voix enrouée.

— Non, non...

Il ne s'adressait pas au colon, mais aux hommes qui l'entouraient et qui voulaient partir.

D'autres voix s'élevèrent :

— Non, non...

Il y eut encore des murmures.

Plusieurs voix retentirent ensemble, couvertes par la parole saccadée du fellah, qui en imposait aux autres par son autorité. On entendit de toutes parts :

— I-yah ! I-yah !

Ils se dispersèrent aussitôt dans toutes les directions. Ils chargèrent de la terre dans les pans de leurs gandouras, dans les mains, dans les sacs attachés autour de leur taille, et se précipitèrent à travers le feu, ils s'éloignèrent encore, revinrent vers les gourbis qui flambaient. Et ils recommencèrent la même manœuvre, sans trêve. Slimane courait en trébuchant. A côté de lui glissaient d'autres ombres dans une agitation continue et confuse. La clarté du feu grandissait démesurément ; à chaque élan des flammes, le cœur de Slimane sursautait. Frissonnant, il pensait : « Il faudrait arriver à en sauver le plus possible. Triste est la vie du fellah. » Et il courait comme un fou, ivre, perdant toute notion de ce qui se passait.

Les colons laissèrent faire, après un court moment d'hésitation. Les fellahs transportèrent le plus de terre qu'ils purent.

XXII

Slimane Meskine parla à l'homme qui se trouvait à ses côtés ; celui-ci ne répondit pas. Il lui saisit le bras et vit des larmes abondantes rouler sur ses joues, se perdre dans sa petite barbe décolorée. Slimane lui dit :

— Les policiers arrivent, Azouz...

L'homme n'avait d'yeux que pour les baraques calcinées qui formaient maintenant un petit tas gris de cendres et de charbon. Tout avait fini par se consumer. C'était un incendie propre, qui avait nettoyé l'emplacement. N'ayant pas dépassé les gourbis, isolé au milieu des champs, le feu laissa des carrés de terre brûlée.

Le petit jour éclairait cette scène et conférait à toutes les choses une tranquillité familière.

L'homme dit :

— Faut-il aussi supporter les policiers...

« Jamais, pensa Slimane Meskine, on n'aurait cru que des masures de fellahs auraient fait un si beau feu. »

Il revoyait les colonnes de fumée se déroulant et se tordant au-dessus du foyer, des colonnes interminables, surmontant des torches magnifiques. Les champs alentour luisaient sombrement. Renaissant toujours plus haut, les rideaux flamboyants vibraient puis se déchiraient comme un cri ; l'élan allègre du brasier nourrissait l'angoisse des hommes, — oui, Slimane avait vu cela, avait entendu des cris. Il n'avait pas rêvé.

Un incendie avait été allumé, et jamais plus il ne

s'éteindrait. Il continuerait à ramper à l'aveuglette, secret, souterrain ; ses flammes sanglantes n'auraient de cesse qu'elles n'aient jeté sur tout le pays leur sinistre éclat.

La contrée avait ce jour-là son visage des jours néfastes, un gris de deuil revêtait cette matinée. Les gens, ayant passé une nuit d'insomnie, paraissaient sombres. Ils avaient la tête vide et un goût amer dans la bouche. Comme après un corps à corps avec un cauchemar, les voici sans envie de parler ni de bouger.

Les policiers occupèrent la campagne assourdie. Ils fonçaient au milieu de vastes aires vides, de bourgades abandonnées. Devant eux, la suspicion, la crainte s'étendaient comme un brouillard. Ils allaient, rapides, d'un endroit à l'autre, avec une sorte d'empressement mécanique. Chacun de leurs pas enfonçait un coin aigu dans ce sol.

Le pays était calme. Slimane allait par les champs. Des paysans se rendaient vers des buts incertains. Ils s'arrêtaient à peine lorsqu'ils se croisaient ; quelques-uns se contentaient d'un branlement de tête. Pleins de lassitude, ils repartaient, infiniment patients. Les policiers s'approchaient, tournaient autour d'eux, et les examinaient.

« Les énergies du pays ne se sont pas encore réveillées », se dit Slimane. Les gens se trouvaient plongés dans un état somnambulique ; ils marchaient avec des expressions endormies. « Mais là-dessous, en profondeur, songeait Slimane, une volonté de révolte incommensurable, débordante, s'apprête à secouer le système tout entier et sa carcasse de plomb. Peut-être les éléments les plus actifs du pays ont-ils déjà amorcé la lutte. »

Slimane courut jusqu'à la route nationale ; il quitta le chemin poudreux de la ferme Villard et se rendit compte que rien n'avait changé.

Dans un sentier se tenaient de petits attroupements isolés de fellahs. Quelques vieillards levaient les bras au ciel avec de grands gestes.

— Pourquoi, Dieu tout-puissant ? commentaient-ils... S'ils avaient eu la résignation d'accepter les salaires qu'on leur allouait, tout cela ne serait pas arrivé... Où est-il, le bien qu'ils ont obtenu ?...

On vit Ba Dedouche s'avancer et aller de groupe en

groupe, disant qu'on ne devait pas discuter aujourd'hui de cette question de salaire.

— Ce qu'il faut, c'est trouver les coupables, s'épuisait-il à déclarer.

— Alors, qui sont les coupables d'après toi, petit père ?

— Il faut les chercher !

— En effet, il faut les chercher. Tout le monde sait ça.

— Je dis vrai !

— Mais qu'est-ce que tu en penses toi-même, petit père ? Sont-ils ou ne sont-ils pas parmi nous ?

— C'est à voir !

— Eh bien ! on le verra. Ne te donne pas tant de mal, tu finiras par te fatiguer et tu es trop vieux.

— Mon sentiment..., continua impitoyablement le vieillard, mon sentiment, c'est qu'ils ne sont peut-être pas parmi nous...

— Ah ! Et alors ?

— Alors, il faut les rechercher...

L'homme qui l'écoutait demeura bouche bée, ne sachant ou plutôt redoutant ce qu'il allait dire. Le vieux fellah qui l'observait attendait ; puis il eut comme une sorte de mouvement de pitié pour cet homme encore jeune, et ses yeux brillèrent d'un éclat insoutenable. Ce fut lui qui acheva de sa voix chevrotante qui butait sur les mots :

— Alors tu penses que s'ils ne sont pas parmi nous, on ne les connaîtra jamais... Tu as peut-être raison. Tu as même sûrement raison. On ne connaîtra jamais les coupables, lesquels ne sont et ne seront jamais inquiétés. C'est ainsi. Nous y sommes habitués, n'est-ce pas ? Nous y sommes habitués, diras-tu, et il n'y a rien à faire. Ce qui est important, mon fils, vois-tu, c'est que nous sachions, nous, qui sont les innocents !

Les yeux du vieillard s'étaient rétrécis à l'extrême pendant qu'il disait cela ; maintenant, il avait l'air d'un Asiatique, avec ses pommettes saillantes, d'où partait tout un champ de rides... On eût dit qu'il riait, mais il restait parfaitement silencieux. On eût cru qu'il se réjouissait hautement de tout ce qui arrivait, mais son visage conservait, ajustée sur ses traits, la même expression. Encore un moment, un long moment s'écoula : ce visage couturé ne changea pas d'un pli ; il conservait impassiblement son expression hilare. Il était d'une immobilité effrayante ; entre ses paupières à peine fendues luisait une lame froide.

L'autre le dévisageait beaucoup plus qu'il ne l'écoutait. Ce fut alors que le vieillard reprit :

— Nous savons où sont les innocents. Ils sont liés par la prison, les coups, et aussi... le sang. Notre sang se répand, et continuera certainement à se répandre ; ainsi, nous serons cimentés... En un temps comme le nôtre, c'est terrible d'être innocent.

Le vieillard s'interrompit encore pour fixer l'autre. Il arborait toujours sa redoutable expression réjouie. Son visage n'avait pas bougé ; Ba Dedouche avait toujours sa tête de paysan chinois.

— C'est terrible d'être innocent. Nous ne saurons échapper à notre sang. Aucun de nous n'y échappera. Tout le pays sera pris par son appel. Parce que nous sommes les innocents. C'est juste, ce qui nous arrive aujourd'hui.

Avec un tressaillement de tout le corps, il redit encore ces dernières paroles. Puis, baissant brusquement le ton, d'une voix neutre, un peu oppressée, il murmura à l'homme :

— Par le sang qui est entre nous, restons unis. C'est ce qu'il faudrait dire à tout le monde. La police va arriver d'un moment à l'autre.

Le vieillard s'éloigna sans attendre de réponse, d'approbation ou de question de la part du fellah, parlant tout seul à mots chuchotés et incompréhensibles semés d'exclamations, adoptant une démarche bizarrement sautillante et brandissant son bâton d'un geste saccadé.

Ba Dedouche alla ainsi de groupe en groupe, de son petit pas, sans se presser outre mesure, sans se décourager, comme s'il avait l'éternité devant lui. Il s'adressait à chaque cercle de fellahs. Il avait l'air de prendre chacun à partie pour une offense sanglante qui lui aurait été faite.

— Ce qu'il faut, disait-il partout, avec une véhémence tyrannique, ce qu'il faut, c'est chercher les coupables.

La plupart des fellahs l'écoutaient sans élever une remarque. C'était étrange de voir l'obstination du vieillard. Il les abordait l'un après l'autre et, inflexible, insistait pour qu'on lui prêtât attention. Il faisait cela sans paraître de l'avis de personne. Tous ceux qui l'entendaient se détournaient, le visage fermé ; ils s'éloignaient, un à un, solitaires, comme s'ils emportaient un secret. Et lui, le vieillard, il poursuivait sans lassitude sa tâche avec une démarche de sauterelle ; de l'un à l'autre, puis encore de l'un à l'autre : une volonté plus forte que lui actionnait ses jambes extraordinairement maigres qui dépassaient d'une culotte étroite de campagnard. De temps en temps, il faisait une pause pour reprendre souffle ; il dodelinait de la tête. Puis il se remettait en chemin, infatigable, ressassant à tous les mêmes paroles.

Pendant ce temps des autos basses sur roues, noires, traînant un ventre de furet, s'étaient mises à sillonner la campagne.

On distinguait les visages derrière les glaces. C'était la Sûreté.

Slimane Meskine les observa ; il connaissait ces visages. Chaque voiture stoppa enfin à un point différent du pays. Les policiers en sautaient rapidement ; ils se concertaient, regardaient autour d'eux. Ceux-là étaient déjà venus durant la grève ; et ils avaient tous le même air, des traits sans différence.

A pas pressés, ils se dirigèrent d'abord vers la ferme Villard ; les fellahs qui se trouvaient sur leur passage ne leur jetèrent pas un regard. Les policiers les dépassèrent, se retournèrent, mais continuèrent leur chemin sans s'arrêter. « Pourvu que nous tenions le coup », pensait Slimane.

Les gens de Bni Boublen vivaient dans une attente fiévreuse ; ils gardaient néanmoins leur sang-froid. Ils avaient montré clairement en cette grève qu'ils étaient capables de se dominer, d'agir sciemment. Cela, justement, avait pris les colons au dépourvu, qui pensaient que l'affolement et le désordre en un instant feraient perdre la tête aux paysans. Ce fut donc une surprise presque aussi grande que la grève même.

Celle-ci continuait à être soutenue sans défaillance, bien qu'il y ait eu quelques hommes à reprendre le chemin des champs : des gens attachés à une ferme depuis leur naissance. Ces domestiques furent appuyés par des Marocains qui passaient clandestinement la frontière, et que les colons ne se faisaient pas faute d'embaucher, avec des salaires encore moindres, malgré les lois, pour les opposer aux ouvriers du pays. Rien n'y fit pourtant. Les fellahs déployaient une résistance têtue, fuyant les offres individuelles et insidieuses, les marchés à part, les transactions, les tapes dans le dos et les paroles sucrées.

— Moi, je suis un ami des Arabes ! leur déclarait-on alors qu'ils ne demandaient rien. Allez ! viens travailler, Ahmed. Je te connais bien et toi tu me connais. Viens ! Il faut bien que tu manges, que ta femme et tes enfants mangent, moi, je ne suis pas comme...

Et celui-là nommait un autre colon.

— Je paie bien ; je suis un ami des...

Les cultures commençaient à pourrir sur pied ; mais souplement les fellahs pris à part s'esquivaient, éludaient les questions et les offres ; ils ne voulaient rien envenimer.

Et voilà que des policiers occupaient la campagne...

Le colon qui avait dit : « Il faut que tu manges, que ta femme et tes enfants mangent », n'avait plus besoin d'insister. Le fellah à qui il avait dit cela était en prison.

XXIII

— Comment c'est arrivé ? Comment ? Vous demandez comment ? Le sort l'a voulu, disait Azouz.

Sa voix semblait résignée. Il ne faisait plus attention à ceux qui l'entouraient. Il paraissait réfléchir.

Et chacun contemplait ces mains qui reposaient, ouvertes et retournées, sur ses genoux. Il restait assis sur le sol et les jambes croisées en ciseaux.

Maintenant les fellahs se trouvaient en face de faits nouveaux qui accouraient de tous les points de l'horizon et se dressaient entre les quatre murs de terre de ce gourbi. Des événements, mais étaient-ce des événements, ces pressentiments sans forme, et, pour ainsi dire, sans visage, cette incertitude où ne vibrait aucune signification claire ? Des appels ? Mais venus d'où ? Des avertissements ? Mais qui les lançait ?

Aucune sensation qui pénétrât aussi profondément tous les cœurs que celle de ce destin soudain présent. Le monde où ils étaient enracinés, dont ils étaient une parcelle vive, allait définitivement mourir pour renaître différent. A cette heure trouble où tout s'écroulait, où la voie à laquelle ils avaient été habitués, bouchée d'un seul coup, devenait impraticable, celle de l'avenir s'ouvrait.

Cette sensation naissait à l'heure paradoxale où s'opérait un effondrement, où apparaissait la catastrophe.

— C'est arrivé, Dieu seul sait comment, dit le fellah. Aucun être humain ne saurait le dire. Mais nous savions que cela devait arriver.

Les autres comprenaient qu'il ne restait qu'une chose à faire : tenir bon. Azouz avait perdu sa femme dans l'incendie. Il fallait tenir à tout prix, envers et contre tout.

Azouz sursauta. Il parut soudain se ressouvenir de quelque chose. Il dit :

— Frères, je demande votre pardon. Pourquoi est-ce que je reste ici à parler ?... Ou à me taire ? J'ai été accueilli dans cette maison : béni soit mon hôte. Mais je n'ai plus rien à faire ici. Cette maison n'est pas la mienne. Il faut que je parte. Dieu doit voir toutes ces choses, mais en des moments comme celui-ci son silence est effrayant.

Il fit effort pour se lever. Il y eut des protestations.

— Reste, Azouz, reste !

— Tu ne t'es pas reposé. Repose-toi un peu.

— Reste, dit un autre.

Ournidi, le propriétaire du gourbi, assura :

— Tu es chez toi, en ce lieu.

Slimane Meskine qui était roulé sur lui-même à l'entrée de la cabane se rapprocha d'Azouz sans prendre la peine de se lever, en se traînant seulement sur les mains.

— Écoute :

Les montagnes patientent encore,
Les rivières patientent
Et nous passerons le soir ;
La mariée future tisse la tunique
— De quelle navette

Tisses-tu le linge
Dans lequel nous irons à loisir
De la jeunesse à l'âge mûr?

Slimane subitement interrogea l'homme d'un regard où se lisait une ardente prière. Azouz s'enveloppait de silence. Il ne devait rien refuser ni surtout refuser l'amitié des hommes. Aussi Slimane, joignant les deux mains devant son visage, reprit-il son acte d'espérance dans un débit rapide et uni :

Servante aux mains et aux pieds tavelés
Qui étends des toiles fraîches
Pour nous tailler des chemises,
Des chemises à effacer les souffrances
Qui nous feront moins mal à porter,
Je m'incline devant tes mains et tes pieds;

Je place en ta garde
L'homme et le mouton,
La joie et la patience.

Impérieux, Slimane exigeait à présent une réponse. Les fellahs qui inclinaient la tête attendaient aussi. Un regard perdu, insaisissable, flottait dans la prunelle d'Azouz. A la longue, il soupira et dit :

— Dieu ne nous permet pas, à nous musulmans, de tomber dans le désespoir.

L'offrande et le cœur,
Toutes les mains habiles,
Tout ce qui a été fait
Par vous, bon ouvrier,
Bon paysan, bonne fileuse,
Bonne mère de famille.

Et Slimane reprit :

Je place en ta garde
Les temps de bonté
Je chante pour dire
Grands jours d'apaisement
Que vous reviendrez; —

Nous dresserons notre table
Sur la place publique :
Je m'incline devant toi,
Les montagnes patientent,
Les rivières patientent.

XXIV

Au milieu de la journée, des policiers rentrant en ville traversèrent toute la région : venus ce matin, ils reconduisaient plusieurs fellahs. Une foule se forma sur leur passage. Quelques vieilles paysannes se postèrent à l'entrée des gourbis ; beaucoup de jeunes filles et de femmes les guettaient. Elles commentaient toutes ces calamités, quand tout d'un coup elles se tinrent coites. Le cortège approchait. On se poussa sur le chemin par où il devait passer. On voulait voir qui avait été pris. Parmi elles, quelques-unes se portaient plus en avant et se mêlaient tout bonnement aux hommes. La foule augmenta à vue d'œil : les chemins furent bientôt remplis de fellahs qui, après maintes allées et venues, s'alignèrent au bord de la route. Des hurlements inhumains, des hurlements de mort retentirent au loin.

Puis, comme par enchantement, les cris cessèrent. Un long moment s'écoula ; les lamentations ne reprirent plus. La pression étouffante qui, depuis une semaine déjà, pesait sur la campagne, perdit brusquement de sa lourdeur : cela se produisit d'une manière imprévue, juste à ce moment-là ; tous ceux qui étaient présents dans les champs le sentirent.

Les prisonniers arrivèrent enfin en vue. On ne les avait guère entendus venir. Dans la foule se fit un bref remous : quelques exclamations s'élevèrent. Une femme commença à pleurer ; elle sanglota doucement, les mains crispées sur son visage.

Les bras écartés, les forces de l'ordre avancèrent contre la foule qui recula.

— Les voilà, les voilà !

Ils furent soudain là, les fellahs. Une ligne de policiers les encadrait.

— Mais pourquoi ne prendre qu'eux? murmura une voix rauque, haletante. Mais pourquoi n'a-t-on pas arrêté tout le monde?...

Et un calme de mort s'établit. Quelqu'un cria :

— Hourrah!

L'acclamation venait du tout dernier rang.

Policiers et prisonniers marchaient très vite, en rangs serrés. Semblables à des fantômes, surgissaient sans cesse des silhouettes grises. Un des hommes de la police marchait à côté du groupe, les mains dans les poches de son paletot, et donnait des ordres. Les fellahs allaient dans leurs djellabas couvertes de boue, les yeux abrités par le capuchon. Ils regardaient droit devant eux comme s'ils étaient hypnotisés par un but terrifiant. Du fond de leurs orbites sombres et profondément creusées, ils paraissaient encore épier une terre incendiée. Devant eux, l'espace était libre.

Une seule fois, lorsqu'un homme s'avança et, presque implorant, voulut leur parler malgré l'interdiction signifiée par la maréchaussée, l'un d'eux esquissa un vague geste de la main et dit tout bas, dans un souffle :

— Laisse! Éloigne-toi.

Ils marchaient. Un, deux, trois... Un espace. Un grand espace. Les autres suivaient-ils? Étaient-ils là, tous?

Mon Dieu, quel air avaient ces hommes; qui est-ce qui marchait là? Ces visages osseux, immobiles sous la capuche, ces djellabas en loques et poussiéreuses, ah! était-ce possible? Ils avançaient; autour d'eux se creusait une zone interdite.

La foule fut rejetée encore par l'élan furieux des policiers; mais, mouvante, elle reflua de nouveau en avant. D'un pas martelé, rapide, formant un bloc serré, les prisonniers fonçaient comme des aveugles sur la route.

Les campagnards restaient là, frémissants et embarrassés. Un homme de l'autorité balançait négligemment une mitraillette au bout de son bras. Bouleversé, quelqu'un balbutia : « Bouya! Bouya! » Sa gorge semblait rouillée. Et les gendarmes, qui étaient venus aussi, défilaient devant eux, carraient les épaules, le képi ajusté sur le front, massifs.

Quittant les bordures du chemin, les paysans se massèrent d'un mouvement insensible au milieu du passage. Une poussée impérieuse les portait en avant dans un flux de marée. Ils semblaient vouloir étreindre le cortège, le prendre dans un embrassement étouffant.

— Arrière ! s'écrièrent les hommes de la police.

Les fellahs les observaient sans bouger, ignorant la menace.

— Que voulez-vous ? demandèrent les autres. Ce qui se passe là ne vous regarde pas.

Les fellahs ne dirent ni oui ni non ; ils se contentaient d'examiner les policiers.

Alors ceux-ci et leurs prisonniers commencèrent à progresser lentement.

— Arrière ! Allons, arrière ! Vous avez compris ?

Les fellahs ne bronchèrent pas davantage ; ils fixaient les policiers avec des yeux de pierre

— Dites ce que vous voulez !

Mais les fellahs ne répondirent pas.

Et les policiers montrèrent leurs armes.

— Si vous vous approchez trop... vous vous en repentirez, prévint celui qui paraissait être leur chef.

Puis se tournant vers ses hommes, il leur ordonna :

— Dégagez-les !

Une meute de policiers fonça sur les fellahs qui furent repoussés brutalement

— Attention ! dit encore le chef. Nous tenons là des criminels. Vous voulez sans doute les aider ? Ça pourra vous coûter cher.

Dans un mouvement désordonné, les gendarmes chargèrent également les paysans ; ils en avaient fait tomber plusieurs et dispersé quelques autres. Mais, déjà, le rassemblement des fellahs se reformait. De nouvelles personnes arrivaient, attirées par cette animation.

Un des hommes de l'autorité se mit à hurler aux gens qui affluaient de plus en plus vers le cortège :

— Arrière, on vous dit !

Le nombre des fellahs, qui surgissaient des champs,

grossissait à vue d'œil. Ils regardaient et ne bougeaient plus. Ils ne protestaient même pas, ils ne faisaient rien ; seulement, ils restaient plantés là. Rien, aucune force ne semblait pouvoir les faire partir.

Le silence devenait d'un poids de plus en plus angoissant, de plus en plus lourd. Peu de monde dans les champs et, cependant, la foule augmentait on ne savait comment. Un groupe entourait les policiers de près, de très près. Les mouvements des paysans étaient étrangement entêtés. Des hommes jeunes encore, pour la plupart, ces fellahs : les uns bien bâtis, visages pâles et nettement découpés ; les autres, apparemment plus endurcis, semblaient avoir essuyé tous les vents, tous les soleils.

De ce côté, on observait toujours. Cent figures qui trahissaient un vague frémissement. Tous regardaient attentivement.

Puis, dans l'assistance, s'éleva bientôt un bourdonnement grave, aussitôt coupé net.

Silence ; les agents surveillaient les fellahs.

Une femme déboucha d'un chemin, rejoignit la foule. C'était un petit être ratatiné aux dents proéminentes. Elle se fraya un chemin dans l'épaisseur des corps et lança aux policiers un regard égaré.

Comme sous l'impulsion d'un choc électrique, elle hurla :

— Je le reconnais ! Je le reconnais !

Elle montra un agent.

— Il est toujours là quand il s'agit d'emmener nos gens. Je le reconnais ! C'est toujours lui !

L'un après l'autre, les prisonniers passèrent.

XXV

— Comandar, pourquoi ont-ils arrêté ces hommes ?

— Parce que, cher enfant, nous sommes coupables à leurs yeux.

— Mais pas toujours… Qu'ils punissent les coupables, et non ceux qui ne le sont pas.

— Mais, fils, nous sommes tous coupables, tous autant

que nous sommes. Alors ils punissent les uns avec les balles, les autres avec les coups ou la prison ; les uns avec les mots, les autres avec la faim. Ils tuent à chaque geste qu'ils font. Ils chassent les nôtres de la lumière, de la terre qu'ils cultivent ; et nous ne nous en apercevons pas. Quand ils nous jettent à la face un de nos morts, alors là seulement nous comprenons. Nous avons pitié de cet homme qu'ils ont tué, nous avons honte devant lui. Mais nous aussi, on nous chasse peu à peu vers la tombe... Nous sommes prêts à y descendre, sans proférer une parole, sans lever le petit doigt.

— C'est affreux !

— Mais non. Aujourd'hui, c'est affreux. Demain, ce sera différent. Regarde les grands cultivateurs qui sont des nôtres, les commerçants de la ville qui sont aussi des nôtres, ils ne disent rien. Qu'un homme tombe dans cette lutte... et tous ceux-là se taisent pendant un moment. Ils sont pris de gêne et poussent des soupirs. De nouveau, bien sûr, chacun ira son chemin. La ronde recommencera. Car chacun n'a qu'un chemin à prendre. C'est un peu étroit, j'en conviens.

— Comment faut-il faire pour vivre autrement ? Le sais-tu ?

— Il faut détruire les abus, les enterrer... S'ils n'existaient pas, il n'y aurait pas plus de raison d'avoir honte devant les vivants que devant... ces morts.

— C'est tout ?

— Cela suffit, pour commencer.

— Mais nous sommes le plus grand nombre, dit Omar.

— Il va de soi que nous sommes le plus grand nombre. En font partie les maigres et les gros, les petits et les grands, les timides et les hardis... Notre nombre est si grand ! Mais il faut une grande patience à nos hommes de cœur qui se préparent à franchir ce premier pas.

La parole brûlante et douce de Comandar entrait dans le cœur du garçon comme un long clou.

— Mais si personne ne se déclare prêt à mourir, dit Omar, c'est tout le monde qui écopera.

— Je n'ai rien dit, répliqua le vieil homme. Il faut que nous soyons liés les uns aux autres comme par une chaîne.

— Je pense, moi, que ce sont de sales bêtes tout de même...

— Aussi faut-il détruire le méchant.

— Eh bien, est-ce tout ?

— C'est tout, bonhomme.

XXVI

Lorsqu'elle entra dans la pièce commune, Mama trouva son mari occupé à découdre les morceaux usés d'un bât. Il était assis face à la porte sous la demi-voussure bosselée de saillies grosses comme des têtes d'hommes. Là-dedans, quelques trous profonds formaient des niches où l'on casait de la vaisselle, des boîtes d'épices et d'autres ustensiles. Une humidité insidieuse se dégageait des parois. Il fut impossible à Mama de regarder son mari en face. Kara releva la tête de dessus son ouvrage et la fixa. La femme s'absorba dans ses occupations. Elle prit un plat de terre dans lequel elle voulait cuire la galette qu'elle avait préparée. Kara baissa les yeux, sans plus se soucier d'elle, et reprit posément son travail. Sans bruit, Mama sortit de la grotte.

Trois jours s'étaient passés depuis la nuit où les cahutes des ouvriers de M. Villard avaient pris feu. Ç'avait été un cauchemar. Ici, on ne savait pas ce qui s'était produit au juste. L'anxiété de Mama devenait d'autant plus tenaillante que Kara était sorti au plus fort de la nuit ; et la femme, restée seule, s'était sentie environnée par le danger.

Quand Kara fut revenu, au petit jour, Mama, les paupières desséchées et meurtries, lui avait demandé :

— Alors ?

— Des ouvriers qui ne voulaient pas travailler. Ils ont mis le feu à la ferme Villard. Il faut s'attendre à tout de leur part. Je l'ai toujours dit. Il faut s'attendre encore à pire.

Mama avait été suffoquée.

C'est ce que lui avait dit son mari ce jour-là. Et le lendemain, pas plus tard que le lendemain, elle apprenait par les voisins que rien n'était vrai dans ses paroles.

Les fellahs n'avaient pas allumé ce feu. Quand quelque

chose se produisait par ici, personne n'avait honte de reconnaître ce qui était. On ne déclarait, bien sûr, jamais la vérité aux autorités. Aucun habitant n'aurait consenti à servir même de témoin dans une affaire ; chaque fois que les agents du gouvernement se présentaient pour avoir des renseignements sur les gens, on disait tout ignorer : les agents du gouvernement rencontraient toujours devant eux des visages muets. Mais jamais la méfiance ne s'était établie entre les paysans eux-mêmes, on préférait même vider son sac, et c'était mieux ainsi. Le pays tout entier pouvait être au courant d'une nouvelle sans que rien en transpirât et parvînt aux oreilles de la police.

Alors, pourquoi Kara avait-il dit ?...

Mama ne se l'expliquait pas. Il continuait pourtant à charger les fellahs. On dit : accusation portée à tort... brûle nos frères ; mais celui qui la lance porte une poutre de feu sur l'épaule.

Mama commença à le considérer avec répugnance.

XXVII

Peu à peu, les habitants de Dar Sbitar s'accoutumèrent à l'état de guerre ; le temps avait fui, et rien ne vint de ce qu'ils redoutaient. Des hommes qui leur étaient proches partaient pour se battre quelque part en pays lointain, et y laissaient leur vie parfois. Mais ils ne savaient que penser au juste de la menace mystérieuse qui s'amoncelait sur eux.

Rien ne se produisait ; l'existence reprenait son cours. Les mois passaient sans rien apporter de vraiment inquiétant.

Les choses se tassaient. Tous les jours des hommes partaient ; on s'en apercevait bien : leur départ créait un remous pendant quelque temps ; puis ils disparaissaient, absorbés par l'inconnu. Des mois s'écoulèrent encore. La même vie continuait, c'était la *drôle de guerre.* Mais quelque chose que l'on sentait venir de loin, et qui allait peut-être loin, une lame de fond qui se transformerait peut-être en une vague géante s'approchait insensiblement. Pour l'instant on était tout au spectacle comique et lamentable de ces hommes mobilisés. Ils étaient déguisés moitié soldats, moitié vagabonds ; ils portaient des savates aux pieds et des uniformes d'été en plein hiver. Ils couchaient sur de la paille au Nouveau Stade et dans les fondouks ; nombre d'entre eux durent entrer à l'hôpital avec une fluxion de poitrine. Ils menèrent la vie la plus absurde qui fût, ne comprenant jamais rien à ce qu'on leur faisait faire.

Omar passait ses journées à errer à travers la ville. Journées creuses et bien remplies à la fois. Longues journées en tout cas, éclatantes et chaudes, avec, toujours au centre, le vieux problème du pain. Ce qu'il pensait, ou plutôt ce qui l'agitait confusément, pourrait se formuler ainsi : « J'ai faim, toujours faim, je n'ai pas mangé à ma faim. » Question qu'il se posait sans trêve : « Aurai-je à manger tout à l'heure, et demain ? » Sans pouvoir y répondre bien sûr. On se représentera avec peine le sentiment que provoquait en lui cette incertitude indéfiniment renouvelée, apparemment vouée à demeurer entière. Quel miracle pouvait le libérer ?

Le soleil cuisait la ville jusqu'à ce qu'elle grillât comme une tôle. Il arrivait souvent que l'enfant tombât sur des groupes de paysannes se lamentant à grands cris. Elles s'asseyaient en rond aux abords du Stade, pendant qu'à l'intérieur leurs hommes, fils ou maris, passaient en conseil de révision. Morne spectacle, devenu ordinaire en ces temps de guerre.

Malgré tout, les grandes vacances tiraient à leur fin. Omar prévint sa mère ; à la prochaine rentrée scolaire, il lui fallait des vêtements propres, des livres... Une pareille requête était toujours le prélude d'une dispute entre lui et Aïni.

— Nous en avons assez, s'écriait-elle, de cette école ! Ha haï ! Espères-tu devenir ministre ?

Le monde en était là quand survint la période la plus fabuleuse de l'année. Le dur et sombre hiver de Tlemcen, brûlant comme un glaçon, n'allait se déclarer qu'en fin janvier ou même un peu plus tard. En attendant, un embrasement furieux entreprenait sa marche, en triomphe, d'arbre en arbre ; et chaque arbre était une torche vibrante. Les vieilles pierres de la cité, elles-mêmes, se vêtirent de clartés rouges. Puis, se résorbant dans sa propre ardeur, le feu tomba. Tout s'épura dans cette incandescence et, dès lors, chaque trait du pays se dessina à travers la netteté lumineuse d'une atmosphère de douceur, dans une couleur enfin reposée.

XXVIII

Aïni était aidée par de bonnes gens qui, souvent, taisaient leur nom. Il y avait si longtemps que son mari était mort... A présent, ces gestes de générosité, elle les accueillait sans amertume, avec, plutôt, de la reconnaissance. Cela la tirait d'affaire un jour, ou deux...

Mais il fallait vivre tous les jours, et tous les jours manger. Et c'est une affaire, ma petite mère ! Aïni trimait ; mais les circonstances lui avaient appris ce que valait son travail.

Aussi, l'argent qu'elle touchait en fin de semaine, le montrait-elle à ses enfants. Elle voulait qu'ils voient le salaire de sa peine. C'était peu ? Ils savaient maintenant ce que valaient la force de leur mère, sa santé, sa vie...

— Vous pensez que c'est peu ? Quand on a détruit son existence à force de travail, voilà ce qu'on gagne... Tout juste ça, et rien de plus, ajoutait-elle.

Les enfants contemplaient l'argent, puis leur mère. Ils ne pipaient mot.

— Vous pensez, reprenait Aïni, qu'une pareille somme ne pourrait servir à rien ? Que si on achetait du pain, on ne pourrait pas avoir de légumes, et si on achetait des légumes, on ne pourrait pas avoir de café ? Elle est comme ça, notre existence. Maintenant, vous l'avez bien vue ?

Eux, qui avaient exigé à grands cris qu'elle leur montrât ces *dirhems*[1], ils ne voulaient plus les regarder. Ils baissaient les yeux. Avec quelle joie, quels hourrahs, ils avaient accueilli leur mère. Comme ils lui avaient fait fête, comme cela les réconfortait de la voir. Et maintenant, ils étaient las et se détournaient, ne sachant plus que faire.

1. *Dirhems :* pièces de monnaie.

Aïni, comme à l'accoutumée, avait serré cette monnaie dans un nœud de son vaste mouchoir de coton.

Quelques jours après, il n'en restait rien, ou peu de chose. Autant dire rien. Ils étaient arrivés au bout du rouleau, il n'était plus possible de se procurer un réal ! Il n'y avait plus de travail en ville. Il n'y en avait plus ! Ce n'était pas la peine de se creuser la tête. L'Espagnol ne fournissait plus d'espadrilles à piquer, les tisserands ne demandaient plus qu'on leur filât de la laine... C'était simple : du travail, il n'y en avait plus.

La voilà, la raison. Il fallait qu'elle entrât dans le crâne des enfants.

Aïni décida d'entreprendre alors un de ses fameux *voyages*. Elle tâterait encore de la contrebande ? Elle ne pouvait faire autrement. Elle avait déjà usé de tous les moyens et se trouvait au pied du mur.

— Réfléchissez-y un peu, vous autres. Il faut manger, n'est-ce pas ? Par conséquent il ne reste plus que cet espoir-là : aller au Maroc. En rapporter des tissus. Les revendre ici. Rappelez-vous que ça n'est pas facile. Je n'y vais pas pour mon plaisir. Le voyage est long pour commencer ; ça coûte de l'argent ! Il me faut rester quelques jours à Oujda ; pour ça, je suis tranquille. Nous avons des cousins là-bas. Je descends directement chez eux. Les pauvres ! Ils ont toujours été bons pour moi. Chaque fois, ils m'ont reçue sur la pupille de leurs yeux. Ils ont de quoi, ils possèdent plusieurs magasins, un commerce toujours prospère. Mais ils me reçoivent bien. Qu'ils acquièrent biens sur biens ! Je n'aurai donc rien à dépenser. Il leur est arrivé même de me payer le voyage du retour. Mais, vous ne vous figurez pas ce que c'est que la douane. On dit que le *sirath*[1] est plus effilé qu'une épée et plus fin qu'un cheveu. Mes petits, il en est de même à la douane. Alors priez pour votre mère. Mais Dieu voit notre situation, il sait qui vous êtes : des orphelins ! et que votre pauvre mère fait ce qu'elle peut. Je réussirai à passer avec son aide. Ce n'est pas autre chose qui me fait agir que le désespoir. Les anges m'en tiendront

1. *Sirath :* trajet-épreuve que doivent suivre les humains après la Résurrection.

compte, j'espère, dans le grand livre des bonnes actions. Vous, les gosses, je vous laisserai de l'argent, ce qu'il faut, bien sûr, avant mon départ.

Aouicha, qui connaissait ces discours, l'écoutait avec résignation.

— Combien vas-tu me donner ? s'inquiéta-t-elle soudain.

Elle, l'aînée, avait la charge de la famille en l'absence d'Aïni.

— Sais-tu au moins combien il faudra me laisser ?

Elle posa son regard sur la mère, guettant la réponse.

— Combien ? fit Aïni. Des millions ?

— Je n'ai pas dit ça ! Mais il faut bien nous laisser de quoi manger pendant que tu seras partie.

— Tiens ! voici tout ce que j'ai !

Aïni dénoua son mouchoir et remit à la fille un peu de monnaie.

La jeune fille s'assit par terre, fit le compte dans le creux de la main et leva les yeux vers Aïni.

— Ça, rien que pour le pain. Encore je ne sais pas si ça suffira. Et pour le reste ?

— C'est tout ce qu'il y a, répondit Aïni.

— Quoi ! Parce que tu t'en vas, nous ne devons brouter que du pain ?

Louchant de son côté, sans rien dire, sa mère la foudroya du regard.

— Et encore, ça ne suffira jamais ! se lamenta Aouicha.

— C'est tout ce qu'il y a, dit Aïni.

— Mais tu vas rester au moins trois ou quatre jours à Oujda.

La mère repartit :

— C'est tout ce qu'il y a ; pas davantage.

— Comment est-ce possible ? observa la jeune fille dans une plainte.

C'était ainsi chaque fois qu'Aïni s'apprêtait à partir.

Aouicha, qui serrait l'argent dans la main, examina le visage de sa mère, et battit en retraite. Cela pouvait finir par des coups.

— Ah, ah ! Quel crève-cœur, cette existence ! proféra la jeune fille.

Aouicha était devenue la grande jeune fille, étroite et anguleuse, que tout le monde connaissait, à Dar Sbitar, comme dans les autres maisons du quartier. Une tunique pendue à la pointe de ses épaules, portée sur la peau, la recouvrait entièrement. Elle avait un masque fripé et gris, des traits ravagés qui avaient perdu la saine fraîcheur de la jeunesse. Mais on ne savait quel autre charme, triste et inquiétant, remplaçait celui de la santé. Cette expression venait sans doute de son jeune âge et de sa précoce flétrissure réunis. Pauvre visage qui devait répondre à tant de questions angoissantes ! Aouicha n'avait que ce visage ; elle n'en avait pas de rechange. Elle présentait toujours le même, avec les petits plis pitoyables qu'y formait le sourire.

Ils dépendaient maintenant tous, y compris Grand-Mère, du peu qu'Aïni allait gagner à faire de la contrebande. Ce qui étonnait Omar, c'est que sa mère ne fût pas encore tombée entre les mains de la police, des douaniers et des gendarmes qui gardaient la frontière. Pour cette unique raison, il était tout prêt à l'admirer.

Il n'avait pas fallu beaucoup de temps à Aïni pour préparer le petit couffin qui l'accompagnait dans ses voyages. Elle fit ses adieux à toutes les femmes — elle ne cachait plus ses départs désormais — et les quitta.

Il y avait déjà plus de deux heures qu'elle était partie : on ne doutait pas qu'elle fût parvenue à destination.

— Bouh ! Aïni... piailla tout à coup une voisine.

Et toutes les autres de voir Aïni reparaître, qu'elles croyaient arrivée ou presque à Oujda, poussèrent des cris, des exclamations. Les questions fusèrent de toutes parts.

— Aïni, que t'arrive-t-il ?...

Ses enfants accoururent avec des hurlements.

— Ma ! Ma ! Oumima ! répétèrent-ils.

Quelques-unes parmi les locataires furent prises d'un fol accès de gaieté et, riant aux larmes, elles lancèrent à Aïni :

— Bonjour Aïni. Il y a vraiment longtemps qu'on ne t'a vue. Alors comment ça va ?

Elles lui débitèrent toutes les formules en usage pour accueillir une amie après une longue absence.

— Et comment vont les gens d'Oujda ? se moquèrent-elles.

— Ce qu'on appelle la fin des temps, nous y sommes arrivés maintenant, mes petites sœurs, put enfin articuler Aïni.

— Ha haï ! s'effrayèrent plusieurs femmes.

— Je le jure sur ce que j'ai de plus cher.

Aïni posa sa main sur la tête d'Omar, sans faire attention à lui.

— C'est bien la fin des temps, mes petites sœurs, assura-t-elle. Si on le dit, cela est vrai.

— Bouh ! Ma ! Dis-nous ce qui est arrivé, implora Aouicha. Ne nous laisse pas comme ça ! Tu ne vois pas ? Toute la maison veut savoir ce qui s'est passé.

— Fille, laisse-moi souffler un peu, pria Aïni.

Quand elle se décida à parler, les femmes, prêtes depuis un instant à l'écouter, n'émirent plus un son. Ce qu'elles entendirent ce jour-là dépassa tout ce qu'elles pouvaient imaginer.

— Le monde n'est plus le monde, commença par dire Aïni. Mes petites sœurs, il se passe des choses peu ordinaires chez nous. Savez-vous ce qu'on m'a dit à la gare ? Je m'approche ; l'homme des billets me dit : « Ma petite mère, on ne peut plus voyager sans autorisation spéciale. » Mais je lui réponds : « Je suis toujours allée à Oujda sans avoir eu besoin d'autorisation. » Il me dit alors : « Ça a changé, ma petite mère ! — Et pourquoi ça a changé, peut-on savoir ? Faut croire que le monde aussi a changé. — Eh oui, ma petite mère, le monde a changé, il me dit. Je comprends qu'il a changé ! C'est depuis qu'il y a la guerre. — Alors comme ça, je lui dis, ça change juste au moment où je veux aller à Oujda ! — Ce n'est pas spécialement pour toi qu'on a fait ça, il me dit. — Alors si ce n'est pas spécialement pour moi, je lui dis, c'est pourquoi ? — Pourquoi ? il me dit. Mais c'est à cause de la guerre ! — J'ai de la famille à Oujda, je lui dis, je voudrais seulement aller voir les miens. Je t'assure que ce n'est pas pour autre chose. — Il te faut un sauf-conduit, il me dit, sinon je ne pourrai pas te donner de billet. » Un sauf-conduit. Un sauf-conduit. C'est bien ce qu'il a dit, l'homme des billets. « Pauvre de moi ! je lui dis. Alors je ne peux pas avoir mon billet ? Ça sera la dernière fois. Et je ne remettrai plus les pieds dans le train. Laisse-moi partir cette fois encore. Tu vois, j'ai tout préparé, voici mon panier, et j'ai dit au revoir à tout le monde à la maison. Il ne faudrait pas que je retourne maintenant sur mes pas. » Mais l'homme des billets me répond : « C'est un sauf-conduit qu'il te faut, ma petite mère. Moi, je voudrais bien, je te donnerais volontiers un billet. Mais tu seras arrêtée en cours de route. Alors, tu vois ! — Et pourquoi, je lui dis, parce que c'est la guerre, on ne peut plus aller à Oujda ? — C'est comme ça, ma petite mère. Nous avons reçu des ordres de la Haute Autorité : plus personne ne pourra voyager sans sauf-conduit. On demande un sauf-conduit à tous les voyageurs. » Puissent-ils crever avec leurs instructions sur le ventre, je me suis dit en moi-même, et leur guerre par-dessus. Alors les gens derrière moi, qui voulaient partir, eux aussi, ont commencé à crier : « Il nous faut, nous aussi, un sauf-conduit ? » L'homme des billets dit : « Un sauf-conduit pour tout le monde, pour tous ceux qui veulent voyager. — Ah ! Oh ! Eh ! » firent toutes les personnes qui étaient derrière moi. Alors je dis à l'homme des billets : « Tu vois ! » Et l'homme des billets me répond : « Tu vois ! Ils veulent tous prendre le train et ils n'ont pas de sauf-conduit. Alors ils ne pourront pas prendre le train. » Et beaucoup s'en retournèrent chez eux. Mais moi j'ai attendu dans un coin de la gare. Une fois tout le monde parti, je suis retournée voir l'homme des billets. « Alors, je lui dis, maintenant qu'il n'y a personne d'autre, ne pourrais-tu pas me donner mon billet, petit père ? » Et j'accompagne ma demande de force prières. « Que Dieu t'accorde toutes sortes de biens ! Qu'il te conduise sur le tombeau du Prophète ! Que ton âme aille au Paradis, après ta mort ! » Et je lui dis : « Tu ne m'as pas reconnue peut-être. Ta mère, Lalla Khadidja, c'est la fille de la sœur de ma tante Zaza, qui est proche parente aussi de ton père par sa grand-mère. Nous sommes parents : tu vois ! — C'est peut-être bien vrai tout ça, il me dit, je ne dirais pas non. Mais c'est un sauf-conduit qu'il te faut, ma petite tante. Je n'y peux rien. On ne peut plus voyager maintenant sans sauf-conduit. C'est la guerre ! » Et me revoilà, à la maison, parmi vous. Qui aurait cru ça ? De nos temps ! L'auriez-vous cru, vous ? « C'est la guerre ! disait l'homme des billets. Il te faut un sauf-conduit, ma petite tante. » Nous savons que c'est la guerre ! Mais nous empêcherait-elle d'aller à Oujda ? Il était gentil, l'employé, mais finalement il ne m'a pas laissée prendre le train. A voir s'il ne nous faudrait pas maintenant un sauf-conduit pour tout ! Pour circuler dans notre propre ville et même pour sortir de nos maisons ! Pour aller chez l'épicier, et pour porter le pain au four !

Aïni, accablée, prédit des temps de confusion aux femmes de Dar Sbitar réunies autour d'elle. Et celles-ci se récrièrent d'effroi à l'annonce de si étranges événements.

Omar, qui écoutait aussi, se vit tout à coup entouré d'une hostilité indéfinissable. Il était encerclé par des forces inconnues qui se dérobaient au regard, mais pénétraient très loin dans le monde. De quelle nuit jaillissaient ces forces ? Lui-même se sentait porté par leurs courants souverains. Sans que l'ombre devînt purement ténèbre et la lumière flamme, ces puissances se livraient combat. Sans que la victoire fût pour l'une ou pour l'autre. Pas de repos ni de trêve. La vie. La vie.

XXIX

L'inquiétude persistait, vigilante ; une atmosphère d'orage pesait sur Tlemcen. Puis, d'un coup, toutes les appréhensions éparses prirent corps. Accourues à tire-d'aile, de tristes nouvelles peuplèrent le ciel de la ville.

Omar et les siens ne se débarrassèrent plus jamais du sentiment qu'ils vivaient dans un monde interdit. La nuit était tombée sur ce monde : personne ne se rappelait plus quand ni comment. Et maintenant la nuit s'accumulait sur de la nuit ; cette grande torpeur anéantissait tout ce qui aspirait à vivre.

Omar avait l'impression d'être parmi des survivants qui avaient résisté, seuls, au sort commun. Les gens de Dar Sbitar, les habitants de Tlemcen eux-mêmes, s'apprêtaientils à livrer leur dernier combat ? Déboucheraient-ils bientôt sur l'aube vers laquelle ils s'acheminaient par une hallucinante attirance ? Ou demeureraient-ils, en fin de compte, pour toujours, ces habitants d'un monde réduit au silence, mort à l'air libre, que le soleil et le vent évideraient peu à peu ?

Dar Sbitar vivait le drame d'un peuple déchiré.

Un jour, la nouvelle arriva. Hamid Saraj, parmi d'autres personnes, avait été transféré dans un camp de détention au Sahara.

— Vous avez vu cet homme ? dit Fatima, la sœur d'Hamid Saraj. Il ne s'arrêtait pas de courir d'un endroit à l'autre ; il est allé même à l'étranger. Il a voyagé d'une ville à l'autre, circulé de village en village, parcouru la campagne, en parlant aux gens pendant tout ce temps-là. Cet homme, tel que je vous le dis, ne cherchait pas le profit. Dans ce qu'il faisait, ce n'est pas son intérêt qu'il voyait. Il n'a jamais gagné un sou ! Pourtant cet homme, s'il avait voulu, il aurait eu millions sur millions, et beaucoup de considération.

Elle se tut. Son silence allait au-devant des commentaires, mais aucune des femmes qui l'écoutaient n'ouvrit la bouche.

— Au lieu de ça, qu'est-ce qu'il a eu ? continua-t-elle. La prison.

Un accent de triomphe, curieusement, fit vibrer sa voix.

— N'est-il pas un grand lettré ? Tout le monde le sait. Il a toujours soutenu le faible ; il a aidé le monde de ses conseils. Il a donné aux gens le courage de vivre. Il a été constamment aux côtés des pauvres, et il a défié les autorités pour secourir ses semblables... Que peut-on lui reprocher ? Que peut-on dire d'un homme comme lui ? Maintenant le voilà en prison.

— Pourquoi, Fatima, ma petite chérie, fit Zina, lui aussi *voulait-il pacifier le royaume de Fès* ? Que veulent ces communistes, ces nationalistes et... les autres ! Hadji Mesli, avant ton frère, a passé son existence dans les prisons ! Qu'on laisse gouverner l'homme à la casquette. Qu'est-ce que ça peut leur faire ?

— Voyez un peu comment nous sommes, nous les

musulmans, dit une voisine. L'autre jour, je passais dans la rue ; un marchand de sucreries s'est mis à morigéner un autre homme. « Quand tu auras appris à manger du chocolat, tu viendras : je t'en vendrai, lui criait-il. Mais quand tu auras appris seulement. » Pauvres de nous ! Nous n'avons pas appris à manger du chocolat et nous voulons gouverner !

Les femmes furent prises d'hilarité.

— Voisine, protesta la propriétaire, ils auraient mieux fait de commencer par travailler, par défricher et labourer les champs que leur avaient laissés leurs ancêtres. Ils auront beau se démener, ils n'arriveront à rien. Au temps où l'Arabe s'allongeait sur des coussins et sirotait du thé, les Français travaillaient, ils ne perdaient pas un instant. Ils prodiguaient leur peine et leur force. Et voilà ; à présent, les nôtres veulent reprendre cette terre, en disant : « Elle est à nous ! » Ils n'auraient pas dû laisser le Français travailler à leur place : le Français ne leur aurait rien pris. Ils ont abandonné leur terre. Ils n'ont rien à réclamer aujourd'hui.

— Comment nous sommes ? chevrota une autre femme du fond de la cuisine commune. Comment nous sommes ? L'homme qui récitait des prières sur les tombes, un saint vieillard, aveugle par-dessus le marché : il a été assassiné en plein cimetière ! Vous le savez bien. Et par qui ? Par des musulmans ! Ses propres frères. Est-ce qu'on voit des chrétiens tuer des chrétiens, des juifs tuer des juifs ? Non, à coup sûr ! Et voilà pour les hommes qui veulent gouverner !

Franchissant la porte de la vaste cuisine, la femme, sur ces mots, fit un magistral bras d'honneur, sans se gêner, sous le regard de toutes les autres. Le vieux père ben Sari, qui entrait à ce moment-là dans la cour, la vit. Toutes ensemble poussèrent aussitôt des : Bouh ! Bouh ! horrifiés. L'effrontée se réfugia au fond de la cuisine.

Au milieu de ces remous, Fatima laissa tomber :

— Tout le mal qu'a fait mon frère, c'est d'être venu en aide au monde.

— Je te crois ! fit Aïni.

– Tu dis vrai, ma fille, opina la vieille Aïcha.

Fatima en conçut un grand orgueil.

— Qu'est-ce qu'il est maintenant ? Un homme en prison, sans plus. Mais il n'y a pas une once de mal en lui.

Ben Sari s'arrêta ; il écoutait les paroles de Fatima.

Sans s'adresser à elle particulièrement, il dit à voix haute :

— Ceux qui sont incarcérés ont eu plus que le reste de la population maille à partir avec les autorités. Il faut qu'il y ait des coupables. Nous sommes tous coupables. Oui, tous coupables, sans en excepter un seul. Qu'on nous enferme ou qu'on nous relâche, cela ne changerait rien aux choses ! Il y a de bonnes lois : elles sont faites de telle sorte que par notre seule existence nous sommes coupables. Hors-la-loi, nous sommes contre la Loi et conspirons sans cesse contre la Loi. Ainsi le veut la Loi. Ceux qu'on arrête sont des conspirateurs, eux-mêmes n'oseraient pas le nier. La légalité sera toujours respectée.

XXX

Une semaine déjà, une semaine d'écoulée depuis qu'Aïni avait tenté de prendre le train sans succès. Il n'était pas certain qu'elle pût, dorénavant, le prendre jamais. L'ère des *voyages* semblait bien close. Et l'existence de toute la famille commença à s'en ressentir. Doublement ! D'une part, on ne trouvait pas autre chose à manger que du pain, et pas tous les jours ; de l'autre, certaines femmes venaient appeler Aïni de plus en plus fréquemment. A celles-ci, elle faisait dire par ses enfants ou des voisines qu'elle n'était pas à la maison. Aïni se cachait ! Ces inconnues étaient porteuses de réclamations redoutables. A la porte de Dar Sbitar, leurs récriminations devenaient de plus en plus âpres à mesure que les jours s'ajoutaient aux jours. Elles avaient avancé des fonds à Aïni pour les achats qu'elle devait faire au Maroc. Avaient-elles appris qu'elle ne pouvait plus quitter Tlemcen ? Elles venaient toutes exiger leur argent.

Ce matin-là, ne se contentant pas d'appeler de la grande porte de Dar Sbitar, deux visiteuses pénétrèrent tout droit jusqu'à la chambre d'Aïni. Omar dormait encore ; c'était de bien bonne heure. Leurs piaulements le réveillèrent brusquement.

De haute carrure, drapées dans la flambante blancheur des haïks, les deux maritornes qui avaient envahi la pièce se dressaient, sévères comme des tours. C'étaient elles qui détenaient la richesse : ces créatures éclaboussaient d'une santé éclatante, cruelle, les murs de cette chambre nue. Elles n'avaient fait tout d'abord que soulever le rideau tendu à l'entrée. Elles ne s'aventurèrent pas plus loin que le pas de la porte. Assise par terre devant un plateau cabossé, Aïni parut comme une ruine en présence de ces incarnations de l'argent irritées et insultantes, survenant avec l'imprécation et la menace dans les yeux et dans la bouche. Le jour fut complètement intercepté par ces corps massifs qui bouchaient le seuil. Les deux femmes avancèrent finalement. Debout au milieu de la pièce, elles se campaient devant Aïni et ses enfants qui, écrasés, paraissaient se ratatiner de plus en plus.

Tel un grillon, Aïni se leva d'un mouvement subit, et, entre les femmes, des accolades se déclenchèrent. Ah ! si toutes ces embrassades à bouche que veux-tu pouvaient être autre chose que du faux-semblant ! Mais non ; tout cela était de la frime, une ridicule imitation de la cordialité, des vrais sentiments. Et comme tout cela était dans l'ordre ! Pourtant, les deux commères étaient venues, de toute évidence, pour se disputer, exiger, menacer : il n'y avait qu'à voir leurs mines pincées.

Aïni les invita à s'asseoir, montrant d'un geste de la main, magnanime, des peaux de mouton étalées sur le sol ; les femmes, d'un signe de tête, repoussèrent l'offre.

— Nous ne sommes pas venues pour nous asseoir. Nous sommes venues d'un seul pied.

Aïni jura qu'elles s'assiéraient, gesticula et voulut les entraîner par les pans du haïk.

— Vous avez bien un petit moment. Vous n'allez pas rester comme ça, debout.

Les intruses jurèrent qu'elles ne s'assiéraient point.

— Vous me feriez honneur, tellement honneur !

L'une d'elles, qui avait d'énormes joues qui tremblaient, s'écria à la fin, d'une voix claironnante :

— Aïni, ma petite sœur, maudis Satan ! Maudis Satan ! Nos robes, les aurons-nous à la fin ? Nous sommes venues et revenues une douzaine de fois. Les aurons-nous ?

La seconde femme façonnée dans une chair flasque, les yeux brillant d'un éclat étonné dans une figure jaune, prononça d'une voix mâle et voilée :

— Ne t'échauffe pas comme ça, Zohra. Laisse-moi parler.

Elle se tourna vers Aïni :

— Quand il ne te restera plus un sou de notre argent, tu seras bien avancée.

Plus doucement encore :

— Réfléchis à ça, Aïni, ma petite chérie, dit-elle. Comment feras-tu quand il faudra nous rendre cet argent ?

— C'est la vérité ; tu as raison. Mais ne craignez rien Pas un sou de votre argent ne sera perdu.

A cet instant la première femme recommença à lancer des aboiements :

— Il y a plus de dix jours que tu devais aller au Maroc, femme ! Et tu es toujours ici. Alors quand apporteras-tu ces robes ? Nous allons attendre ton bon plaisir, crois-tu ? Quand aurons-nous, je te dis, ces robes ? Il nous les faut pour le trousseau de ma fille. Mais peut-être l'argent a-t-il disparu depuis longtemps. Ça serait arrivé déjà, que ça ne m'étonnerait pas de toi. Si j'apprends que tu as mangé mon argent, je ne sais pas ce que je ferai. Oui, je ferai un scandale, sois-en certaine ! Profiteuse, oui. Tu n'es qu'une profiteuse !

Elles parlaient brusquement toutes en même temps, Aïni et les deux étrangères. Par des explosions répétées, leurs voix mettaient en pièces la quiète douceur du matin. S'entendaient-elles au moins l'une l'autre ? Omar ne comprenait absolument plus rien à ce qu'elles se disaient. Il ne savait qu'une chose : celles-là réclamaient à sa mère la restitution de leur argent. Et celle-ci rouspétait fort. Il leur importait peu par conséquent de se faire comprendre ; pour l'essentiel, on savait ce qu'elles voulaient.

Pardi, il s'agissait du trousseau de leurs filles. Le trousseau, mon Dieu ! La grande affaire de la vie des femmes tlemcéniennes, et leur couronne d'épines.

A cette seconde, la femme nommée Zohra jeta un regard sur les enfants :

— Ne me dis pas, sacra-t-elle, que tu as nourri ces cochons avec mon argent...

— Doucement, murmura la seconde femme. Zohra, un peu de patience.

— Avec moi, ne fais pas ton Klir ! — c'est ainsi qu'Aïni appelait Hitler —, rétorqua celle-ci. Ça ne prendra pas, je te le dis franchement.

C'est *franchement*, qu'elle dit aussi : en français, afin que la femme la prît au sérieux.

Aïni agitait fébrilement ses deux mains ouvertes en l'air en proclamant cela. Quand elle s'en aperçut, elle les considéra avec ébahissement et les baissa. Puis elle reprit d'une voix un peu haletante :

— Tu sais pourtant, Zohra, que je ne suis pas ce que tu crois. Je ne peux pas prendre ton argent pour vivre.

Et, de nouveau, la seconde femme :

— Je suis, moi, pour une conversation de conciliation. Pourtant, je suis ce qu'on appelle une femme honnête, une femme compréhensible, mais je dois dire qu'il n'y a plus moyen de patienter davantage. Qu'importe ! Je suis tout de même pour une conversation de conciliation.

La nommée Zohra blâma :

— Dieu lui-même n'admettrait pas ça.

Omar ressentit avec une profonde irritation la présence de toutes les femmes, des voisines à n'en pas douter, attirées par l'espoir d'un esclandre, qui s'étaient rapprochées de la porte de la chambre. Il s'appuya sur un coude et se pencha pour essayer de les entrevoir par l'échancrure du rideau. Elles étaient là, ces femelles, à écouter la discussion, en se pâmant d'aise.

Aïni elle-même inclina le buste vers l'entrée, appela les femmes qui stationnaient là.

Quelques secondes après, presque toutes les locataires de Dar Sbitar, venues d'abord une à une, ensuite en groupe, étaient réunies devant et dans la chambre d'Aïni. Massées là, toutes, elles assistaient, muettes, à la querelle qui se déroulait sous leurs yeux, attendant le moment favorable pour intervenir.

Les deux étrangères s'adressèrent à elles :

— Filles de la mère, Dieu nous est témoin ! Nous lui avons donné de l'argent...

Elles narrèrent encore une fois, depuis le commencement, leur histoire devant les voisines. Imperturbables, ne bronchant pas, celles-ci arbitraient avec une profonde attention : elles avaient pris possession des lieux pendant ce temps-là. Aïni s'agitait. De minute en minute, l'une d'elles secouait la tête, faisant de grands signes cérémonieux.

Subitement, d'une voix chargée de rage, Omar leur cria :

— Allez vous faire... chiennes ! Toutes !

Ces paroles furent le signal d'un charivari général. Les femmes maudirent Omar.

— Que la bouche te tombe, enfant dénaturé ! jura l'une d'elles.

Omar ne comprit plus rien à ce qui se produisit après. D'immobiles et silencieuses qu'elles étaient, les voisines devinrent provocantes. Aïni s'époumonait parmi elles. Écumantes, toutes parlaient à la fois. On eût dit qu'une bouche supplémentaire s'était ouverte dans leur figure.

XXXI

— Mon Dieu ! Comment vas-tu pouvoir te débrouiller dans la vie ? demanda tante Hasna lorsque Omar, faisant allusion aux étrangères de ce matin, eut dit : « On ne doit pas voler. »

Aïni et ses enfants recevaient la visite, appelée depuis quelques jours de tous leurs vœux, de Lalla. Tante Hasna était là, chez eux, devant eux. Pour l'instant ils ne pouvaient se permettre que de rester bouche cousue et de l'écouter religieusement.

Lalla n'en revenait pas. Des idées chez cet avorton, comment était-ce Dieu possible ! A peine sorti du ventre de sa mère, il se mettait déjà ces choses dans le crâne ?... Non, ça n'était pas normal.

— Quoi que tu me dises, fille de ma mère, assura-t-elle à Aïni, ce garçon-là... Aïe ! je ne sais que penser de lui. Les plans que rumine cette caboche ne me reviennent pas. Ce garçon, répéta-t-elle en le montrant du doigt, ne me rassure pas. Aïni, garde-toi bien de lui.

Lalla releva le menton en l'air : sur sa physionomie se refléta le dédain immense qu'elle professait pour les pauvres théories d'Omar. Elle laissa tomber gravement son verdict :

— Ce garçon finira mal. Il mendiera toute sa vie !

Ses jugements, définitifs comme les arrêts du sort, ne laissent, ainsi, jamais entrevoir de perspectives gaies.

Omar se rendait compte combien les vérités de Lalla étaient affligeantes.

— Untel, leur disait-elle, a usurpé et volé, mais il a édifié une fortune.

Et son sentiment, sincère, était que ce résultat effaçait ce que les moyens mis en œuvre avaient de gênant.

— A présent, ajoutait-elle, il ne reste plus à Untel qu'à faire du bien, donner aux pauvres, aller en pèlerinage à La Mecque ; son salut sera assuré.

Décidément, faudrait-il pour pratiquer la vertu de manière conséquente commencer d'abord par édifier une fortune ? Selon toute apparence, oui.

Sa tante l'inquiétait, bien qu'Omar eût été incapable de dire pourquoi. Cependant il aimait à l'entendre parler. Elle était judicieuse, réfléchie ; elle disait les choses carrément, coupait vos questions avec vivacité ; elle étonnait par le don qu'elle avait de pénétrer vos pensées les plus secrètes. Et, naturellement, elle vous jetait à la face ce que vous n'auriez osé même penser. Ce qu'elle leur révélait d'eux-mêmes et d'autrui n'était évidemment pas beau. Elle prêtait aux gens des intentions qui, pour le moins, étaient surprenantes et qui ne les honoraient point ; — ce qu'elle en disait provoquait toujours, chez Omar, un sentiment de malaise.

Ainsi lui assena-t-elle encore avec force criailleries :

— Toi, qui ne veux pas voler, comment te débrouilleras-tu dans la vie ? Dis-moi : comment feras-tu ? Il faut enlever son pain de la gueule du chien s'il aboie.

Sans savoir comment cela se produisait, on entrait finalement dans ses vues, on était contraint de la suivre et, sans pouvoir s'en défendre, Omar se trouvait en possession d'opinions qu'il n'eût jamais désiré avoir. Il aurait fait signe à sa tante de se taire ! Mais il y avait peu d'espoir qu'elle consentît à tenir compte de son geste.

Pourtant l'enfant avait l'impression que Lalla était innocente. Si on lui avait demandé comment il le savait, il n'aurait guère pu répondre. Qu'importe ! Il n'éprouvait aucune joie à l'entendre parler de la sorte. C'était trop facile d'attaquer le premier venu sur des présomptions, comme elle le faisait si visiblement. Mais Omar s'interdisait de le lui dire à cause de la considération dont elle jouissait à ses yeux, tant en raison de son âge que de son importance. Le garçon n'avait d'ailleurs qu'à regarder le mouvement véhément de ses moustaches quand elle se déchaînait, pour être convaincu qu'on ne pouvait rien lui reprocher.

Ce n'était pas la première fois qu'Omar rencontrait autour de lui l'idée consciente de violer les lois. Il avait toujours eu le sentiment qu'avec de l'intelligence, de l'habileté et de l'acharnement, n'importe qui serait à même d'accéder à toutes les situations qu'il convoitait. Il ne pouvait donc guère concevoir qu'on dût voler, abuser les gens, exploiter autrui, pour arriver à ses fins.

« Même la faim, se dit-il, ne me pousserait pas à m'approprier les biens d'autrui. »

La perspective seule de devoir voler répugnait à son cœur. Sûrement n'était-il pas honnête de propos délibéré : toutefois jamais il ne lui était venu à l'esprit d'agir malhonnêtement. En tout bien tout honneur. Il savait, certes, que beaucoup de gens volaient. Et non des moindres. Ceux qui n'hésitaient devant aucune occasion pour accroître leur richesse personnelle, ceux-là mêmes traitaient leur petit monde de haut. Leurs premières victimes, pour lesquelles ils ne professaient que mépris et condescendance, sortaient de ce peuple qui les entouraient. La *meida* de ces gens-là apparaissait à l'imagination d'Omar comme quelque chose d'aussi terrifiant et fascinant qu'une table de sacrifice. Y arrivaient pour être immolés non seulement des bêtes aussi communes que le mouton, l'agneau, le bœuf, mais aussi les innocentes plantes, les arbres et les herbes de la terre, et jusqu'à l'Homme lui-même, tous les hommes dont les mains et les bras n'avaient de cesse qu'ils n'eussent rassasié le moloch sans visage, tous les hommes et ce qu'il y avait de plus sacré en l'homme : sa bonté, sa fraternité, son sens de l'honneur, sa gentillesse, son ardeur à vivre, à construire et à penser, tout cela jeté en pâture sanglante sur la table du monstre.

Oui, beaucoup, et des plus honnêtes, étaient gagnés par l'état d'esprit qui avait cours alors : ils enviaient le Monstre !

Lalla rendait de fréquentes visites à Aïni. Chaque fois qu'elle venait, elle apportait des quignons de pain rassis, mystérieusement empaquetés dans un morceau de toile. Craignant que l'*autre* — tante Hasna désignait ainsi son mari — ne la surprît, elle prenait soin de les enfouir sous son haïk. Le vieux ne tolérait pas qu'une miette sortît de sa maison.

Aïni savait l'art de rendre un aspect agréable à ces bouts de pain. La nourriture manquant, il fallait s'en contenter. Ils auraient été mal inspirés de faire les dégoûtés. Si par extraordinaire l'idée leur en était venue, elle eût paru déplacée à tante Hasna. Petits orphelins, nierez-vous les bienfaits de Dieu ? Prosternez-vous et rendez grâces au ciel qui vous comble. Ils étaient heureux, les plus heureux des enfants. Comment en aurait-il été autrement ? Recevoir cette nourriture due aux libéralités de la tante, et ne pas s'en réjouir, c'eût été faire une offense au monde. Ils devaient être heureux.

Aïni recuisait ces morceaux de pain, durs à casser au marteau, à la vapeur, qui les ramollissait, et leur donnait l'apparence tendre d'une pâtisserie. Il fallait avaler ça chaud. Sinon ce n'était plus qu'une pâte visqueuse. Les enfants y arrivaient avec force goulées de petit-lait, dont la mère achetait une pleine marmite pour deux francs. Pendant plusieurs jours de la semaine, ce pain, ce petit-lait, constituaient l'ordinaire.

D'autres fois, elle mettait les quignons à tremper dans l'eau. Le pain, qui s'imbibait peu à peu, se gonflait. Chaque morceau se faisait énorme et devenait friable. Après une trempe prolongée, il prenait un bel aspect neigeux. Ce procédé avait aussi ses inconvénients : dans les bouts trop anciens, l'eau n'arrivait jamais jusqu'au cœur, qui demeurait serré comme un caillou.

Les gosses étaient contents malgré tout d'en manger. Leur tante, lorsqu'elle se trouvait là, leur faisait croire au surplus que c'était une bénédiction que d'y goûter simplement. Ce bonheur n'échéait pas à tout le monde. Ils étaient en quelque sorte les élus de la Providence. Lalla oubliait de dire qu'en partie ces croûtons étaient prélevés sur la pâtée de sa basse-cour. Et l'auraient-ils su ? Ce pain volé aux poules ne les aurait pas dérangés.

On ne savait dans quelle mesure Lalla se rendait compte de sa propre rouerie, — des roueries de sa bonté. Il faut dire à son avantage qu'elle poussait ses démonstrations jusqu'à manger avec eux de ce pain, et d'aussi bon cœur qu'ils étaient censés en manger eux-mêmes.

Aïni regardait Lalla faire. C'était, croyait-elle, Lalla qui possédait le pouvoir de leur rendre ces restes acceptables. Les enfants prenaient et ne disaient rien. Aïni estimait avoir compris.

Parfois, mais ces occasions-là étaient rares, la tante ajoutait dans la serviette un peu de farine, avec laquelle Aïni faisait du pain le jour même. De ce pain frais, elle se montrait économe. Les petits n'en recevaient qu'une infime ration avec une plus importante de l'autre pain. Un jour, c'était un peu de café, ou deux gros éclats de sucre en pain, ou des reliefs de repas, que Lalla apportait, ceux-ci dans une casserole, un peu fermentés, il est vrai. Et quelquefois des fruits, des morceaux de charbon...

A tout prendre, Omar préférait manger encore ça que d'aller comme certains enfants fourrager dans les poubelles. Ceux-ci portaient à leur bouche les débris qu'ils y trouvaient. Il n'avait pas une ombre de mépris et à l'occasion il ferait comme eux, mais c'était la honte qui lui rendait ce dernier recours intolérable.

Pourtant nombre de gamins, et même d'hommes, tiraient le plus clair de leur subsistance des ordures de la ville.

Des groupes organisaient de véritables expéditions aux lieux où les tombereaux municipaux allaient déverser leur chargement. Aux abords de ces dépôts, qui formaient des collines, on remarquait l'existence de villages de cauchemar épanouis comme des floraisons vénéneuses sur les déchets. Leurs habitants y recherchaient leurs moyens d'existence ; ils avaient la primeur de tout ce que les tombereaux charriaient. Sur place, ils se fournissaient, aussi, en mobilier.

XXXII

En sortant de la maison, Omar emporta avec lui un morceau de pain. C'était son habitude ; il s'arrangeait chaque fois, quel que fût le moment de la journée, pour en avoir sur lui. Il le mangeait dehors, dans la rue, pincée par pincée qu'il arrachait à l'intérieur de sa poche. Aïni le soupçonnait depuis longtemps de rogner sur le pain de la famille. A chaque réapparition, elle l'accablait de reproches. Même en prenant soin de fermer à clé le bahut en bois blanc, repeint en faux bois, où elle serrait les miches, elle constatait qu'il en manquait.

Il parcourait les rues de la ville, faisait deux parts de sa provende : la mie qui figurait le pain, et la croûte qui devenait ce qu'il voulait, de la viande, du chocolat, etc. Il mangeait ainsi son pain avec l'accompagnement qu'il préférait.

Chaque bouchée, il la prenait aux autres, à ses deux sœurs. Il la prenait à leur faim ; il la prenait à la peine de sa mère. Mais comment faire ? Il avait faim. Il sortait dans la rue pour ne pas être vu par elles.

Ici ou là, il s'arrêtait à une fontaine et plaçait son visage sous le jet. Il buvait et se remettait à courir les rues.

Il ne voulait pas rester à la maison. La plupart des locataires ne faisaient semblant de manger que pour donner aux voisins l'impression qu'ils ne manquaient de rien.

D'autres gamins erraient comme lui, seuls, ou s'ébattaient par bandes, prêts à fuir devant les sergents de ville, qui leur faisaient la chasse. Affublés de vieilles vestes aux manches retroussées sur leurs poignets, de grosses chaussures d'homme aux pieds, tout pâles avec des yeux noirs, ils regardaient bizarrement gens et choses. Vifs, ils n'arrêtaient pas de se battre ou de se poursuivre. Honnis, malmenés par les citadins, il leur fallait se sauver à tout instant, traqués par cette mauvaise humeur. Ils pratiquaient plus ou moins ouvertement la mendicité et, certains, le chapardage. Ils regardaient avec des yeux fixes les hommes, les femmes et les enfants européens. Ils les contemplaient avec cette attention concentrée qui les faisait paraître plus vieux que leur âge. Instinctivement, ils considéraient avec méfiance les vêtements toujours neufs des Européens, leurs corps propres et sains, et aussi leur air de gens qui ne connaissaient pas la faim, ce bonheur qu'ils semblaient tous éprouver de vivre, la sensation d'être protégés, défendus ; leur politesse, leur affabilité, leur éducation, leur délicatesse, qu'ils portaient comme des habits de fête. Les petits Européens avaient, de leur côté, un peu peur des Arabes. Pour les faire tenir tranquilles, les parents leur avaient assez fréquemment répété : « Je vais appeler l'Arabe ! »

Omar avait fini par se rendre compte que lui aussi considérait les Européens comme les considéraient ses camarades. Son regard voulait leur crier quelque chose. Les Européens vivaient continuellement sous l'attention soutenue de ces regards.

Sans doute, tous ces enfants animés d'une énergie précoce s'éteindraient-ils peu à peu, avec les années, le monotone charroi de la misère, de l'ignorance, accumulant sa fatigue… Et l'ivrognerie, plus tard, ou bien les prisons. Mais peut-être en serait-il autrement de ceux-là…

Agiles et silencieux, ils voyaient pour l'heure se profiler inexorablement devant eux un monde de chaînes et de défenses dont ils éprouvaient la force plus qu'ils ne la comprenaient. Ils surgissaient de tous les coins de la ville, mus par une ardeur et des désirs inexprimés. Les moindres objets qu'on leur jetait, boîtes vides, jouets cassés, prospectus publicitaires, qui, généralement, n'avaient pas grande signification, les grisaient et plongeaient dans une admiration extatique ; ils s'en disputaient la possession avec une fureur qui conférait à ces objets anonymes une valeur exorbitante. Celui qui conservait l'objet après une dernière lutte n'avait pas tort de le brandir comme un trophée de victoire.

Il était permis à Omar de jouer de la sorte tant qu'il voulait, et de se déplacer en toute liberté. Et sa vie se muait peu à peu en un défi à l'état pur. Un instinct implacable, toujours en éveil, le dressait vite contre n'importe quoi, n'importe qui. Il n'acceptait pas l'existence qu'on lui offrait. Pour quelque raison informulable, ce qu'il pressentait au-delà lui paraissait plus important, plus essentiel. Au milieu des siens, il était persuadé qu'il ne saurait y atteindre. Mais, sans les siens, il refusait d'y atteindre. Il n'entrait pas dans ses intentions de les rejeter, il devinait que là où ils ne seraient pas, lui ferait figure d'étranger. Aussi quand Omar, éperdu de colère et de désespoir, se réfugiait dans les bras de Dar Sbitar, il entrait dans la grande âme pantelante d'un pays. Son enfance tombait de lui ; il n'était plus qu'une révolte et qu'un cri parmi toutes les révoltes et tous les cris.

Plus d'une fois, poussé par la curiosité, il lui arriva de s'éloigner de la bande d'enfants du quartier. Ce jour-là, ayant abandonné ses camarades, il se promena dans les parages du marché couvert ; à la fin, il alla s'asseoir sur un banc de la place de la Mairie. Des passants traversaient en tous sens cette place ombragée de platanes. Omar vit s'approcher un homme : c'était un Européen, accompagné d'un jeune garçon. Omar, surpris d'avoir devant lui ce Français et son enfant, puis intimidé, pénétré par une vague appréhension, voulut se lever et s'éloigner. Mais l'homme lui demanda de l'accompagner au marché pour lui servir de porteur.

Souvent Omar avait été sifflé de la manière particulière dont les Européens usaient pour appeler un indigène : pst ! pst ! Il se retournait pour voir ce qu'on lui voulait ; c'était un Français qui lui faisait signe : « Viens porter. »

L'enfant lui jetait alors un regard de mépris et s'éloignait.

Tenant son garçon par la main, l'homme, indécis, examina Omar longuement. Aussitôt celui-ci éprouva une brûlure insupportable. Une honte et une humiliation subites le traversèrent comme une déchirure. Il sentit qu'il rougissait. Omar parlait le français déjà. Il aurait su dire qu'il n'était pas un porteur, ou qu'il n'était pas de son goût de se voir pris pour tel. Mais il ne put articuler aucune parole. Ses connaissances en français l'avaient brusquement abandonné.

Il finit par déclarer d'une voix étranglée :

— Oui, monsieur.

Mais l'homme commençait déjà à l'examiner avec méfiance. Il demanda combien coûterait la course. L'enfant dit :

— Ce que vous voulez, monsieur.

Le monsieur parut se tranquilliser. Il lui enjoignit de les suivre, lui et son fils.

— Alors, allons-y.

Omar s'engagea sur leurs pas. Arrivé au marché, où entraient surtout des Français, l'homme remplit de légumes et de fruits le filet qu'Omar portait. Des légumes et des fruits comme on n'en trouvait pas au beylick, le marché commun des musulmans.

Le filet pesa comme du plomb sur le bras d'Omar. L'enfant, déployant tous ses efforts, porta le fardeau avec vaillance. Il marchait en se raidissant derrière les deux Européens.

Le monsieur aida Omar à placer le filet sur son épaule et lui recommanda de marcher devant.

Omar partit sans mot dire, ne songeant qu'à tenir sa charge en équilibre. A présent, il redoutait de croiser quelque camarade qui l'eût ainsi surpris à faire le porteur. Il serait couvert de sarcasmes par tous les autres. Il éprouva une affreuse tristesse.

Après avoir fait un détour pour entrer dans une épicerie, ils arrivèrent tous les trois devant une villa. L'homme et son fils entrèrent d'abord, puis firent signe à Omar de passer. Maladroitement campé sur ses courtes jambes, l'homme le surveillait. Il prit dans son gousset une pièce qu'il glissa dans la main d'Omar comme s'il donnait l'aumône. Un franc. L'enfant ne savait s'il fallait accepter ou refuser l'obole. Il ne broncha pas. L'homme parut satisfait. A ce moment, il demanda à Omar :

— Comment t'appelles-tu ? Que fait ton père ?

Cela fut dit vaguement, distraitement. Il avait parlé pour dire quelque chose.

Omar répondit que son père était mort.

— Quel âge as-tu ? continua l'homme.

— Onze ans.

Il aperçut son fils dans le vestibule tenant un grand livre d'images.

— Tu vois, Jean-Pierre, dit l'homme, ce garçon a presque le même âge que toi.

Puis, se tournant vers Omar :

— Où as-tu appris à parler le français ? demanda-t-il.

— A l'école, monsieur.

— Ah ! tu vas à l'école.

— C'est-à-dire... j'allais à l'école...

Nullement ému maintenant, Omar poursuivit :

— Mais j'ai dû quitter.

— Il faut vivre, prononça sentencieusement le monsieur. Tu vois, dit-il à son fils, ce garçon ne peut pas aller à l'école parce qu'il doit travailler...

Toujours de sa manière distraite, et comme à contrecœur, il continua de poser des questions.

— Et combien peux-tu gagner en une journée de travail ?

Omar dut mentir.

— Ça dépend, monsieur. Si j'ai beaucoup de clients, jusqu'à vingt et trente francs.

— Vingt à trente francs !

Dans sa surprise, l'homme parut se réveiller un peu.

— Vingt à trente francs, répéta Omar.

L'homme resta interloqué. Il se sentit inquiet. Il parut se demander ce que ce petit indigène pouvait penser de lui.

— Tu portes naturellement tout ton argent à ta mère. Tu ne le dépenses pas.

— Bien sûr, répondit Omar sans hésiter. Sauf, bien entendu, quand on me donne un pourboire.

Une fois encore, l'homme fut pris de court. Il fit de la tête de graves signes d'approbation à l'adresse de son fils. Il commençait à s'ennuyer.

Du poids de sa volonté, Omar désira écraser l'homme. Il naissait en lui une force obscure et nue, vide de tout sentiment et de toute émotion, un enthousiasme étrange et sauvage.

Le fils se taisait, serrant son livre dans ses bras et fixant Omar de ses yeux pâles.

— Aimerais-tu, petit, avoir un livre d'images comme celui-ci ? demanda le monsieur à Omar, comme sous le coup d'une inspiration, en montrant le livre que tenait son fils.

Omar n'avait jamais possédé de livres et jamais conçu l'idée d'en avoir ; le désir ne lui en venait pas parce que les livres ne l'intéressaient guère.

Mais, devinant la réponse qu'on attendait de lui, il dit :

— Certainement, oui... je voudrais... mais comment faire ?

L'homme se retourna vers son fils. Il le considéra en silence. Puis il dit :

— Allons, Jean-Pierre : suppose que ce petit indigène te demande ton livre, le lui offrirais-tu ?

L'enfant regarda son père, puis Omar. Avec une brutalité jalouse, amusante chez un être si frêle et si éteint, il étreignit son livre.

— Suppose qu'il te le demande, lui qui n'en a pas... Tu ne voudrais pas le lui donner ?

— Il est à moi, gémit le garçon.

Il fit une moue. Il était sur le point de pleurer.

— Il est à toi, oui... Je ne dis pas qu'il faut le lui donner. Que tu es bête, protesta le père. Ce garçon n'en a pas besoin.

L'enfant gardait sa mine inquiète.

— Je ne t'ai pas dit qu'il fallait le lui donner.

— Le livre est à moi, dit le fils avec entêtement.

— Bien sûr, il est à toi... Personne ne songe à te le prendre.

— Ça ne fait rien, coupa Omar. De toute façon, je n'aurais pas le temps de lire... Lui, au contraire...

Le père sourit, satisfait. Mais l'enfant n'était encore qu'à moitié rassuré ; il conservait toujours son air farouche, semblait toujours prêt à verser des larmes.

— Tu vois, ce garçon a un meilleur cœur que toi, dit le père. Il est pauvre et malgré cela il ne veut pas de ton livre... Mais toutes les fois que tu te plaindras... tu devras te souvenir qu'il y a beaucoup d'enfants qui travaillent et qui n'ont jamais eu de livre ou un autre jouet.

— Le livre est à moi, répéta le fils obstinément.

— Oui, il est à toi, soupira le père.

Il consulta sa montre et dit à Omar :

— Allez, petit !

Il lui ouvrit la porte, Omar franchit le seuil et fila.

XXXIII

Mama nettoyait, rangeait, allant d'une chambre à l'autre, inlassablement. Par instants, elle faisait irruption dans la cour, sans s'arrêter de pérorer, prenait sa jeune sœur Zhor à témoin, et s'en retournait poursuivre ses discours au fond d'une pièce. Zhor se taisait ; elle lui entendit dire : « Notre honneur est tout pour nous, il est au-dessus de notre bonheur ; c'est la vérité ! »

Une lourde couche de nuages recouvrait le ciel. Des oiseaux noirs dont les tourbillons se croisaient infatigablement ne cessaient de criailler. D'autres clameurs venaient de la falaise qui se fronçait en face de la ferme, et se répercutaient dans l'air. Subitement, le soleil inonda la cour ; ce fut le premier rayon de ce matin.

Qu'est-ce qu'il lui prenait de parler de ça ? Jusqu'ici, Zhor ne l'avait pas écoutée : que l'honneur fût la raison d'être des gens, elle, pour sa part, s'en moquait. Elle n'y comprenait rien. N'était-ce pas là que des mots ? Et des mots qu'on entendait tous les jours, le silence valait bien mieux que tout ça. Une appréhension trouble, qu'elle n'arrivait pas à dominer cependant, montait sourdement en elle. Les paroles de son aînée, comme si elles eussent contenu une menace obscure, l'avaient alarmée. N'y avait-il rien derrière ?

Zhor puisait à plein pot dans une grande jarre bleue où le lait caillait lentement depuis deux jours. Une fois qu'elle eut rempli la baratte aux trois quarts, elle la suspendit au figuier de la cour.

A ce moment, Kara entra et s'approcha de Mama.

— Je te fais l'effet d'un homme qui ne remarque rien, n'est-ce pas ? Je vois tout le temps Zhor, ce n'est qu'une fillette, et, du jour au lendemain, elle devient une femme. Elle a combien d'années ?

— Elle n'avait que cinq ans et deux mois le jour où mon pauvre père est mort, repartit sa femme. Et il y a neuf ans qu'il est parti, je vois ça comme si c'était hier. Elle aura bientôt quatorze ans et deux ou trois mois.

— Elle est vraiment une femme, et vraiment gracieuse.

Il fallut le servir ; ce fut encore Zhor qui s'en chargea. Maintenant, il poussait le pain noir dont sa bouche était pleine avec de grandes lampées de petit-lait qui gargouillaient dans le fond de sa gorge. Zhor, après qu'elle eut fini de tout apporter, resta debout, attendant, un peu à l'écart, pendant que Kara mangeait, qu'il la libérât. Mama jeta un rapide coup d'œil à sa jeune sœur dont le visage s'était rembruni. Chaque fois, il amenait la conversation sur elle, comme ça. Une petite chose pleurait alors, humiliée, dans le cœur de Mama.

Dans le fond, que voulait son mari ? Il ne s'imaginait tout de même pas que la petite trouvait de son goût ce qu'il disait là ? En ce cas, il se trompait. Les propos de Kara lui rongeaient l'âme. Mais que lui eût-elle pu reprocher, à la vérité ? Savait-il au moins ce qu'il débitait ? « Misérable paysan, criait Mama intérieurement. Misérable ! Misérable ! »

— On est venu me la demander en mariage, poursuivit Kara.

— Bouh ! tu en parles devant elle, lui reprocha sa femme. Zhor, ne reste pas ici ; va dehors. Qui est-ce qui te l'a demandée ? questionna Mama quand sa sœur, baissant la tête, fut sortie de la pièce.

— Les femmes, c'est toujours pressé, vite elles veulent tout savoir.

— Pourquoi ne veux-tu pas me le dire ? Dieu, est-ce possible ?

Il regarda devant lui en broyant lentement son pain entre ses mâchoires.

— Je verrai.

Au milieu de la cour de la ferme, installée sur une

caissette, Zhor n'arrêtait pas de battre le lait. Mama alla chercher de l'eau. Dehors, le temps était lourd, mais non pas à la pluie. Les nuages par-dessus les montagnes ponçaient doucement le ciel. Comme un grand rouet, le jour était couché dans le balancement des terres. Le gris métallique des oliviers encadrés par des lignes de labours noires recouvrait le gris des vallées. L'eau d'une source née en haut du pays, qu'on entendait d'ici, coulait non loin de la maison. Cinquante pas pour y arriver. Cette eau prenait racine entre des figuiers tors et avançait dans les cultures en droite ligne vers la ferme. Pour tout dire, le domaine semblait se mettre tout entier entre ses mains fléchissantes.

Zhor, restée à la maison, poussait et ramenait dans un va-et-vient de pendule la baratte qui claquait en rendant un son mat. Ses bras, à chaque mouvement, lui frôlaient les seins dont le renflement apparaissait sous sa tunique. Elle avait les hanches larges, son corps était d'une chair solide. Quelques mois auparavant, Zhor n'était qu'une gamine. Voilà-t-il pas que d'un coup une sève violente faisait éclater son corps de tous côtés! Sa blancheur surprenait. Ses cheveux formaient une masse noire et douce. Les hommes, dès qu'ils l'apercevaient, demeuraient la gorge serrée. Brusquement, elle se gratta à travers ses cotonnades, puis, soulevant tout son linge, se laboura le ventre à coups d'ongle. Dans l'air humide flottait une faible odeur de lait suri mêlée à celle, plus épaisse, du fumier et de la lourde pisse des bêtes, venant de l'écurie dont l'ouverture béait devant elle

Elle fut tirée de sa torpeur par une ombre légère et grotesque, arrivant dans sa direction, qui ressemblait d'abord à celle d'une cigogne extraordinairement maigre et bientôt à celle d'une énorme tortue. Non, elle se métamorphosait encore. Ça, c'était le pas silencieux et raide de Kara. Il arrivait derrière la jeune fille. Des babouches à fortes semelles faisaient parfois ce bruit de clapet contre la plante nue de ses pieds. Il s'immobilisa à sa gauche ; ce fut alors que Zhor se rendit compte qu'il s'adressait à elle : il parlait de beurre, de déjeuner, de cimetière, et d'elle ne savait quoi encore, de choses qui lui étaient toutes indifférentes. La jeune fille, ne l'écoutant pas, constatait que les mots qu'il prononçait résonnaient faiblement au-dedans d'elle. Kara continuait à parler, penché vers elle. A présent elle ne tentait même plus de comprendre, se sentant environnée par cette substance d'homme. Le soleil d'hiver qui apparut à cette seconde était grisâtre, sans lumière et sans poids.

Froide, contractée à l'intérieur, elle avait l'air d'écouter dans une attitude de respect paisible cependant que le lent monologue de l'homme clapotait contre elle sans s'épuiser. Lorsque enfin elle leva la tête et se tourna vers Kara, elle observa qu'il ne détachait pas les regards de ses jambes nues. Aussitôt elle les rangea sous elle. Il demanda :

— Et alors ?

Mais elle n'avait rien à lui raconter. Il dit :

— Je n'arrive pas à penser que tu vas rester à attendre tout le temps. Il va falloir qu'on te marie.

— Je n'y peux rien, moi.

Elle baissa les yeux : tout à coup elle sut pourquoi il était là, près d'elle. Vivement, elle redressa la tête dans un mouvement de défi. Elle fixa la grande face molle de Kara. L'expression de l'homme était distante et morne. Ses traits s'étaient alourdis. Une faible flamme de haine était née dans le cœur de l'enfant. Chacun d'eux entendit venir de l'extérieur le bruit serré des pas de Mama. Le sale chien de Kara !

Celui-ci s'éloigna en boitillant : cet homme, tout en ne paraissant plus jeune, donnait l'impression qu'une force monstrueuse et aveugle habitait son corps épais. Mama revenait avec ses deux seaux pleins qui lui tiraient les bras. Frémissante et toute rouge, elle les posa brutalement, les jeta presque, et un peu d'eau se déversa par terre. Quand elle eut repris les seaux pour les rentrer, il resta deux cercles humides aussitôt bus par le sol. En quelques pas, elle franchit l'espace qui la séparait de la chambre commune. Son regard se porta sur l'enfant immobile au centre de la cour et, à sa grande surprise, elle discerna une singulière expression dans la façon dont Zhor l'épiait.

« Je ne puis dire combien elle me donne à croire des choses graves, pensa Mama. Il faut que j'en aie le cœur net ; pas plus tard que ce soir j'aurai une explication avec mon mari. Dieu, que cette enfant me donne du souci. Sa présence me tue ! »

Mama ne parvenait pas à entrevoir clairement dans quelle mesure sa jeune sœur était innocente. Et la pureté même, chez Zhor, l'inquiétait, ne lui laissait pas de tranquillité pour autant. Mais il y a des choses qu'on craint de découvrir. Il avait fallu aussi cet imperceptible retrait de l'affection provoqué par l'étrange attitude de Zhor pour que Mama souhaitât secrètement sa mort. Mais elle se reprit.

Elle était en proie à ces réflexions lorsqu'elle vit l'enfant se lever et gagner la porte de sortie. Pourquoi s'en allait-elle, abandonnant ainsi la maison ? Pendant qu'elle s'éloignait avec rapidité, la tunique qui enveloppait sa juvénile féminité battait ses jambes. Elle prenait le chemin de la source. Il y avait une impatience enfantine dans la manière rageuse dont elle lançait des regards autour d'elle.

Dehors, Zhor fut prise de panique : un goût de terre était dans sa bouche ; elle cracha. Elle éprouvait ce désarroi calmement, avec une sorte d'insensibilité douloureuse mêlée à une extrême attention. Ayant suivi un étroit sentier, elle s'agenouilla, dès qu'elle fut arrivée à la source, en face de la cuvette de terre où l'eau se rassemblait avant de s'aller perdre dans les champs. Cette source n'était qu'un minuscule trou noir, dans le sol, qui ressemblait à une tempe trouée. C'était comme un oiseau au cou frêle qui palpitait éperdument, avant de reprendre haleine, parce que des mains paraissaient accrochées à sa gorge. « Quand les oiseaux font l'amour dans le ciel, ils tombent, foudroyés, songeait Zhor ; ainsi, celui-ci est tombé. Je vois sa gorge, j'entends le claquement de ses artères, ce mince filet, c'est sans doute un rayon de sang. »

Elle remontait parfois des profondeurs qu'elle explorait, eût-on dit, les yeux fermés. Autour d'elle, on ne savait quoi grondait dans le cœur des montagnes et des vallées. Ça n'était pas le vent, ça bougeait à l'intérieur, frappait les plaines puis remontait vers les hauteurs du pays. La terre en était secouée, tout tremblait, les champs nus tressaillaient, et l'on entendait sonner jusqu'au fond de l'horizon ce torrent de forces captives qui allait un jour inonder le pays.

La montagne, le plateau, les combes, se profilaient avec dureté. L'air était rêche et, par moments, on se trouvait comme sous des braises. Les cultures se débattaient encore dans leur croûte de froid ; il y avait bien les oliviers qui gardaient leurs feuilles, mais tous les autres arbres étaient noirs en ce moment : leurs bois nus et propres se dressaient comme des racines.

Tout à coup son nom fut projeté dans l'espace : « Zhor ! Zhor ! » Aussitôt que l'un de ces longs appels se perdait dans l'air, il en naissait un autre de tous les côtés, qui recouvrait les précédents. La jeune fille restait immobile ; elle frissonnait : ces cris que les murailles du ciel se renvoyaient la pénétraient lentement. La voix s'éleva de nouveau ; Zhor entendit le dernier appel. La voix s'éleva encore en un appel continu. Les champs montaient jusqu'à une barre de terre dont on voyait la chair brune ; plus haut commençait le ciel : Mama accourait sur la crête d'où l'on pouvait surplomber toute la plaine.

— Zhor ! Zhor ! criait-elle de loin.

— J'arrive.

— Ne te presse pas. Mais ne reste pas toute seule là-bas ; viens.

XXXIV

La terre grignotée par le soleil de janvier se laissait mourir lentement. L'attente vidait ces longues journées, l'attente de la pluie qui délivrerait le monde. Déjà, on découvrait, dans les pâturages, des moutons gisant, le cou allongé. L'horrible malédiction que la sécheresse d'hiver !

Puis les vents se déchaînèrent ; dans leur démence, ils ébranlèrent la montagne ; ils firent pleuvoir les dernières feuilles qui restaient aux arbres, crépiter les glands sur le sol, et le pays de Bni Boublen craqua comme du bois mort. Les vents de janvier achevaient de pomper l'humidité des profondeurs, et la terre devenait légère et poreuse. La nuit venue, on s'endormait dans cette mort de quelque chose.

Chaque matin, on se réveillait avec la prescience de la pluie ; mais on n'avait pas encore jeté un regard au-dehors qu'on sentait l'engourdissement d'un soleil blanc ; on pensait entendre vaguement le bruissement très gracile des gouttes, le raclement de l'eau sur les pierres des cours. Et l'on s'apercevait que c'était le sol qui craquait, le vent qui roulait dans les ravinements.

Les jours d'un triste hiver ensoleillé tournoyaient avec une intolérable lenteur au-dessus de la terre jaune, rouge. Dans une attente songeuse, les branches mortes se balançaient, les silhouettes des arbres rigides oscillaient.

Ce matin-là, le vent poussait des nuages par-dessus les cultures désertes.

A midi, le ciel se dégagea d'un coup et parut lavé de frais au soleil qui se mit à luire ; les champs tout secs se hérissaient d'herbages grillés. Une brusque émotion avait entouré cet assombrissement de l'atmosphère. Le jour, de nouveau, neigeait, aussi impalpable que du duvet. Des voix distantes transperçaient ce monde de la transparence.

Le silence s'étala encore. Dans les journées qui avaient suivi l'incendie, déjà, les maisons ne donnaient pas beaucoup signe de vie : avec la sécheresse, elles s'étaient cadenassées. Et le silence pavoisait, le silence seul. Il trouait de part en part l'existence des gens, rampait à travers leurs réflexions, feutrait leurs gestes. Quel désert ! Rien. Personne. Silence et solitude !

Des étrangers parcouraient les routes, parfois un train sifflait, la vie était proche.

Ce mutisme datait, à présent, de quelques mois, il vieillissait déjà, entrait dans les habitudes des villageois. Quand ceux-ci en sortiraient-ils ? Quand refuseraient-ils d'y aller plus avant ?

Les autorités supposaient encore — c'était bien dans leur rôle — qu'il y avait d'autres préparatifs et d'autres plans qui se tramaient dans l'ombre. Alors recommencèrent les arrestations, les gendarmes revinrent ; et ils emmenèrent des hommes par groupes en ville. Pas pour longtemps, cette fois aussi.

Les demandes d'explication de la part des autorités avaient lieu dans une chambre secrète. Les fellahs en gardaient longtemps les traces. Les femmes et les enfants plus morts que vifs passaient dans l'angoisse ces journées. Certains, à partir de cette période, perdirent le goût de vivre.

Tout cela sans résultat. Que voulaient savoir les autorités ? Les fellahs n'y comprenaient goutte. Ils ne cachaient rien ; ils n'avaient rien à avouer. Cela commençait ainsi :

— Alors, toi, pourquoi tu n'as pas voulu travailler ?

— Je ne pouvais pas vivre, moi et la famille, avec ce qu'on me payait...

— Ah, tu ne pouvais pas vivre ?

Là intervenait une façon de discuter qui était brutale.

— Tu voudrais, des fois, avoir une villa pour toi, une auto ? Mais tu t'es regardé ?

— Ce n'est pas ce que j'ai dit...

— Ce n'est pas tout. Toi et tes camarades, vous avez comploté contre la France. Tu es PPA ou communiste ? Dis-le tout de suite. Sinon...

L'interrogatoire s'interrompait, parce que d'autres arguments entraient en jeu.

— Dis-moi qui est communiste ou PPA parmi vous, et on ne te fera rien, à toi.

Ceux qui étaient interrogés regardaient l'inquisiteur en essayant de deviner ce que celui-ci voulait savoir, mais ils ne comprenaient pas. Ils tournaient et retournaient la question. Puis ils restaient silencieux, n'ayant rien à dire. On se mettait à les frapper : les fellahs ne comprenaient pas davantage.

Cette cérémonie prit fin à la longue sans autre résultat. Les autorités relâchèrent les prisonniers en leur déclarant qu'ils étaient marqués à l'encre rouge. Que ça n'allait pas s'arrêter là. Qu'on s'occuperait d'eux.

Voilà ce qu'on avait promis aux fellahs pour les jours à venir.

XXXV

De même que dans les autres habitations de Bni Boublen, chez Kara on se mettait à l'ouvrage dès six heures du matin ; et l'on se couchait sitôt la prière du soir dite.

Penser, toujours penser ; les jours s'accumulaient :

c'était une malédiction ! Un pas qui frappait le sol, un aboiement, un arbre qui craquait... et le monde vibrait des heures durant. La campagne faisait le vide alentour. Mama n'en finissait pas de remettre de l'ordre dans la maison ; elle allait, revenait : elle était seule, et avait peur de parler toute seule.

Lorsque son mari rentrait, tout de go, elle se lançait dans des conversations sur n'importe quoi, n'attendant ni qu'il approuvât ni qu'il désapprouvât. Lui, quand il voulait parler, il ne disait pas beaucoup de choses. Il parlait bien entendu des champs, des semences, des plantes ou bien du temps qu'il faisait.

Maintenant, Kara Ali demandait de la pluie. Il avait fait froid, mais il n'avait pas plu : l'hiver, tel un vaisseau vide, restait des jours entiers, des nuits entières, échoué sur les terres. C'était la question des légumes qui le tracassait. Des nuages couchés depuis longtemps sur les champs couvaient la contrée de leurs flancs d'où sortaient de noirs éclats d'étain.

Ils restèrent des journées suspendus dans l'atmosphère, puis une pluie épaisse se mit à couler.

Kara n'alla plus aux champs que pendant de rares éclaircies ; il n'y avait plus rien à y faire. La terre et l'eau s'occupaient de tout. Kara travaillait à la maison, triait les semences, réparait les sacs, les bâts ou les attelages, traitait les bêtes.

Ils eurent une vache qui mit bas en cette période. Ce fut effrayant : il faisait tellement froid ! Kara eut peur pour l'étable qui risquait d'être inondée par les eaux de pluie ; c'était une caverne qui s'enfonçait sous terre. Mama avait chauffé. L'homme aida le jeune veau à venir, la sueur au front ; il le fit sortir du ventre même de la bête qui ne cessait de beugler et de rugir comme un fauve. Il craignit aussi pour elle.

Mama ne put voir cela. Légèrement anxieuse, elle attendit au loin que tout se passât.

La nuit, ils prirent le petit animal pour le coucher dans leur chambre. Dehors, le gel durcissait l'air.

Passé la période des premières pluies, Kara circula beaucoup dans les champs.

Il s'arrêta longuement chez M'hamed, chez Aïssi, puis chez Ben Youb. Il se rendait compte, le temps ne le pressait point.

— Salam ! disait-il en arrivant. Allah vous vienne en aide.

— Salut ! Tu nous vois. Ça va.

Ils restaient un peu sur la réserve devant cette arrivée. Ils prononçaient quelques paroles pour ne pas paraître impolis ; ils ne tenaient pas à donner une mauvaise opinion d'eux-mêmes. Mais ils étaient ennuyés de devoir s'arrêter de travailler, et surtout de lui parler. Être obligé de lui parler, alors qu'ils savaient que c'était inutile de parler comme avant, alors que ça n'était pas vrai, que ça n'était plus comme avant...

Kara, en s'approchant, remarqua de vertes hirondelles plaquées contre la terre grise et noire des carrés : des fèves ! Déjà des fèves !

Ils espèrent des primeurs par ici, mais ils risquent beaucoup, estima-t-il, avec le gros temps et les gelées qu'on pourrait avoir encore.

Il comprit la gêne de ses voisins.

— Moi, je pense que c'est mieux ainsi, expliqua-t-il pour dire quelque chose. Je crois que d'autres aussi pensent comme moi. Il n'y a que vous... A présent, les fellahs sauront se tenir tranquilles. On ne peut plus rien craindre.

— Bien sûr !

Kara répéta aussi :

— Bien sûr.

Il redit encore plusieurs fois : bien sûr, sans avoir l'air de bien attacher de l'importance à ces mots.

Il comprenait d'où venait le silence de ses voisins : il s'était vendu. Il le devinait à leurs expressions verrouillées, à leurs gestes... Il était l'homme des autorités. Simplement parce qu'il s'était opposé à cette grève des ouvriers agricoles. Kara n'aimait pas leur attitude de réprobation muette, ni leur air de vouloir lui donner des leçons. Qu'ils pensent ce qu'ils veulent ! Ils s'égarent sûrement. Il était du côté de la Loi et ne s'en cachait pas. Il estimait que c'était la position juste. Alors qu'ils n'avaient, eux, que sympathie pour les fellahs, qu'ils les soutenaient !

Il voulut tout de même montrer qu'il pouvait, de son côté, tout oublier. Il s'intéressa encore aux fèves.

— C'est bien parti, dit-il.

— Oui, pour ça, oui.

Kara se tut. Il demeura encore un moment à observer, sans ajouter un mot, ces hommes qui avaient repris leur ouvrage interrompu par son arrivée.

Puis il s'éloigna. Son passage fut comme une pierre jetée dans une mare. Les cultivateurs de Bni Boublen avaient leur idée sur cette visite.

Les ouvriers agricoles de la région avaient fait grève : il en était résulté beaucoup de bruit, et les cultures étaient demeurées en plan. Or ç'avait suffi pour que perdent la tête tous ces colons si sûrs de leur force, dont le pouvoir paraissait si bien établi.

XXXVI

Le vrai jour ne commençait qu'à huit heures en cette saison de l'année et ne se prolongeait guère plus tard que cinq heures du soir.

Les gens de Bni Boublen étaient debout à l'instant où le soleil était présumé se lever : six heures. Le brouillard, la pluie, une pluie fine qui tombait uniformément, bouchaient l'atmosphère. Les maisons, au milieu de ce jour cotonneux, semblaient perdues ; on était obligé d'allumer des quinquets ou des lanternes. Dehors, les chemins s'enfonçaient dans une boue grasse et noire.

Vers huit heures, la scène changeait ; la lumière d'un jour gris qui supprimait les distances gagnait peu à peu. On vivait alors une de ces journées mélancoliques chargées de brumes et de luminosité diffuse, où les arbres dénudés, les étroites maisons, les hommes qui cheminaient au loin dans les champs, paraissaient si solitaires. Parfois les lointains profonds et bleus se dégageaient, ils avaient quelque chose d'étrange à certaines heures, surtout le soir : un soleil défait éclairait soudain la contrée, déchirant toutes les nappes blanches et humides, qui s'en allaient en déroute, et le pays se montrait à cette minute dans toute sa force, se dessinait en traits accusés et lumineux que renforçait la venue de l'ombre crépusculaire.

Dans les habitations exiguës des paysans, des êtres usaient une vie sans ouverture, sans horizon, et trottaient anxieusement, remplissant le temps d'une agitation somnolente. Des êtres sans gaieté, qui n'étaient pourtant pas tristes.

Et jusqu'à la nuit persistait ce même demi-jour impalpable qui assourdissait les bruits et les teintes.

L'activité se poursuivait encore un peu à l'intérieur des demeures, et l'existence des hommes devenait un lent cheminement qui allait au-devant de la nuit. Hors des murs, et ruisselants sous leur chevelure d'eau, les champs se distinguaient de moins en moins dans les bancs de brouillard, ils s'étendaient invisibles et déserts. Et les contours du pays s'estompaient.

Toutefois, par moments, une voix parvenait de ces espaces noyés, et on se disait que les cultures n'étaient pas si abandonnées qu'on le croyait ; il y avait des hommes qui naviguaient dans cette mer d'embruns et de pluie, ne délaissant point leurs champs.

Il fallait qu'elle fît vite, qu'elle emplît ses seaux. La matinée était bien avancée, et elle n'avait encore rien fait pour préparer le repas de l'homme. Lui, il arrivait à onze heures et demie et exigeait à manger. Il ne connaissait pas autre chose. Quand elle y pensait, Mama suspendait brusquement tout travail ; mais penser est une maladie. C'est Iblis qui vous mène paître ses vaches. Heureusement qu'elle avait son travail, et elle œuvrait tous les jours jusqu'à l'épuisement.

Zhor était assise devant le portail ; Mama s'accroupit en face d'elle. Plusieurs fois de suite, au cours de cet hiver, Zhor était montée à Bni Boublen. Si Omar était venu avec elle, cette fois encore, ça n'aurait pas été la même chose, ils se seraient amusés ensemble.

— Cet homme finira par me tuer, dit Mama à sa sœur.

Par bonheur, elle avait Zhor, ajouta-t-elle. Elle l'avait bien aidée tous ces jours-ci, la pauvre petite. Mama lui raconta ce qui s'était passé la veille, entre elle et son mari ; elle montra sa lèvre déchirée. Elle pleura amèrement et appela la malédiction du ciel sur la tête de Kara.

— J'aimerais que tu restes tout le temps auprès de moi, ma petite sœur. Il me fait peur, cet homme... Reste quelques jours seulement. Maman n'a pas besoin de toi ; ne me laisse pas seule.

Passer encore cinq ou six jours à Bni Boublen n'enchantait guère la jeune fille.

— Ma petite sœur, je ne pourrai pas !

Mama l'implora.

— Tu ne veux pas : quelques jours...

Elle promit :

— Je ferai de toi la fille la mieux dotée du pays.

Elle lui expliqua qu'elle mettrait une couvée à son intention, pour son trousseau.

— Tu verras, au bout de quelques mois, ce que tu gagneras avec ça !

Depuis qu'elle vivait dans cette maison, Mama avait été traitée de la sorte par Kara. Ç'avait commencé quelque temps à peine après son mariage. La situation avait empiré quand son mari eut perdu tout espoir d'avoir un jour des enfants. Mama ne ressentait quelque joie qu'en la compagnie de sa sœur, lorsque celle-ci venait de temps à autre. A l'égard de Kara, elle ne nourrissait que de la méfiance. Et quand il s'approchait d'elle, elle n'éprouvait que des tourments.

Un tempérament aussi désagréable que celui de Kara, on pouvait le qualifier de méchant.

Zhor se pencha et, du plat de la main, se donna une grande tape sur son mollet nu. Les mouches étaient voraces ; c'étaient les premières, celles qui annonçaient le printemps. Leur bourdonnement se confondait avec le silence étourdissant de la campagne. La jeune fille, impassible, écoutait les plaintes de Mama : à aucun moment, sur le contour ferme de son visage, ne se refléta une ombre ou quoi que ce fût qui ressemblât à un sentiment. Elle décida de rester quelques jours chez sa sœur, mais ne le lui dit pas. Elle n'était même plus sûre du tout qu'elle l'écoutait. Zhor pensait au destin de sa sœur.

Elle revit le moment où, sur le point de quitter la grand-route, Mama, la mariée, avait dû enfourcher un âne et, au milieu des femmes dont le cortège l'accompagnait, s'engager dans le sentier difficile qui grimpait jusqu'à Bni Boublen. Mama avait éclaté en pleurs. Pourquoi la mariée était-elle devenue si triste ? Elle devait sourire ; elle souriait ensuite. Elle souriait amèrement.

Le premier jour, on lui avait fait visiter les pièces de la ferme, il lui avait fallu se pencher sur toutes les marmites, les jarres et tous les pots à provisions.

Depuis que Mama était mariée, quelque chose de ces montagnes était passé en elle, quelque chose de lourd et d'oppressant.

L'ombre de la vigne se formait progressivement sur le sol et s'effaçait aussitôt ; la terre battue de la cour reprenait alors sa couleur brunâtre.

Comme tous les trois achevaient de dîner, les dernières traces du jour qui traînaient dans l'air disparurent, et la nuit se dressa de toutes parts. C'était une nuit complète, sans fissure, qui ne ressemblait pas du tout à celles que l'on a en ville. Ici, elle s'emparait du monde comme une chose sauvage et inerte, qui n'avait de vie que dans les cris obscurs des bêtes ou le mugissement de la terre.

La lampe à pétrole qu'ils allumèrent les protégea derrière un frêle rempart de clarté, mais c'était leur lumière à eux, dont la nuit restait maîtresse.

Le repas fini, Mama fit lever sa sœur et l'envoya se coucher : Zhor partit sans dire mot. D'ailleurs, il était rare qu'elle prolongeât la veillée plus tard. Même, d'habitude, elle dormait profondément à pareille heure.

Après un long silence, Mama, demeurée seule avec son mari, se mit à parler. L'homme s'enfermait dans son mutisme : la femme se rendait de plus en plus compte que ses paroles glissaient sur lui sans l'atteindre. La sourde clarté de la lampe qui simplifiait les lignes du corps massif de Kara le rendait pareil à un être de pierre. Mama éprouva la sensation saugrenue qu'elle discourait seule dans un lieu vide de toute présence humaine : ses paroles, inutiles, lui paraissaient absurdes.

— Tu ne veux pas que nous ayons des histoires ? dit-elle

soudain d'une voix frémissante. N'est-ce pas que tu ne veux pas ?

— Je n'y tiens pas, répondit Kara.

— Il ne faut pas que des histoires arrivent dans une famille comme la nôtre ; nous avons toujours été respectés. Je préfère avoir la gorge tranchée et le ventre ouvert plutôt que d'entendre dire des choses malpropres sur notre compte. Tu sais comment sont les gens. Rien ne pourra arrêter les langues si elles commencent à aller leur train. J'ignore ce que tu rumines. Je t'ai observé et je peux te dire que c'est mal ce que tu as fait.

Elle lui avait lancé ces derniers mots en pleine face.

— Assez ! Je ne veux plus t'entendre, gronda Kara.

Il était tout à ses pensées.

Il s'apprêtait à élaborer des projets qui résisteraient à l'épreuve, de ceux qu'on prépare de longue main, et dont on voit arriver l'effet lentement et de loin, les seuls projets qui convinssent à son humeur rentrée, à ses désirs froidement passionnés.

Et pour cela, c'était le harnais du temps qu'il lui fallait endosser. Il s'y était déjà résolu : il n'avait pas eu besoin d'y réfléchir longtemps. Comme on pose la première pierre, il avait établi des jalons solides et fermes ; il était parti pour construire une cité entière, dont il serait le maître et l'ordonnateur. Ses chantiers étaient bien plantés sur la place à bâtir. Cependant, à soi-même, il taisait encore ces premiers préparatifs : sa méfiance le bâillonnait à l'intérieur.

« Prends garde, se recommandait-il, qui veut trop se hâter perdra jusqu'aux dents de sa bouche. »

Ainsi allait la vie. Dans celle de Kara Ali, pas un instant qui échappât au calcul, — à la stratégie que déployait son âme effrayante. Aussi lui voyait-on, comme maintenant, cet œil morne et fixe dont le regard était absent. On eût dit qu'il corrompait tout ce qui entrait en contact avec lui. Il regardait le monde, et une folie de la possession s'emparait de lui. Il ne brassait que richesses dans son cerveau.

Parfois, il ne savait résister au vertige. Une fièvre l'assaillait et, brusquement, la raison cédait la place à des pensées insensées. Il émergeait péniblement de ce noir confus pour reprendre peu à peu pied dans la réalité. « Prends garde, Kara, se disait-il en de tels instants, et ne perds jamais le nord. » Et il recommençait à ressasser des combinaisons dûment contrôlées.

Comment ? Sa femme parlait de l'incendie ? Des ouvriers agricoles ? Kara frémit ; il fut aveuglé par une poussée de haine. « Aurait-elle appris quelque chose sur moi ? pensa-t-il. Ou bien fait-on courir des bruits ? »

Le moins qui se disait, c'est que Kara Ali savait qui avait mis le feu aux gourbis des fellahs.

L'homme reprit sa réflexion morose et redoutable :

« L'autre jour, elle a fait allusion déjà à des olives que j'ai achetées aux colons. A-t-elle percé mes affaires, mes secrets ? Diablesse ! Là, gare ! Là, attention. »

Il conservait le même air endormi, placide, alors que le ressac d'une pensée furieuse battait sans fin les rives de sa conscience.

Les premières lueurs de la fièvre qui se levait dans ses yeux lui dilataient peu à peu les pupilles. L'espace d'une seconde, Mama affronta son regard.

— Qu'est-ce que tu lui veux à Zhor, à tourner comme tu le fais tout le temps autour d'elle ? reprit Mama. Qu'est-ce que tu as à la regarder ? C'est tout ce que tu trouves d'intéressant à faire ? Pourquoi ne passes-tu pas ton chemin quand tu la vois, pourquoi ne la laisses-tu pas tranquille ? Il vaut mieux ne pas avoir ces idées-là. Si tu veux quelque chose, moi, je ne te laisserai pas la voie libre.

— J'ai dit : assez.

— Tout le monde apprendra ce que j'ai vu, à commencer par les tiens. Ils sauront ce que tu vaux. Dieu m'est témoin, personne ne m'empêchera de le dire.

La femme reçut l'énorme main de Kara, une paume bourrée de muscles, sur le visage. Arrachées de ses yeux par la violence du coup, des larmes ruisselèrent sur ses joues.

— Tu as l'intention de chercher des histoires, dit-elle.

Sa voix était contenue, mais, à présent, on pouvait y déceler un léger tremblement. Elle parla, de nouveau, des fellahs.

— Si on t'a vu dans les parages des gourbis, tu leur cherchais des histoires. Je te demande seulement de bien voir. Si tu continues, c'est que tu veux qu'il arrive des ennuis.

Kara l'étouffait, nouant le bras autour de son cou. Il lui avait d'abord tordu le poignet : Mama s'était retenue de crier, mais d'un mouvement brusque s'était dégagée. Puis elle ne chercha plus à se libérer ou à éviter les coups. Elle recevait des gifles sur le visage avec indifférence. Kara lui saisit encore le poignet et le lui tordit : elle tomba à genoux, le poing de l'homme s'abattit plusieurs fois sur sa figure. Alors Mama put respirer très, très lentement ; sa lèvre inférieure, fendue, pendait en saignant :

— Tu vois, disait-elle, tu ne peux pas le nier. C'est que tu avais cette intention.

Kara retira la main qu'il avait enfoncée dans la poche de son pantalon et se mit à frapper. Sa face était devenue rouge et dure. Il se contentait de frapper. Mue comme par une volonté particulière, sa main se portait sur sa femme en de longs mouvements. Avec une rapidité et une souplesse inattendues, il frappait.

Cependant la lassitude le submergeait : il ne se remuait plus qu'avec lourdeur. Il continuait de frapper, et il lui semblait que chacun de ses gestes durait des heures. A la fin, sa main portée plus en avant toucha quelque chose de visqueux et de chaud.

Lui et Mama se dévisagèrent. Il n'y eut pas grand bruit jusqu'au moment où celle-ci tomba, essaya de se ressaisir, ensuite hurla. Le sang qui avait empli sa bouche arrêta son cri. De ses yeux sombres qu'élargissait la haine, elle le regardait.

Mama se releva instantanément, elle se remit sur pied presque sans peine ; mais elle demeura immobile au même endroit, mal assurée dans ses mouvements. Kara voyait qu'elle était calme quoique en proie à une espèce d'impuissance fébrile. Il lui sembla entendre : « Attends. » Toutefois il n'eût pu l'affirmer. Les vêtements sur la poitrine de la femme étaient maculés de sang frais. Il avait, naturellement, attendu : elle paraissait sur le point de dire quelque chose, il ne savait quoi, mais il la vit faire quelques pas dans la pièce, et elle alla s'asseoir. Puis elle s'étendit au même endroit.

Zhor rêvait qu'elle parcourait un pays de montagnes et de forêts où, jeune, elle venait avec sa sœur Mama. L'été, quand elle se couchait dans les champs, l'herbe qui entrait dans son cou l'agaçait comme des mouches. Une douceur assoupie l'envahissait lentement. Dans son sommeil, elle passa la main sur son corps, qui était lisse ; elle sentit que sa chair était très douce. Un grand apaisement affluait en elle tel le courant d'un fleuve invincible. Doucement naquit une source : sensations confuses et lumineuses qui se mélangeaient et l'entouraient de sécurité. Zhor avait avalé sa salive, mais sa bouche resta ouverte jusqu'à ce que de nouveau elle en fût toute pleine. A présent, la salive s'écoulait entre ses lèvres. Elle étendit le bras et recommença à se caresser le corps d'un mouvement endormi. Remontant le long du ventre, sa main s'appliqua sur ses seins dont elle frotta la pointe qui durcit peu à peu.

DU MÊME AUTEUR

La Grande Maison
roman
Seuil, 1952
et « Points », n° P225

Au café
nouvelles
Gallimard, 1955
Sindbad, 1985
et Actes Sud, 1996

Le Métier à tisser
roman
Seuil, 1957, 1974
et « Points », n° P937

Un été africain
roman
Seuil, 1959
et « Points », n° P464

Baba Fekrane
contes
La Farandole, 1959

Ombre gardienne
poèmes
Gallimard, 1961
Sindbad, 1984
et La Différence, 2003

Qui se souvient de la mer
roman
Seuil, 1962
et La Différence, 2007

Cours sur la rive sauvage
roman
Seuil, 1964, 2005
et « Points », n° P1336

Le Talisman
nouvelles
Seuil, 1966
et Actes Sud, 1997

La Danse du roi

roman
Seuil, 1968, 1978

Formulaires

poèmes
Seuil, 1970

Dieu en barbarie

roman
Seuil, 1970

Le Maître de chasse

roman
Seuil, 1973
et « Points », n° P425

L'Histoire du chat qui boude

contes
La Farandole, 1974
et Messidor / La Farandole, 1980
Albin Michel, 2003

Omneros

poèmes
Seuil, 1975
et La Différence, 2006

Habel

roman
Seuil, 1977

Feu, beau feu

poèmes
Seuil, 1979
et La Différence, 2001

Mille Hourras pour une gueuse

théâtre
Seuil, 1980

Les Terrasses d'Orsol

roman
Sindbad, 1985, 1990
et La Différence, 2002

O Vive

poèmes
Sindbad, 1987

Le Sommeil d'Ève

roman
Sindbad, 1989
et La Différence, 2003

Neiges de marbre

roman
Sindbad, 1990
et La Différence, 2003

Le Désert sans détour

roman
Sindbad, 1992
et La Différence, 2006

L'Infante maure

roman
Albin Michel, 1994

Tlemcen
ou les Lieux de l'écriture

essai
Revue Noire, 1994

La Nuit sauvage

nouvelles
Albin Michel, 1995

L'Aube Ismaël

poèmes
Tassili Music, 1995

Si Diable veut

roman
Albin Michel, 1998

L'Arbre à dire

Albin Michel, 1998

L'Enfant-Jazz

poèmes
La Différence, 1998

Le Cœur insulaire

poèmes
La Différence, 2000

Comme un bruit d'abeilles
nouvelles
Albin Michel, 2001

L'Hippopotame qui se trouvait vilain
contes
Albin Michel-jeunesse, 2001

L'Atelier du roman, n°31
Voyage en France
Table ronde, 2002

L.A. Trip
roman en vers
La Différence, 2003

Simorgh
roman
Albin Michel, 2003

L'Atelier du roman, n°44
Fanatisme, terrorisme et autres matières romanesques
Flammarion, 2006

Omnéros
poèmes
La Différence, 2006

Laëzza
roman
Albin Michel, 2006

Œuvres complètes
vol. 1 poésie
La Différence, 2007

Qui se souvient de la mer ?
La Différence, 2007

IMPRESSION : CPI BRODARD ET TAUPIN À LA FLÈCHE
DÉPÔT LÉGAL : JANVIER 2002. N° 48498-3 (60061)
IMPRIMÉ EN FRANCE